Le Crépuscule de la veuve blanche

DU MÊME AUTEUR

Grand Froid, Éditions Nouvelle Bibliothèque, 2018 ; La Mécanique générale, 2020 ; L'oiseau noir, 2023.

Le Quatrième Rassemblement, Cosmopolis, 2020 ; L'oiseau noir, 2022.

Avant de sombrer, Denoël, 2023 ; Folio, 2024.

La Colère d'Izanagi (prix Noir sur Ormesson / prix coup de cœur Français du FLiP), Denoël, 2024 ; Folio, 2025.

Nouvelles

Erin, autoédition, 2022.

Manifesto (Hayato Ishida), Ska, 2022.

Hanae, autoédition, 2024.

Le Fléau de Kamizawa, Akaneko, 2025.

Cyril Carrère

Le Crépuscule de la veuve blanche

白い未亡人の薄明

UNE ENQUÊTE DE LA CELLULE SAKURA

roman

DENOËL
SUEURS FROIDES

À ma famille, comme toujours

À ceux qui pleurent l'absent,
prisonniers d'un tourment sans fin,
en quête d'espoir, fragile et constant,
luttant contre un destin incertain

« Rien ne sert de mourir,
il faut savoir disparaître. »

Jean BAUDRILLARD

PERSONNAGES PRINCIPAUX

Agence de détectives Total Life Support (TLS)

Junichi Kudo
Directeur

Gaku Tanaka
Associé

Akane (lire Akané) *Kurosaki*
Associée

Département de la police métropolitaine de Tokyo (DPMT) – Cellule Sakura

Masato Kuraki
Fondateur (et surintendant du DPMT)

Hayato Ishida
Capitaine

Noémie Legrand
Lieutenante

Autre personnage

Zacharie Fortier (alias Genji)
Vidéaste, créateur de contenu

Évaporées

Alice
Sora

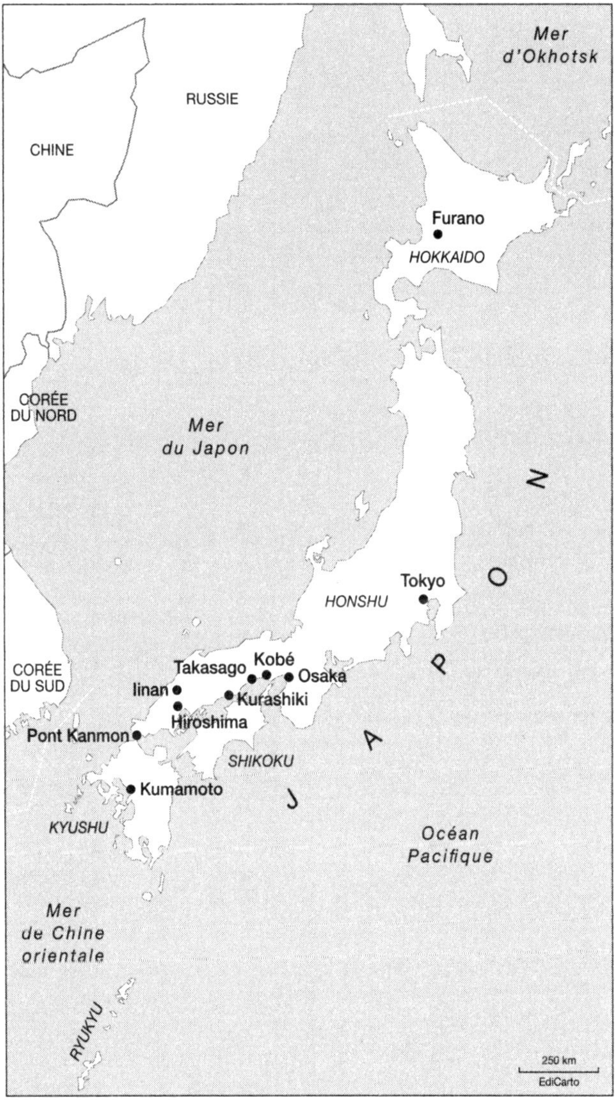

Lieux importants cités dans l'ouvrage

AVANT-PROPOS

Ce récit pourrait faire l'objet d'un essai. Il est pourtant une fiction nourrie par près d'une décennie de vie et d'observation au Japon.

Chaque mot, chaque lieu, chaque geste, chaque réaction, chaque histoire s'ancre dans la réalité d'une nation à la fois fascinante et insaisissable.

J'y intègre les éléments du quotidien, les habitudes, les codes moraux et sociaux, les fractures et les zones d'ombre du pays.

Ce livre traite de thèmes importants et actuels, alimenté de recherches de terrain, de rencontres, de documentation, de tranches de vie et d'entretiens avec des experts.

La narration suit les codes du polar nippon, à l'écrit comme à l'écran, tout en étant portée par une plume occidentale.

Mon ambition : que vous sentiez battre le cœur de l'archipel derrière chaque scène. Vous offrir une immersion totale et authentique qui, je l'espère, saura vous transporter.

PROLOGUE

Tokyo, samedi 23 décembre 2023
Vidéo postée à 20 h 01 par Genji_off

Ossu[1] la *team* ! C'est Genji, comment ça va dans l'Hexagone ? Vous ne remarquez pas quelque chose de nouveau ? Eh oui, mes vidéos sont désormais sous-titrées en japonais ! J'ai de plus en plus de spectateurs ici aussi, et je m'en réjouis !

Bon, désolé, ça fait un petit moment depuis la dernière vidéo. Pour tout vous dire, j'essaie d'acheter une baraque, et c'est un enfer ! Faut dire que je multiplie les handicaps : expat français, célibataire, je mets des plombes à lire en japonais... Et puis, c'était le rush au boulot... sans parler des *bōnenkai*, ces soirées entre collègues de travail pour « digérer » le dur labeur de l'année écoulée dans des *izakaya* bondés, où on se gave de bonne bouffe et où la bière et le saké coulent à flots.

J'en ai enchaîné trois en même pas dix jours, avec mes collègues, mes managers et même avec des clients, à picoler non-stop. J'ai l'impression que mon foie pèse quinze kilos et je ne peux plus voir un sashimi en peinture... Non, je déconne. Je pourrais en manger jusqu'à la fin des temps !

Rassurez-vous, je ne vous ai pas oubliés pour autant ! Même au bout de ma vie, en train de décuver, ça fourmille sans arrêt dans ma

1. Hé ! *(Toutes les notes sont de l'auteur.)*

caboche ! Vous me connaissez maintenant, vous savez que je suis incapable de tenir en place…

J'ai eu des idées pour de nouvelles vidéos. Oui, je sais, encore. Mais cette fois, ce sera du contenu plus dense, plus long, qui demande pas mal de préparation et certainement quelques collab avec des experts, je vous jure que vous n'êtes pas prêts ! Ceux à qui j'en ai parlé adorent, donc je suis certain que le concept va vous plaire ! Promis, je vous en touche deux mots très bientôt. En attendant, les amis, place aux fondamentaux, histoire de bien terminer cette année.

Mais avant ça, il faut que je vous parle d'un truc étrange qui apparaît dans les stats de la chaîne. J'ai remarqué que plus d'un quart des gens qui visionnent mes vidéos ne me suivent pas. Un quart ! Donc, toi, là, qui n'es pas abonné et qui me regardes en ce moment, tranquillement installé dans ton fauteuil de gamer ou sur ton canapé, je t'invite, avant de commencer, à cliquer sur le bouton « s'abonner », ainsi qu'à activer les notifications via la petite cloche, afin de ne rien manquer de mes prochaines actus. Ça ne te prendra que quelques secondes, mais pour moi, ça fait toute la différence ! Alors, merci d'avance !

D'ailleurs, on approche doucement du cap des 400 000 followers. Un petit effort et il sera franchi. 400 000 ! De quoi remplir cinq Stades de France ! C'est une dinguerie. Si mes *Dossiers noirs* sont aussi populaires, c'est grâce à vous. Plus vous me donnerez de la force, et plus je pourrai envoyer du lourd.

Je vais vous faire une petite confidence : il se pourrait bien que mon émission se décline aussi à l'écrit dans un futur proche. Mais pour ça, je dois continuer sur cette voie. ON doit continuer. Ensemble.

Alors, allons-y ! C'est l'heure d'ouvrir un nouveau *Dossier noir*.

[LES DOSSIERS NOIRS DE GENJI]

⚠

Attention

Cette vidéo est le fruit d'un travail de recherches personnel et de dizaines d'heures de lecture, de visionnage de documentaires et d'interviews. Pour l'histoire qui va suivre, même si j'aurais adoré, je n'ai eu accès en aucune manière aux dossiers des forces de l'ordre. Une partie de la narration et certaines de mes théories sont donc de pures spéculations et ne relèvent que de mon point de vue, à la lumière des informations rendues publiques et des opinions collectées. Je compte sur votre bienveillance et sur vos commentaires pour, ensemble, apporter un maximum de précision aux faits relatés dans cette vidéo.

Aujourd'hui, je vais vous parler d'un cas élucidé autour duquel pas mal de zones d'ombre subsistent, parfait pour faire travailler ses méninges. Alors préparez-vous un petit thé ou un petit café, installez-vous confortablement et plongez avec moi dans les abysses du crime...

(Musique sombre)

Ayumi Inoue.

C'est le nom de l'une des plus grandes tueuses en série qui ait jamais sévi en terre nippone. En près de onze ans, elle a froidement assassiné dix-neuf personnes, peut-être même davantage. La police n'a jamais réussi à déterminer avec précision l'étendue de son tableau de chasse. Ni même, à vrai dire, sa période d'activité exacte.

Ayumi Inoue surgissait de nulle part pour piquer mortellement ses victimes. Ou plutôt, les planter, à l'aide d'une arme blanche, une lame semi-longue de type *tanto* ou *wakizashi*. Elle les transperçait d'un coup rageur, franc et profond, juste en dessous du plexus solaire. Une unique estocade, suffisante pour ôter la vie de ceux qu'elle maudissait pour ce simple motif : ils étaient heureux.

Oui, vous avez bien entendu. Elle tuait des gens parce qu'ils étaient heureux. Vous en conviendrez, ce n'est pas banal. C'est même un poil délirant, non ? La question qui se pose est donc celle-ci : qu'est-ce qui a bien pu arriver à cette femme pour qu'elle en vienne à de telles extrémités ? Pour tenter de le comprendre, retraçons le fil de l'histoire de celle que les médias ont surnommée « la Veuve blanche ».

(Notes de hyōshigi[1]*)*

SON ENFANCE

Ayumi naît à Toda, dans la préfecture de Saitama, le 9 avril 1969. Fille unique, elle perd sa mère à l'âge de trois ans, des suites d'une longue maladie. C'est son père Takefusa, chauffeur-livreur chez Sagawa, une importante société de transport nippone, qui l'élève.

Ils déménagent à Kawaguchi, dans la même préfecture, et Takefusa sacrifie toute vie sociale pour s'occuper d'Ayumi du mieux qu'il peut. Take ne roule pas sur l'or et se concentre sur l'éducation de sa fille. C'est sa manière de faire le deuil de sa femme, et il met un point d'honneur à ce qu'il estime être son devoir.

1. Instrument à percussion japonais, composé de deux pièces de bois dur ou de bambou reliées par une cordelette ornementale, utilisé pour annoncer le début des représentations théâtrales.

En dépit de leur peu de moyens, Ayumi grandit dans un quartier familial, chaleureux, un environnement stable où tout le monde se connaît et s'apprécie. La petite fille se fait vite de nombreux amis en primaire. Les mères de ses camarades, touchées par son étonnante résilience face à l'absence de figure maternelle, portent sur elle un regard compatissant et lui accordent une attention particulière. Ses professeurs gardent d'elle l'image d'une élève sérieuse, appliquée et discrète.

(Notes de hyōshigi*)*

SES ÉTUDES

Le temps passe. Ayumi grandit, mûrit. Elle change. S'affirme et développe un caractère fort. Travailleuse, persévérante à défaut d'être talentueuse, ses résultats scolaires sont bons, sans être pour autant exceptionnels.

Malgré tout, dès le collège, Ayumi se démarque en éducation physique, discipline dans laquelle son mental d'acier et sa résistance font des merveilles. Plus qu'une passion, c'est un exutoire pour celle dont l'énergie semble inépuisable. C'est aussi un moyen de satisfaire le besoin de reconnaissance qui la ronge.

Au lycée, Ayumi intègre, du haut de son mètre soixante-douze (ce qui est plutôt grand pour une Japonaise), l'équipe d'athlétisme de son établissement, qu'elle mène à deux reprises jusqu'au tournoi national, sans toutefois remporter le titre. C'est également une basketteuse accomplie, passionnée par ce sport peu reconnu dans l'archipel au milieu des années quatre-vingt, mais qu'elle pratique au niveau universitaire, encouragée par son père, féru de NBA.

En 1989, après trois années dans une faculté de second rang, Ayumi, vingt ans, entre dans la vie active en rejoignant une entreprise immobilière comme il en existe des milliers dans la capitale. Affectée à l'un des nombreux bureaux de l'enseigne dans la mégalopole, elle fait ses preuves. Réalise ses premières ventes. Après avoir économisé pendant quelques mois, Ayumi s'émancipe, quitte Kawaguchi et loue un petit studio à deux pas de son travail, dans l'arrondissement de Toshima, au nord de Tokyo.

(Notes de hyōshigi*)*

LE JOUR OÙ TOUT A BASCULÉ

La vie sourit à Ayumi. Elle s'épanouit dans son quotidien et fait la fierté de sa compagnie en raflant le titre tant convoité de meilleure vendeuse de l'année, deux fois de suite. Son sens du relationnel, son charisme et son dévouement, qualités héritées de son père, suscitent l'admiration et le respect de ses collègues. Mais pas seulement.

Un jour, un client craque pour la belle agente immobilière alors qu'elle lui fait visiter un duplex niché au cœur du quartier d'Ikebukuro, à deux pas de chez elle, et lui propose d'aller boire un café après le boulot. Comme beaucoup de Japonais de cet âge, chose inconcevable en Europe, Ayumi n'a jamais eu de petit ami. Charmée, elle cède à ses avances, mais exige que l'homme s'engage à ne pas candidater pour le bien présenté, pour d'évidentes raisons éthiques.

C'est le début d'une relation fusionnelle, et la jeune femme rend peu après son appartement pour s'installer avec son compagnon. Souhaitant plus que tout fonder une famille, elle quitte son emploi pour se consacrer à ce projet.

En 1991, à l'âge de vingt-deux ans, Ayumi Inoue disparaît des radars. On sait cependant que, pendant cette période, elle donne naissance à une petite fille. Sa réapparition, à l'aube de la trentaine, marque le début de ses méfaits. Que s'est-il donc passé, durant ces sept ans, pour que cette femme à qui tout souriait se mue en une prédatrice froide et calculatrice ?

(Notes de hyōshigi*)*

POURQUOI UN TEL CHANGEMENT ?

À ce stade, vous vous dites sûrement que cet homme – dont elle était si éprise mais dont l'identité reste inconnue malgré mes recherches – est peut-être la clé de la transformation d'Ayumi. À moins que cela ne soit lié à sa fille, sur laquelle je n'ai trouvé aucune information.

Je partage votre avis. C'est l'explication logique.

Revenons en détail sur les données connues du grand public, ainsi que celles que j'ai pu glaner ici et là.

Dès 1998, date des premiers homicides connus, un leitmotiv étrange apparaît. Tandis que le profil des victimes varie en genre et en âge, une particularité retient l'attention des enquêteurs, puis rapidement celle des médias : toutes, sans exception, s'apprêtaient à se marier. L'année suivante, de nouveaux crimes sont commis et cette troublante circonstance se répète, ne laissant alors plus de place au doute : Ayumi s'attaque aux couples dont le bonheur approche de son apogée. En tuant l'un des deux fiancés, elle empêche la noce et brise des familles en devenir.

La série d'assassinats se poursuit sans que la police parvienne à identifier celle que les médias appellent désormais « la Veuve blanche ». Un surnom imparfait pour celle qui est plutôt une faiseuse de veufs et de veuves.

C'est le début d'un mythe, d'un folklore. Car, en plus de déployer des trésors d'inventivité pour frapper de manière furtive et précise, Ayumi opère à des dates clés du calendrier, synonymes de joie et de bonheur familial. Avant de vous exposer le fond de ma pensée, laissez-moi vous parler de deux de ses crimes les plus illustres parmi les dix-neuf recensés. Ceux qui ont marqué au fer rouge l'opinion publique.

(Musique sombre)

GOLDEN WEEK HOMICIDE

Au Japon, chaque année, début mai, revient la Golden Week : une semaine où plusieurs jours fériés se succèdent, notamment le jour de la Constitution ou encore le jour des Enfants. Il est de coutume pour les travailleurs de poser des congés entre ces dates et de profiter d'une bonne semaine loin des bureaux pour voyager, dans l'archipel ou à l'étranger, en famille ou en amoureux.

Nous sommes en 1998 et Toma Nishioka, lui, a d'autres projets. Née de père japonais et de mère américaine, cette star du petit écran est sur un nuage : sa carrière est au beau fixe et, quelques semaines plus tôt, sa petite amie et chanteuse de J-pop, Nina, a accepté sa demande en mariage en direct à la télévision. La séquence a fait le tour du pays et vibrer le cœur de millions de Japonais.

Ne souhaitant pas se mêler à la foule grouillante qui sature les gares et les aéroports, les fiancés choisissent de rester à Tokyo, dans un luxueux hôtel situé en plein cœur de la capitale. Un établissement traditionnel doté de bains publics et d'un restaurant étoilé. Le combo parfait pour les tourtereaux.

Le deuxième soir, de retour de son bain, Nina regagne la chambre du couple, ne pensant déjà plus qu'au room service et à son menu alléchant, lorsqu'elle trouve le corps de Toma étendu sur le lit, vêtu d'un simple *yukata*, les jambes et les bras écartés, le regard vide fixé au plafond. Une large auréole carmin imprègne les draps sans que la chanteuse puisse en déterminer l'origine. Sidérée, Nina parvient tout de même à prévenir le staff, qui à son tour appelle les secours. Mais il est trop tard. Toma Nishioka décède quelques minutes plus tard, le torse transpercé par une lame des plus affûtées, juste en dessous du plexus. Dans son témoignage auprès de la police, Nina fera part de la sensation étrange qui s'est emparée d'elle alors qu'elle découvrait le corps de son fiancé. La certitude d'être épiée.

La police suspecte tout d'abord un membre du personnel de l'hôtel. Cela pourrait être un fan, jaloux de l'union prochaine de Toma et Nina. Mais le mode opératoire peu commun, ainsi que le lieu, pas si simple d'accès, trahissent la préméditation particulièrement méticuleuse de cet acte. La piste s'oriente vers un tueur plus méthodique, mais l'enquête s'enlise, suscitant l'indignation du monde du spectacle nippon.

C'est la toute première fois qu'Ayumi Inoue a frappé.

UN NOËL ROUGE SANG

Dix ans plus tard, le 23 décembre 2008, la veille de Noël. Cette fête occidentale qui, comme Halloween, est célébrée « à la japonaise », est l'occasion de se retrouver autour d'un bon dîner et d'une bonne bouteille, en couple ou entre amis. Les restaurants français, italiens ou espagnols affichent complet. Une enseigne américaine connue pour son poulet frit propose même un menu spécial, sur place ou à dévorer chez soi. Bref, vous l'aurez compris, il s'agit de business avant tout.

En début de soirée, Reiko Nobara, trente ans, une femme simple et élégante, assistante administrative et fan absolue de séries coréennes, a rendez-vous avec son fiancé, qui est également son patron, près du port de Yokohama, au sud de Tokyo. Reiko n'a pas travaillé ce jour-là. Elle n'a pas dormi la nuit précédente et se sent encore un peu nauséeuse. Un vent glacial se glisse sous les replis de son trench-coat et lui glace les os, mais qu'importe, il en faut plus pour la décourager.

L'inviter là où il s'est déclaré, réserver l'un des plus luxueux restaurants de la baie : l'homme de sa vie n'a pas lésiné sur les moyens. Une chose inhabituelle chez celui qu'elle aime avant tout pour sa simplicité et sa pugnacité. Après l'avoir demandée en mariage, va-t-il enfin lui proposer de vivre avec lui ? Reiko n'en a pas la moindre idée, mais elle doit en profiter, elle aussi, pour lui annoncer une nouvelle qu'elle garde secrète depuis des semaines.

Lorsque Reiko arrive au parc Yamashita, devant le point de rendez-vous, près de ce banc tourné vers la mer où son petit ami a posé genou à terre il y a six mois, une bruine froide se joint à la partie. Le lieu est quasiment désert et, sous son parapluie noir, Reiko patiente, le regard perdu au loin, vers les innombrables points lumineux qui inondent le littoral.

Elle n'a pas remarqué, à l'entrée du parc, au milieu des passants, qu'une ombre l'observe discrètement.

Les minutes s'écoulent. Reiko s'impatiente. La ponctualité est pourtant l'un des points forts de son fiancé. Peut-être est-il retenu par les affaires ? Il n'est pas rare qu'il travaille plus de vingt heures d'affilée. Reiko l'appelle, histoire d'en avoir le cœur net et de ne pas poireauter pour rien. Son fiancé s'excuse, il est en chemin et propose qu'ils se retrouvent directement au restaurant. Une main tenant la poignée de son pépin, l'autre son téléphone mobile à clapet, Reiko se met en route quand elle sent une présence derrière elle. Elle se retourne et aperçoit une silhouette vêtue de noir, capuche sur la tête, à une cinquantaine de mètres. L'éclairage disparate empêche Reiko de distinguer ses traits, mais elle se dit que ce doit être une joggeuse. Quelle que soit la météo, les accros du running sont légion dans la ville. Lorsque son fiancé lui demande si tout va bien, la jeune femme le rassure mais reste en ligne.

Une centaine de mètres plus loin, près des docks, la même sensation l'assaille. L'ombre est toujours derrière elle, mais la distance s'est considérablement réduite. Sur ce tronçon de bitume détrempé, Reiko se rend compte qu'elle est isolée. Prise d'un mauvais pressentiment, elle accélère le pas. Lorsqu'elle regarde par-dessus son épaule, le doute cède la place à la terreur. La joggeuse la suit. C'est en substance ce qu'elle confie à son fiancé.

À cette époque, la Veuve blanche, qui a déjà fait dix-huit victimes, est connue du public. Les JT et la presse en font leurs choux gras.

Bien qu'infime, la possibilité que ce soit elle électrise les muscles de Reiko, qui pense également aux *stalkers* qui font régulièrement la une des journaux. Alors qu'elle suit les conseils de son fiancé et se met à courir, le chemin restant défile dans son esprit. Elle est à moins d'un kilomètre du restaurant, mais son affolement l'empêche de tenir le rythme sur une si grande distance. Paniquée, elle préfère quitter la jetée pour s'enfoncer dans le quartier adjacent, dédale de ruelles dont elle espère tirer parti pour semer son poursuivant. À bout de souffle, elle supplie son homme de lui venir en aide. Ce dernier lui hurle de trouver refuge dans le premier endroit possible, de tout faire pour rejoindre un lieu animé et crier à l'aide. Attirer l'attention sur elle.

Elle n'en aura pas le temps.

Reiko Nobara est fauchée par une lame. Elle agonisera de longues minutes, sous la pluie, avant de rendre l'âme. La police retrouvera son téléphone non loin d'elle, sur haut-parleur. Interrogé, son fiancé, arrivé peu après sur les lieux, fera une révélation des plus glaçantes : il a entendu à l'autre bout du fil, impuissant, le dernier souffle de sa compagne, sans être parvenu à déchiffrer ce qu'il a pensé être les supplications de Reiko à celle qui lui ôtait la vie.

Ce crime, le dernier en date commis par la Veuve blanche, m'a particulièrement glacé.

Dans ses moindres détails.

Car ce que Reiko comptait annoncer à son fiancé, ce soir-là, et que ce dernier n'a appris qu'à l'issue de l'autopsie, c'était sa grossesse. Elle était enceinte de neuf semaines.

(Notes de hyōshigi*)*

LE TOURNANT

Peu de temps après le décès de Reiko Nobara, le département de la police métropolitaine de Tokyo confie le dossier de la Veuve blanche à une équipe spéciale, composée de la crème des flics de la première division de la Criminelle, afin d'enrayer cette spirale meurtrière.

En quelques mois, la Crim progresse de façon décisive. Alors que les anciens enquêteurs échouaient à recueillir le moindre témoignage (les rares personnes ayant aperçu Ayumi craignant sans doute pour leur propre vie), la nouvelle équipe, en adoptant une approche plus humaine et en offrant un programme de protection de témoins, en collecte plusieurs en un temps record. Tous font état d'un signe distinctif : un tatouage sur la nuque de la tueuse, un arbre dont les branches et les racines se rejoignent dans un cercle figurant le mouvement continu de la vie, comme celui qui apparaît sur l'écran :

Cet arbre de vie celtique mène l'escouade à l'entourage d'Ayumi. En l'occurrence, ses anciens collègues de travail, débusqués après une enquête minutieuse dans le milieu des tatoueurs de la capitale. Ce ne sont que des suppositions, je n'ai pas assez d'informations là-dessus, mais je continue de creuser le sujet. Qui sait, cela fera peut-être l'objet d'un épisode complémentaire.

En tout cas, peu après, le capitaine de cette *dream team* met la main sur un nom et une adresse. Rapidement, il échafaude un plan d'intervention : il ne faut surtout pas laisser passer l'occasion de mettre hors d'état de nuire celle qui terrorise les Tokyoïtes depuis plus d'une décennie.

(Notes de hyōshigi*)*

LA MORT COMME ÉCHAPPATOIRE

En dépit d'une préparation minutieuse, l'intervention ne se passe pas comme prévu.

Le 12 juillet 2009, peu avant 5 heures du matin, la police reçoit des dizaines de coups de téléphone signalant un incendie dans une barre d'immeubles de la ville de Kawagoe, au nord de la préfecture de Saitama, non loin de la gare. Précisément là où ils se rendent. Là où Ayumi vit. L'élite de la Crim se rue sur place. Les pompiers sont déjà là. Le feu est contenu à l'étage où la Veuve blanche réside.

Dans l'appartement, tout a brûlé. Les meubles, les murs, les ustensiles de cuisine. Le corps d'Ayumi Inoue est retrouvé au milieu des décombres, méconnaissable... Mais le médecin légiste, dépêché sur place, l'identifiera quelques jours plus tard. Dans la cage d'escalier, à l'entrée du bâtiment, la police trouve une note manuscrite dans la boîte aux lettres d'Ayumi. Une missive qui leur est destinée et dont le contenu n'a été rendu public que très récemment. Voici ce qui y est inscrit :

> *Je préfère prendre les devants que de finir enfermée, à attendre qu'on m'exécute. J'ai fait assez de mal comme ça, je choisis de l'expier par le feu, ici et maintenant.*

Ayumi Inoue a donc préféré périr de manière atroce plutôt que d'être pendue, la peine de mort étant encore en vigueur au Japon. Si vous voulez mon avis, c'est comme choisir entre la peste et le choléra... Le pire dans tout ça, c'est que sa fille Mari, âgée de quinze ans, a mis fin à ses jours, quelques semaines après que l'identité de la Veuve blanche a été révélée dans les médias.

En tout cas, c'est l'épilogue de ce dossier sinistre.

(Notes de hyōshigi*)*

UNE TRAGÉDIE HUMAINE

Ayumi Inoue est l'une des très nombreuses personnes qui, un jour, sont passées du blanc au noir absolu. Je ne pense pas que quiconque soit mauvais par nature, mais qu'on le devient, au gré d'un long processus, d'une lente dégradation. Et ce qui vient dérégler la machine touche au composant essentiel de tout être humain : ses sentiments.

Nos sentiments nous régissent, font de nous ce que nous sommes, ce que nous devenons au fil du temps. Exacerbés, piétinés ou transformés, ils se moquent des limites fixées par la société et nourrissent le crime, provoquent des tragédies.

Les sentiments forment une chaîne aussi longue que fragile, reliant les âmes, forgeant et brisant les relations entre les êtres humains. Et même au-delà.

Comme le dit Hayato Ishida, un flic célèbre ici : « Les émotions qui se tissent entre les êtres peuvent les mener au meurtre. Et c'est cela qu'il faut décortiquer. »

(Notes de hyōshigi*)*

LE MOBILE

Alors, qu'est-il arrivé à Ayumi Inoue pour qu'elle commette de tels actes ?

Ma théorie est simple. Pour moi, elle reproduisait ce qu'elle avait elle-même vécu.

On la savait amoureuse. Heureuse. Mère. Pourquoi pas fiancée, d'ailleurs ?

Imaginez une seconde : et si son destin avait basculé avec, pourquoi pas, la mort de celui avec qui elle comptait passer le reste de son existence ? Voilà une explication qui tient la route et qui, à mon sens, pourrait justifier une bascule psychologique.

Qu'en pensez-vous, la *team* ? Dites-le-moi dans les commentaires.

Voilà, les amis, c'est tout ce que je pouvais vous dire sur cette affaire. Encore une fois, n'hésitez pas à laisser des commentaires, notamment pour me donner votre opinion quant aux motivations d'Ayumi Inoue.

C'était Genji, on se retrouve très vite sur ma chaîne. En attendant, portez-vous bien, et le bonjour chez vous !

Ciao !

PREMIÈRE PARTIE

« Le doute est l'école de la vérité. »

Francis BACON

1

Tokyo, quartier de Sumida
Jeudi 25 avril 2024

La pluie tombait dru, en rideaux incessants, chassés par des bourrasques glaciales. Il n'était que 16 h 30 et les rues grouillaient de monde, mais le soleil, invisible derrière un épais plafond de nuages noirs, déclinait doucement. Dans moins de trente minutes, la nuit s'abattrait sur la mégalopole et Jun se fondrait enfin dans l'ombre, son terrain de jeu favori.

Appuyé contre un mur, sous une arcade qui longeait l'avenue principale à quelques minutes du temple Sensōji, il observait le flot ininterrompu des passants. Une masse bigarrée et désordonnée, aux parapluies levés comme des boucliers contre la dépression. La chaussée détrempée supportait un trafic dense. Sur les trottoirs, le ballet des *jinrikisha*, ces pousse-pousse tirés par des hommes aux allures de ninja des temps modernes, battait son plein.

Jun était familier de ce chaos ambiant. Il s'en nourrissait. Né et élevé dans ce tumulte, il en déchiffrait sans effort les mille stimuli sensoriels : les odeurs persistantes des restaurants, les klaxons des voitures, le bourdonnement incessant des guides touristiques, les éclats de rire des étudiants, le martèlement de la pluie. Son cerveau, processeur surentraîné, triait et classait tout en temps réel.

Un groupe d'enfants en uniforme passa en se chamaillant joyeusement. Jun sourit malgré lui, un instant attendri par leur innocence. L'un des gamins le regarda avec insistance, intrigué par ses traits marqués, ses sourcils épais et sa barbe mal entretenue. Le bonnet noir enfoncé sur sa tête et son imperméable trop grand décuplaient l'étrangeté de son aura. Le mioche tira sur la manche de son camarade, échangea quelques messes basses avec lui, et tous deux l'observèrent en catimini. Jun se demanda s'ils pouvaient voir à travers son déguisement crasseux. Les enfants ont ce don, cette perception brute et aiguisée des choses, dopée par une imagination sans limites, que les adultes perdent en grandissant.

Un grésillement dans son oreille coupa court à ses pensées. Il porta une main discrète à son écouteur, tandis que le groupe d'enfants disparaissait au coin de la rue.

— Attention, dit une voix rauque. Il sort de la Nakamise *shoutengai*[1] par la droite, juste après la pharmacie. Il sera à ta hauteur dans une bonne minute. Tu peux pas le louper, le type se trimbale trois grands sacs pleins de babioles à la con.

— Compris, murmura Jun.

— Qu'est-ce qu'il fout, sérieux ? Tu m'expliques pourquoi il joue les touristes ?

— Tu vois le mal partout, Gaku. Il a bien le droit de s'acheter quelques souvenirs.

— Ça sent le coup foireux à plein nez, dirlo.

— Attends…

1. Avenue bordée de commerces, face à l'entrée du temple Sensōji.

Jun plissa les paupières.

— Il vient d'entrer dans mon champ de vision. T'as pas tort. Dans le genre immanquable, il se pose là…

— Chargé comme une mule, je te dis!

— J'y vais.

Jun rabattit la capuche de son imperméable, glissa les mains dans ses poches et quitta son poste d'observation pour se fondre dans la foule. Désormais réduite à un crachin léger, la pluie n'obstruait plus sa vue. À une dizaine de mètres, sa cible avançait sous un large parapluie en plastique transparent, insouciante. Un homme maigre, grelottant dans une veste en lin kaki trop fine pour la saison et coiffé d'une casquette rouge délavée. Ses baskets déchirées prenaient l'eau. Personne ne lui prêtait attention. Dans cette ville, l'anonymat était un droit tacite. On pouvait se promener déguisé en superhéros aux heures de pointe sans susciter le moindre regard. En superhéros, ou couvert de haillons.

Jun suivit l'homme en direction de la station de métro et traversa le pont Azuma, célèbre pour ses armatures vermillon qui s'élancent au-dessus de la rivière Sumida. Au loin, l'imposante Tokyo Skytree fendait la couche de nuages.

Sur l'ordre de Jun, Gaku, son acolyte, avait enfourché sa moto pour contourner la zone. Grand classique, la technique de la tenaille évitait de perdre une cible dans le cas où elle distançait le pisteur principal. Un dispositif efficace lors de longues filatures, le relais entre détectives diminuant le risque d'être percé à jour. Mais l'homme s'arrêta au milieu d'un bloc de petites habitations traditionnelles, dans les bas-fonds de Honjo-Azumabashi, et Jun comprit que cette stratégie serait inutile.

De toute évidence, ils étaient arrivés.

La bâtisse à la façade ocre trouée de carreaux ébréchés semblait prête à s'effondrer. Dans un archipel secoué de plus en plus souvent par des séismes, il était même miraculeux que ces ruines tiennent encore debout. Jun pensa au tremblement de terre dévastateur qui avait frappé au début de l'année. Comment cet amas de vieilles briques en avait-il réchappé ?

— Il vient d'entrer dans le hall, clé à la main, confirma-t-il à Gaku. Ça prouve qu'il vit ici, au moins temporairement.

— Tu vois que j'ai raison !

— Ne tire pas de conclusions hâtives.

Les affaires d'héritage, surtout celles qui mettaient en jeu des sommes importantes, étaient pleines de rebondissements et rarement sans danger.

— Monsieur fait appel à nos services et ment sur son adresse ? Il nous prend vraiment pour des abrutis, râla Gaku. Et donc, c'est quel genre de piaule ?

— Tu serais déçu. On est loin du trois-étoiles qu'il nous a vendu.

Jun leva les yeux tandis qu'il prononçait ces mots.

Une gamine à la beauté diaphane, comme sortie d'un autre temps, le fixait depuis la fenêtre du premier étage. Elle lâcha soudain le rideau et disparut comme elle était apparue.

Jun préféra faire demi-tour pour se débarrasser de sa perruque, de ses faux sourcils et de sa barbe postiche. Il fourra le tout dans son sac à dos à l'abri des regards. Le visage angélique de l'enfant restait gravé dans sa mémoire.

— À mon avis, murmura-t-il, ce type ne fait confiance à personne. Pas même à nous. Il ne veut pas prendre de risques tant que l'histoire n'est pas réglée.

— Tu pourrais être plus clair ? rétorqua Gaku, agacé.

— Il craint pour sa peau.

2

Tokyo, quartier de Toshima
Vendredi 26 avril 2024

La station de métro d'Ikebukuro, l'une des plus fréquentées au monde, était en ébullition. Des vagues de voyageurs déferlaient sur les quais, étudiants lessivés, touristes éberlués, musiciens de rue rêveurs, noctambules attirés par l'énergie vibrante du quartier. Au milieu de ce chaos bien orchestré, Jun, ombre parmi tant d'autres, se faufila dans les tunnels souterrains jusqu'à la sortie centrale.

Engloutie par la nuit, Tokyo combattait avec tout son arsenal électrique, scintillant sous les néons criards et les immenses panneaux publicitaires qui paraient les façades. Planté au milieu de la foule, le regard rivé sur le gigantesque pingouin bleu affublé d'un bonnet rouge qui lui faisait face, la mascotte du discounter Don Quijote, Jun attendit au passage piéton que le pépiement électronique retentisse pour se désolidariser de la marée humaine et s'engouffrer dans les ruelles labyrinthiques qui serpentaient derrière le grand magasin. Ce soir, il avait laissé son deux-roues fétiche au garage pour mieux se fondre dans l'anonymat du métro.

Il serait le premier au bureau.

Le QG de l'agence, niché dans un immeuble des années quatre-vingt à la façade saumon délavée, était aux premières loges des tensions qui parcouraient la capitale. Depuis la crise monétaire qui avait mis le pays à genoux des mois plus tôt les affaires étaient au point mort. Frappés au portefeuille et plus méfiants que jamais, les Japonais préféraient résoudre leurs problèmes par eux-mêmes. Mais l'affaire en cours constituait un tournant. Si tout se passait comme prévu, l'agitation médiatique qu'elle susciterait remettrait l'agence sur le devant de la scène.

Ils ne devaient pas se louper.

Galvanisé par cette perspective, Jun pénétra dans l'ascenseur, à peine assez large pour deux personnes. L'appareil se mit en branle. La cage vibra sous l'effort. Lorsque les portes s'ouvrirent enfin, Jun traversa un couloir bas de plafond en tendant machinalement la main pour en effleurer la surface rugueuse. Tout au bout, une porte grise d'un autre âge, surmontée d'une plaque de laiton ternie, marquait l'entrée de leur sanctuaire.

Total Life Support
Agence de détectives privés

L'odeur de café froid le titilla dès qu'il investit la petite pièce qui faisait office d'accueil. Il ôta sa veste en saluant la secrétaire. Maki, la doyenne de l'agence, lui adressa un sourire bienveillant.

— Comment s'est passée ton après-midi ?

— Pas mal. Mais qu'est-ce que tu fais là ? Tu devrais déjà être partie, répliqua-t-il, pragmatique.

— J'attendais que tu reviennes, répondit-elle en lui tendant un dossier.

— Merci. Tes enfants ne sont pas à la maison en ce moment ?

— Je les retrouve ce soir à Shinjuku, on va dîner ensemble.

— Ce n'est pas une raison pour faire des heures sup. Tu aurais pu en profiter pour faire un tour au centre commercial avant de les retrouver.

Maki éteignit son ordinateur et se leva.

— Au fait, ça te dérange si mon petit-fils revient pendant les vacances d'été ? Il adore traîner ici.

— Tant qu'il n'embête personne, ça me va. Qui sait, il finira peut-être par s'intéresser au métier.

— Il sera ravi de l'apprendre ! Merci, Jun.

La secrétaire prit congé. Jun, une fois seul, se dirigea vers la cafetière, vérifia le niveau d'eau puis y versa une dose excessive de café moulu. Lorsqu'il enclencha l'appareil, le bec d'écoulement cracha péniblement un liquide noir comme du mazout. Jun ajouta deux sticks de sucre, habitude dont il n'avait jamais pu se défaire, et sirota son breuvage en avisant cette foutue machine qu'il allait devoir remplacer en même temps que l'installation électrique qui menaçait de rendre l'âme. De grosses dépenses qu'il assumerait quoi qu'il arrive. Car Total Life Support était bien plus qu'une agence, c'était sa famille – celle qu'il s'était construite en dehors de ces murs n'avait pas eu la même pérennité. Depuis presque vingt ans, cet endroit était son refuge.

À ses débuts, l'agence portait encore le nom de Sanwa & Associés. Recruté sans véritables compétences, Jun avait appris le métier sur le tas et gravi les échelons sous le regard encourageant de Maki. Après la mort du fondateur, il avait pris les rênes et transformé l'agence en profondeur, afin de répondre aux attentes d'une clientèle moderne, plus exigeante et capricieuse, à qui il garantissait une assistance « tout au long de l'existence ». Un coup de jeune accompagné d'un changement de nom.

Ainsi était née Total Life Support.

Jun emporta sa tasse et son dossier dans « l'antre », le bureau qu'il partageait avec ses associés. Une pièce de trente mètres carrés où s'entassaient sur des étagères surchargées documents, mangas et vieux bouquins. Quelques haltères abandonnés traînaient au sol, vestiges d'une détermination révolue. Un futon, replié dans un coin, jouxtait des vêtements de rechange. À côté de son bureau en désordre trônait celui de Gaku Tanaka, son ami d'enfance et associé depuis huit ans, d'une propreté clinique. Gaku et Jun avaient fait les quatre cents coups ensemble. Tous deux motards et voyous notoires, ils avaient longtemps appartenu à un groupe de *bosozoku*, bandits des routes habitués aux guerres de territoire. Ils n'avaient fait aucune étude supérieure. Leur quotidien était plutôt rythmé de petits délits, de bagarres, de démêlés avec la police, de clopes, d'alcool, de femmes, d'arrangements douteux et même de stupéfiants. Rien ne les prédestinait à devenir détectives. Gaku avait même poussé le vice jusqu'à rallier un sous-groupe de yakuzas, auquel il avait fini par échapper grâce à l'influence de Jun. De cette époque, son ami avait néanmoins gardé un style vestimentaire assez discutable, comme en témoignait la veste vert flashy aux motifs japonisants qui reposait sur son fauteuil.

Des cartons encore scellés, ornés du logo d'une célèbre marque d'ameublement suédoise, étaient empilés dans un coin. Un nouveau bureau destiné à Akane Kurosaki, la dernière recrue. Jun contempla l'espace supposé l'accueillir. Ils ne pouvaient pas pousser les murs. Si l'agence continuait de grandir, il faudrait trouver un autre local, plus vaste. C'était peut-être le bon moment pour anticiper et se chercher un nouveau repaire.

Tout en réfléchissant, il ouvrit le dossier remis par Maki. Il parcourut les noms et les demandes des nouveaux clients. Une liste encore mince, mais qui ne demandait qu'à s'étoffer.

Alors qu'il se promettait d'étudier ces sollicitations dès qu'il en aurait la latitude, il fut tiré de ses pensées par la voix grave de Gaku, entrecoupée de celle, plus douce, d'Akane. Ni une ni deux, Jun se leva et les rejoignit au petit trot dans la salle de réunion.

3

À seulement vingt-deux ans, Akane Kurosaki, que Jun avait débauchée d'un cabaret du quartier rouge de Tokyo où elle exerçait le métier d'hôtesse, n'avait aucune expérience en tant que détective. Son insouciance, sa détermination farouche rappelaient au détective ses propres débuts. Akane n'avait pas froid aux yeux et s'encombrait rarement des conventions, et son énergie bouillonnante, ses idées neuves, son charisme et son sens de la repartie faisaient d'elle la recrue parfaite pour la mission qui se profilait. Tempétueuse, elle incarnait l'audace dont TLS avait besoin pour franchir un cap. Jun n'avait pas réfléchi longtemps avant de miser sur elle.

Concentrée, Akane faisait le point sur ce qu'ils avaient appris de Yuta Komano, leur client. Un disparu parmi les près de cent mille qui se volatilisaient volontairement au Japon chaque année, dans l'indifférence générale. Sauf en cas de péril imminent, la police ne bougeait pas, laissant aux détectives privés le soin d'offrir un dernier espoir à ceux qui mettaient tout en œuvre pour les retrouver.

Dans l'affaire qui les accaparait, Akane découvrait un phénomène rarissime. Deux semaines plus tôt, Komano avait frappé à la porte de l'agence avec une histoire troublante : après s'être sciemment tenu loin des radars pendant plus de dix ans, il revenait pour réclamer sa part de l'héritage familial. Fuyant les pressions d'un père autoritaire, figure respectée du cinéma japonais, Komano avait abandonné sa vie confortable et changé d'identité. Maintenant que son père était mort, il estimait opportun de refaire surface pour revendiquer son dû. Le problème ? Sa famille refusait de reconnaître sa filiation. Et, étrangement, aucune preuve tangible ne venait étayer sa version. Leur client était devenu un fantôme. À moins qu'il l'ait toujours été ? Une simple procédure de reconnaissance ADN tirerait cela au clair, mais la police ne pouvait pas l'imposer. Et bien sûr, la famille de l'acteur s'y refusait.

C'est là que TLS entrait en action.

— Il se fout de nous ! lâcha Gaku, excédé, en s'appuyant contre le dossier de sa chaise.

— Et moi, je dis qu'il faut lui laisser le bénéfice du doute ! répliqua Akane. Qu'il nous mente sur l'endroit où il se cache ne veut pas dire que toute son histoire est cousue de fil blanc. Et tu le sais.

— Si c'était que ça, starlette. Mais il n'est pas seul. Le dirlo l'a vu de ses propres yeux. Et ça, pour moi, ça change tout.

Gaku avait le chic pour affubler les autres de sobriquets aussi démodés que ridicules.

— Arrête de l'appeler comme ça, Gaku, intervint Jun. Akane est déjà au courant pour la gamine. Pour moi, c'est plutôt une omission. Même si ça pourrait interférer avec notre enquête, il n'était pas obligé de nous en parler. Dans un sens, je le comprends. Et je suis sûr que toi aussi. Alors, ne joue pas les imbéciles. Pas besoin que je te fasse un dessin pour que tu comprennes ce qui risque d'arriver si la partie adverse apprend l'existence de cette enfant.

Gaku se renfrogna et Akane prit soin d'ajouter, pour sa propre gouverne :

— Ça peut devenir un moyen de pression. La famille Komano pourrait l'utiliser, dans l'ombre, pour le menacer et le pousser à abandonner son action. C'est ça ?

— Exactement, fit Jun. Tu as eu le temps de trouver des informations sur elle ?

— Rien pour l'instant, mais je fouille du côté des registres de naissances dans la préfecture d'Hiroshima, puisqu'il vient de là-bas. Sur une période d'environ vingt ans, histoire de ratisser large et ne pas prendre de risque. Je vais bien finir par trouver quelque chose.

Gaku émit un rire amer.

— C'est surtout inutile. On perd notre temps. Qui te dit qu'il a vécu tout ce temps là-bas ? On ferait mieux de s'occuper d'autres dossiers. Ceux des clients qui placent leur confiance en nous, par exemple !

— On a été embauchés pour prouver que Yuta Komano est ce qu'il prétend être, martela Jun. On le prouvera, ou peut-être pas, mais on ne va pas abandonner, ni changer d'objectif en cours de route.

Akane, peu accoutumée aux tensions, se dandina sur sa chaise comme si elle lui brûlait les fesses. Dans ces moments et malgré toute sa bonne volonté, son manque d'expérience se faisait particulièrement sentir.

— Est-ce que ça arrive souvent, ce genre d'histoires ? demanda-t-elle soudain, brisant le silence qui s'était installé.

— Des disputes autour d'héritages ? Tout le temps, répondit Jun.

— Non, pas ça… Je parle des gens qui disparaissent pour revenir après des années, comme par magie. C'est quoi la morale derrière tout ça ?

Gaku posa les coudes sur la table et se pencha en avant, sourire en coin, comme s'il s'apprêtait à lui faire une confidence.

— La morale ? C'est simple. Dès qu'il y a de l'oseille en jeu, elle fout le camp.

— Fais-lui confiance, il sait de quoi il parle, sourit Jun en pensant à l'époque où Gaku jouait les gros bras pour recouvrir les dettes contractées auprès des yakuzas.

— C'est ça, marre-toi, dirlo. Tu sais que j'ai raison. Chaque centime compte. En tout cas, pour moi, Yuta Komano est un opportuniste. Ou un manipulateur, appelez-le comme ça vous chante. La seule chose qui l'intéresse, c'est le fric. Point barre.

— Je n'en suis pas si sûr, objecta Jun. Traverser la moitié du pays, se risquer à réapparaître et dilapider au passage ses économies pour qu'on prouve qu'il appartient à cette famille… c'est tout sauf de l'opportunisme. Au poker, on appelle ça *faire tapis*. S'il perd, il se retrouvera sur la paille.

— Je ne suis pas d'accord, réagit Akane.

Les deux associés se tournèrent vers leur cadette comme un seul homme.

— Comment ça ?

— Ben… C'est juste que je n'ai pas d'avis tranché, se défendit-elle. À mon avis, il est beaucoup trop tôt pour défendre une théorie plutôt qu'une autre. La seule chose qui m'intéresse, ce sont les faits, et uniquement les faits. Et vous devriez en faire autant, messieurs. On a un contrat avec lui et on va le remplir. Opportuniste ou pas, on en débattra une fois que ce sera terminé. D'ailleurs, patron, ajouta-t-elle en se tournant vers Jun, je me demandais quelque chose...

— Je t'écoute.

— Pourquoi est-ce que tu crois tant à la version de Yuta Komano ? Je ne veux pas prendre parti, mais dans ce genre d'affaires, on a plutôt tendance à se méfier de ce que dit le client, non ?

Jun déglutit, surpris par la question. Il n'avait pas anticipé que la franchise d'Akane se retournerait si vite contre lui.

— Qui te dit que je ne me méfie pas ? C'est d'ailleurs pour ça qu'on a organisé cette filature.

— Oui, mais...

— Ce n'est pas le moment de parler de ça. Prépare-toi pour demain, d'accord ? Une grande partie de notre réussite repose sur toi.

Jun quitta la pièce sans ajouter un mot. Akane, désarçonnée, interrogea Gaku du regard. Celui-ci se leva en défroissant son pantalon.

— Y a rien à comprendre, starlette. Allez, viens, on va manger un morceau. C'est moi qui régale.

4

Vendredi 26 avril 2024 – soir

— Une autre ?

De sa voix claire, Akane dominait le brouhaha du petit *izakaya* dans lequel elle et Gaku avaient pris place. Les rires rauques et le son des verres qui s'entrechoquaient rendaient toute discussion difficile. Sourire en coin, Gaku se prit au jeu.

— Je te suis. Impossible de me faire coucher par une gonzesse !

— Tu veux parier ?

Gaku ricana et sa comparse tapota sur la tablette de commande tout en se mordillant la lèvre inférieure. Akane était un sacré phénomène. D'aussi loin qu'il se souvienne, il n'avait jamais connu de nana qui tienne aussi bien l'alcool.

Ils étaient installés dans un de ces petits bistrots typiques, coincés sous les rails de la gare de Shimbashi, où le fumet des grillades et des plats en sauce se mélangeait aux relents d'alcool bon marché. Les lieux ne payaient pas de mine : des tabourets de fortune, des coussins élimés, des *salarymen* en sueur qui décompressaient bruyamment après une longue journée de travail. L'endroit parfait pour discuter sans se faire remarquer.

Akane déposait le menu tactile sur son socle quand l'arrivée d'un nouveau groupe déclencha une salve d'« *irasshaimase!*[1] » époumonés de la part des serveurs.

Gaku retroussa les manches de sa chemise rouge à fleurs et dévoila les tatouages qui recouvraient entièrement ses avant-bras. Des écailles de dragon, témoignage d'un passé mafieux dont il n'avait pas honte.

— Tu y es resté combien de temps? demanda Akane en désignant le motif du menton.

— Plus de dix ans. J'ai quitté le milieu en 2016, quand Jun est venu me chercher. C'était pas la première fois qu'il essayait de me recruter, hein. Mais ce jour-là, c'était différent. Le fondateur de l'agence venait de clamser et Jun avait pris les rênes du business. Il avait enfin les coudées franches pour changer les règles du jeu.

Akane haussa un sourcil, intriguée.

— Il a changé quoi, exactement?

— Disons qu'il a rendu le job de détective plus flexible. On ne suit pas toujours les règles à la lettre. Ce qui compte avant tout, c'est d'obtenir des résultats. Peu importent les moyens.

— Je l'avais deviné, sinon il n'aurait jamais fait appel à moi. Et vous vous êtes connus comment?

Un serveur déposa deux bières sur la table. Gaku en saisit une et prit une longue rasade.

— On se fréquente depuis qu'on est gamins. Même bahut, même quartier. Classe différente, vu que j'ai deux ans de plus que lui. Ça nous a pas empêchés de devenir

1. « Bienvenue! »

copains comme cochons. On en a fait, des conneries, sur nos bécanes ! Jusqu'au jour où un groupe de yakuzas nous a approchés pour qu'on les rejoigne. J'ai sauté le pas. Jun, lui, a refusé. Je t'avoue que je m'y attendais pas.

— Et pour finir en prime détective privé... Entre ça et sa façon de gérer le cas Komano... C'est étrange, quand même.

— Qu'est-ce que tu insinues ?

— Je me demande ce qui l'a motivé à exercer cette profession.

— Ça, ma belle, c'est à lui de t'en parler, s'il en a envie.

— Je vois. Tu joues les rebelles, mais en fait, t'es vachement axé « code d'honneur », je me trompe ?

— Tout juste, gamine.

Gaku était surpris. Elle était douée pour flairer les pistes, cette petite. Elle voyait plus loin que la plupart des gens.

— Tu as bien un indice à me lâcher, non ? continua-t-elle.

Il soupira. L'alcool commençait à lui tourner la tête. Il se pencha vers elle.

— Tout ce que je peux te dire, c'est que la vie n'a pas été tendre avec lui. Il est comme ça parce qu'il a dû apprendre à survivre. Sa manière de positiver, de toujours voir le bon côté des choses, c'est sa carapace. Sans ça, il se ramasserait la gueule.

Akane allait répliquer quand son téléphone sonna. Gaku en profita pour respirer un coup.

— Décroche, c'est sûrement lui.

Elle s'exécuta, tout en attrapant la tablette tactile du restaurant. Gaku protesta mollement, invoquant l'épaisseur relative de son portefeuille et la mission du lendemain, mais elle leva l'index pour le faire taire tandis qu'elle commandait deux verres de *shōchū*.

Jun l'appelait pour s'assurer qu'elle était prête. Elle le rassura d'une voix calme et confiante.

Ancienne hôtesse très prisée, la jeune femme connaissait le moindre recoin de Kabukichō et savait exactement comment approcher leur cible, attendue dans un *kyabakura*[1] le lendemain soir. Tout était sous contrôle. Elle raccrocha au moment où le serveur déposait deux verres d'un liquide transparent où cliquetaient des glaçons.

— On peut avoir la bouteille ? lança-t-elle avec nonchalance, s'attirant les foudres de Gaku.

— Tu veux me ruiner ?

Akane planta son regard perçant dans le sien. Ses iris brillaient d'une intensité amplifiée par l'alcool, contrastant avec l'innocence de ses joues roses et de son sourire insouciant.

— T'es vraiment un rabat-joie. Un mec viril comme toi, incapable de tenir le coup ?

— Tu dois te préserver pour demain.

— Au contraire. Il n'y a pas meilleur entraînement, tu crois pas ?

1. Mélange de « cabaret » et de « club ». La notion de « club » est particulière au Japon, il s'agit de bars privés et non de boîtes de nuit comme en Occident.

5

Vendredi 26 avril 2024 – nuit

Jun passa la soirée seul à l'agence, comme souvent. Par habitude plus que par choix. Après un passage éclair au *konbini* pour acheter de quoi se rassasier, il s'enferma dans son bureau. La question posée par Akane en réunion tournait en boucle dans sa tête. Elle avait ravivé des souvenirs qu'il aurait préféré garder enfouis. Des images, des sensations affleurèrent, comme une plaie à peine refermée qu'on gratte jusqu'à la faire saigner à nouveau.

Il était bien placé pour le savoir : la disparition d'une personne engendrait avant tout de la souffrance. Un déchirement pour celui ou celle qui s'effaçait, une ordalie pour les proches qui restaient, pris de court, démunis face à cette décision aussi soudaine que radicale.

Et pourtant, la vie suivait son cours.

Jun ne connaissait que trop bien ce sentiment d'impuissance. De n'avoir rien vu venir. De n'avoir rien pu faire. À l'époque, il n'était qu'un lycéen bien trop idiot et naïf pour détecter les signaux avant-coureurs.

Ces souvenirs le hantaient toujours. Peut-être que sans ça, sa vie aurait pris un tout autre chemin. Peut-être qu'il ne serait pas devenu détective privé et ne se retrouverait pas seul, ce soir, dans ce bureau étouffant, avec pour unique compagnie la lueur d'une lampe de bureau.

L'affaire Komano le secouait. Voir un « évaporé » refaire surface s'apparentait à un miracle. Peu importaient ses motivations, Jun lui accordait le bénéfice du doute. Il croirait en lui jusqu'au bout, quitte à être déçu. Ce n'était pas de la naïveté, mais de l'humanité. De l'empathie. De la compréhension envers cet homme qui bravait publiquement ses traumatismes, dix ans après les avoir fuis une première fois. Jun aurait aimé qu'Akane comprenne sa vision des choses mais, sous le coup de l'émotion, les mots s'étaient coincés au fond de sa gorge.

Alors qu'il terminait son repas, un claquement de porte l'avertit de l'arrivée de Tetsuya, l'étudiant chargé du secrétariat de nuit. La création de ce poste, l'un des nombreux changements opérés après sa prise de pouvoir, découlait d'un constat simple : la détresse d'un client ne se levait pas aux aurores pour se coucher avec le soleil.

Tetsuya salua son boss et se mit à l'aise, canette de boisson énergisante à la main et oreillette sans fil fichée dans l'oreille. Cheveux peroxydés, une légère couche de fond de teint sur son visage diaphane, des ongles peints en noir, un pantalon à pinces et des semelles compensées : le gamin, aussi épais qu'un fil de fer, était un extraverti, adepte de nouvelles technologies et avide de sensationnel. Il passait le plus clair de ses nuits à écouter des podcasts et à visionner du contenu en ligne. C'est d'ailleurs pour cela que Jun l'avait aussi chargé de la communication digitale de l'agence, un axe stratégique essentiel pour développer leur affaire à l'ère du tout-numérique.

— Voici le rapport marketing de la semaine, comme demandé, annonça Tetsuya en lui tendant une tablette. Mais sérieusement, patron, pourquoi vous êtes toujours là après 22 heures ? Vous devriez rentrer.

Jun esquissa un sourire. La même rengaine, encore et toujours. Il pensa à Gaku qui lui répétait sans cesse de « raccourcir ses foutues journées de quarante heures ».

— Cette agence, c'est comme mon enfant, expliqua-t-il. Je ne peux pas la laisser sans surveillance. Il peut se passer n'importe quoi, n'importe quand.

— Il faut apprendre à faire confiance. À lâcher prise. Vous avez bien un hobby, non ?

— À part la moto ? Pas besoin.

— Une passion ?

— Mon job.

Tetsuya leva les yeux au ciel.

— Et votre famille, alors ?

— Ce boulot est tout sauf compatible avec une vie de famille. On se fait des ennemis à tous les coins de rue. Être détective privé, c'est fouiner là où la police n'ose pas mettre les pieds. C'est ce qui fait le sel de ce métier. Mais c'est pas sans risques… Avoir une famille, ce serait la placer sous une menace constante. Je n'en dormirais pas la nuit.

— Vous ne dormez déjà pas beaucoup.

Cette remarque fit sourire Jun qui s'éclipsa pour se faire couler un café. Il déplia ensuite le futon dans un coin de son bureau, alluma sa tablette et parcourut les dernières statistiques des réseaux sociaux de l'agence. Les publications de Tetsuya attiraient la curiosité des internautes qui, grâce à leurs commentaires, généraient toujours davantage de vues. Ce cercle vertueux finirait bien par porter ses fruits, songea le détective en se penchant sur la chaîne YouTube de l'agence.

Il n'y connaissait pas grand-chose, mais avait cédé devant l'insistance de l'étudiant, qui y voyait « une manière simple de mettre en valeur leur savoir-faire et la garantie d'une croissance exponentielle des prospects ». La possible conversion des abonnés en clientèle restait à prouver, même si Tetsuya fédérait les utilisateurs, qui avaient atteint le nombre de quinze mille en l'espace de six mois. Une véritable communauté, engagée, attendait avec impatience les nouvelles publications du gamin, qui gérait seul le choix des sujets (présentation de l'agence, type d'affaires traitées, fraudes, techniques employées...), les prises de vues et le montage. Jun n'était là que pour valider la version finale. Du bon boulot. Un contenu de cette qualité mettrait, à moyen terme, du beurre dans les épinards de l'agence, que ce soit par la monétisation des vidéos ou grâce aux requêtes envoyés depuis la plateforme.

Ravi de la tournure des événements, le détective continua sa navigation sur YouTube. Il imaginait déjà une future vidéo sur l'affaire Komano, lorsqu'ils en auraient terminé. De quoi propulser TLS sur le devant de la scène ! Il en déroulait déjà les arguments principaux dans sa tête.

Dans le menu du compte de l'agence, il trouva une playlist estampillée « *True crime* ». La passion du gamin. Il s'y aventura et découvrit une foultitude de vidéos provenant de diverses chaînes, dans toutes les langues.

La miniature de l'une d'entre elles attira immédiatement son attention : « Le crépuscule de la Veuve blanche », un titre théâtral d'un vidéaste français répondant au pseudo de Genji. Le récit, dans la langue de Molière, était sous-titré en japonais.

Nerveux, Jun termina son café d'un trait, fouilla dans son tiroir et alluma une cigarette, réflexe qu'il croyait pourtant perdu de longue date, tout en pestant contre ces chiens de pseudo-journaleux qui reniflaient le moindre centimètre carré de sensationnel.

Puis il se résolut à lancer la vidéo.

6

Samedi 27 avril 2024

Jun sursauta en entendant la porte claquer derrière lui. Encore somnolent, il distingua la silhouette gracile d'Akane.

— Patron ? Désolée, je... euh... enfin, bonjour.

— Salut, Akane, grogna-t-il en s'étirant.

Une main sur son dos endolori, il replia son futon et s'avachit sur sa chaise pivotante. Ses muscles étaient raides, sa tête lourde. L'horloge murale affichait 9 heures passées de quelques minutes, mais il avait l'impression de ne pas avoir dormi. Sa nuit, hantée par la vidéo qu'il avait visionnée un nombre incalculable de fois, n'avait été qu'un chaos de sursauts et de sueurs froides.

— Tu es bien matinale. Le samedi, on ouvre seulement à 10 heures.

— On a du pain sur la planche. Et pour commencer, on va aérer. Ça sent le fauve, là-dedans !

Sans attendre de réponse, elle ouvrit grand la fenêtre. Une goulée d'air frais s'engouffra dans la pièce, charriant avec elle le brouhaha d'Ikebukuro.

— C'est ma toute première mission, ajouta-t-elle. J'ai pas envie de me planter.

— Va pour commencer tout de suite, alors. Tu as prévenu Gaku ?

— Il arrivera avant midi… enfin, s'il se remet de sa gueule de bois.

Akane s'installa à la place de l'ex-yakuza et décrivit l'apéro prolongé de la veille avec une innocence désarmante. On ne récupérait pas aussi vite à quarante-cinq ans qu'à vingt-deux, surtout lorsqu'on se frottait à une fêtarde de sa trempe.

Jun se leva péniblement.

— Café ?

— Pour une fois, je ne serais pas contre. Merci, patron.

L'accueil était désert. Maki ne bossait pas le week-end et Tetsuya avait terminé aux aurores. Jun se débarbouilla sommairement dans l'évier, puis il fit couler deux tasses de café, versa les deux sacro-saintes doses de sucre dans l'une d'entre elles et déposa l'autre près de sa collègue, déjà plongée dans le récapitulatif des informations glanées au sujet d'Eiji Komano, le frère présumé de leur client. Âge, éducation, hobbies, actualité, filmographie, vie amoureuse… des données qui l'aideraient à l'approcher, à établir une connexion et, avec un peu de chance, à récupérer discrètement un échantillon d'ADN. Le but n'était pas de tout planifier dans le détail. Il fallait en partie improviser et rester naturelle.

D'une pression de l'index, Jun tira la tablette de son sommeil. L'interface de l'application YouTube lui sauta au visage. Trop absorbée par le récit de Genji pour s'y intéresser la nuit précédente, son attention se tourna cette fois sur la centaine de commentaires postés sous la vidéo intitulée

« Le crépuscule de la Veuve blanche ». La plupart étaient rédigés en français et en anglais, avec quelques contributions en japonais disséminées ici et là.

Commentaires

@YusukeT 🇯🇵
Je me souviens encore de l'ambiance pesante à Tokyo à l'époque… Personne ne se sentait en sécurité.

> @Rika_San 🇯🇵
> Ma mère me demandait toujours de rentrer avant la tombée de la nuit. On oublie vite, mais ces histoires laissent des traces.

@Ronek_Olive 🇫🇷
Le feu comme expiation… C'est tellement théâtral. Elle a tué sans remords, et d'1 coup, elle se met à culpabiliser ? Ça colle pas.

> @Lebel_et_la_bête 🇫🇷
> Tu m'ôtes les mots de la bouche !

@ShinjiKobayashi3 🇯🇵
À l'époque, j'ai suivi l'affaire de près, et ce qui me frappe, c'est que personne n'a jamais réussi à établir un lien clair entre ses victimes. Pourquoi ces gens, pourquoi ces meurtres en particulier ?

> @Keikoooo_H 🇯🇵
> C'est exactement ce qui rend ce genre de criminel terrifiant. Aucun schéma apparent… En tout cas, pour moi, il n'y en avait pas ! Juste la mort qui frappe au hasard.

> @Uzumaki_N 🇯🇵

Au hasard peut-être, mais dans un cadre précis, quand même. On voit bien qu'elle ne s'attaquait pas à tout le monde.

@Farah_78 🇫🇷

J'adore ton travail, Genji. Et merci de nous faire découvrir l'envers du décor au Japon !

> @Genji_off 🇫🇷

Merci Farah ! Je fais de mon mieux pour apporter des perspectives nouvelles, sans tomber dans le sensationnel. Content de voir que ça fonctionne !

@Taka_M 🇯🇵

Un tueur en série qui décide de mourir au lieu d'être arrêté, c'est rare. La plupart s'accrochent à la vie jusqu'au bout, même en prison.

> @Uzumaki_N 🇯🇵

Assez d'accord avec toi, ouais. Après, ça dépend de son profil psy, aussi.

> Taka_M 🇯🇵

Oui, on sait pas tout, je pense.

@KaitoYamashita23 🇯🇵

Bizarre, ya eu un meurtre dans ma région qui ressemble à ceux de cette tueuse ! Ça remonte grave, mais c'était un peu après la mort de la Veuve blanche. Coïncidence ?

> @Ntn8306 🇯🇵

Attends… c'était pas celui dont on a parlé vite fait aux infos locales, avant que l'histoire disparaisse ?

> @KaitoYamashita23

Si, exactement. En 2011, l'année du tremblement de terre.

@Bernard_Servaz

Je le connais pas, mais je trouve intéressant le point de vue d'Hayato Ishida sur les émotions et le crime. En fin de compte, tout tourne tjs autour des liens humains.

> @Martin_Minier

Oui, les émotions ne sont pas juste des variables d'une enquête, elles sont souvent le moteur même du crime. Et je sais de quoi je parle !

> @Genji_off

Oui, ça a l'air d'un sacré flic ce Ishida ! En faisant 2, 3 recherches sur lui, j'ai vu que certains le comparaient à L, un personnage du manga *Death Note*. Mais il est bien réel !

— Alors, t'en penses quoi ?

Jun releva la tête, surpris.

— Pardon, tu m'as parlé ?

— Je te disais que je pensais y aller seule, ce soir, pour ne pas éveiller les soupçons. J'ai l'habitude.

Jun mit la tablette de côté. Certains commentaires le mettaient mal à l'aise, sans qu'il s'explique pourquoi.

— Seule ? Non. Tu es détective privée, maintenant. La règle d'or, c'est de ne jamais bosser seule.

— Bon, alors fais au moins en sorte que ton plan reste simple. S'il se doute de quelque chose, c'est foutu.

— Je serai là. Je me ferai passer pour un client. On n'utilisera pas d'oreillette, ça te permettra de rester concentrée.

Ensuite, on s'appuiera sur trois scénarios, en fonction des imprévus. C'est largement suffisant.

— Ça me tente pas trop. Je fonctionne plutôt à l'instinct.

— Et c'est précisément ce qui m'intéresse. En plus de ton expérience en tant qu'hôtesse, ça va de soi. Mais fais-moi confiance. Laisse-moi prévoir les différents cas de figure. Si l'un d'eux se révèle utile, tu me remercieras d'y avoir pensé. Pour le reste, je te laisse gérer comme tu l'entends. De toute façon, sans toi, cette opération est vouée à l'échec.

— OK. Je t'écoute.

— Avant toute chose, on va dire à Gaku qu'on s'y colle tous les deux. Il pourra continuer à négocier avec le labo pour réduire les délais d'analyse ADN. Pour les scénarios, c'est simple : on va réfléchir à tout ce qui pourrait dérailler pendant la soirée et classer ça par ordre de danger croissant. Grave, très grave, désespéré. Ça te va ?

— C'est toi qui vois. Et après ?

— Une fois qu'on aura fini, prends le reste de la journée. Repose-toi. Je te veux au top ce soir. Quant à moi…

Jun lorgna à nouveau la tablette, incapable de résister à son irrépressible curiosité. La voix de Genji résonnait encore dans sa tête.

— … j'ai deux, trois choses à vérifier.

7

Samedi 27 avril 2024 – soir

En plein cœur de Golden Gai, l'un des recoins les plus étroits et décadents de Kabukichō, se dressait le Scarlet Nights, un *kyabakura* dont la façade dorée ne laissait rien au hasard. Pas de néon criard, juste un panneau discret annonçant la présence de vingt-sept hôtesses pour la soirée. Le genre d'endroit où l'on entrait seulement si l'on était doté d'un certain prestige.

Ou de beaucoup d'argent.

Sur les coups de 22 heures, trois hommes en costume sombre s'y présentèrent et échangèrent quelques mots avec le colosse posté à la porte. Après avoir scruté les alentours, ce dernier les invita d'un geste à se rendre à la réception. Là, ils réglèrent les frais d'entrée avant de s'enfoncer dans un salon à l'atmosphère surchauffée.

Sur fond de musique jazzy, un brouhaha continu d'éclats de rire et de verres en cristal tintinnabulant, une lumière tamisée caressait des banquettes au cuir usé. Au bout de quelques minutes, un cortège d'hôtesses, sourires figés et robes sculpturales, fit son entrée. Akane Kurosaki se tenait, drapée dans une robe blanche qui épousait ses courbes et chaussée d'escarpins dorés, parmi ces déesses nocturnes prêtes à faire chavirer les cœurs.

Toutes s'inclinèrent avec grâce.

— Bienvenue au Scarlet Nights! lancèrent-elles à l'unisson, en prenant place sans attendre autour des nouveaux clients, trois comédiens célèbres qui fêtaient la fin d'un tournage harassant.

L'un d'eux, Eiji Komano, l'esprit ailleurs, un sourire machinal plaqué sur les lèvres, semblait à peine remarquer l'agitation autour de lui. Avec une habileté et une précision toutes professionnelles, Akane joua des coudes, se faufila à ses côtés et lui tendit sa carte de visite. D'un geste lent, Komano saisit l'offrande et découvrit un portrait de la jeune femme, souriante, presque irréelle dans ses habits de lumière. Au bas, son nom de scène scintillait : Kurenai, synonyme de rouge écarlate ou de passion ardente. Un pseudo tout neuf, créé pour les besoins de la mission.

Elle reproduisit le même geste mécanique vers les deux autres comédiens, dissimulant son ennui profond derrière un sourire éclatant, tout en maîtrise. Komano, lui, restait impassible, son regard perdu dans la foule. Il y avait quelque chose chez lui, une distance, un mur invisible qu'elle devait franchir.

Les trois hommes, déjà bien éméchés, commandèrent deux bouteilles du champagne le plus cher. Les hôtesses, dont les yeux brillaient à la perspective de la commission juteuse qui en découlerait, les félicitèrent exagérément.

Le temps était compté. Dans ce club, les filles changeaient de table toutes les quinze minutes, sauf si un client réclamait une rallonge. Quinze minutes, voilà la fenêtre d'action dont Akane disposait. Un quart d'heure pour charmer sa cible, saisir une chance et obtenir ce qu'elle convoitait, sans éveiller les soupçons. Dans le cas contraire, elle devrait déclencher le plan B et attiser suffisamment l'intérêt de Komano pour qu'il décide de la garder près de lui un peu plus longtemps. Parmi les trois scénarios élaborés avec Jun, c'était encore le moins grave.

L'abordable.

Jun attendit cinq minutes avant de gagner l'accueil. Après avoir payé pour une heure de bonne compagnie, il se plaça à une dizaine de mètres d'Akane.

Dire que sa nouvelle protégée l'avait bluffé lors de son entretien d'embauche était un euphémisme. Elle avait un talent naturel pour la conversation, une capacité à analyser le moindre geste et une faculté d'improvisation supérieure à la moyenne. Autant d'atouts qu'elle déployait sans jamais froisser ses interlocuteurs. Lui le premier.

Ce matin, il avait admis que la mission était vouée à l'échec sans elle. Il le pensait sincèrement. Ni lui ni a fortiori Gaku n'étaient rompus à ce genre d'exercice en finesse. Pour ne rien arranger, la vidéo de Genji l'obsédait depuis la veille. Il secoua la tête pour la chasser de ses pensées, non sans se promettre d'y revenir. Plus tard.

Jun balaya du regard la salle de réception. Le groupe d'Akane était entouré par deux autres tablées imposantes, composées chacune d'une dizaine de membres de la production. Toute l'équipe était de sortie.

Le détective n'eut pas le temps de se demander si c'était monnaie courante dans le septième art nippon : deux superbes brunes l'accostèrent avec enthousiasme. Bombardé de questions concernant sa journée, il tenta de répondre du mieux qu'il pouvait sans casser l'ambiance.

En face, Akane enchaînait les verres de champagne, une vision qui aurait sûrement fait enrager Gaku. Lors de l'entretien, elle avait confié qu'à une époque où elle portait les cheveux longs et abusait du maquillage, elle s'était fait connaître dans le monde de la nuit sous le pseudonyme de Honoka, « parfum de flamme ». Une image alliant chaleur, intensité et présence magnétique qui lui correspondait bien. Aujourd'hui, avec sa coupe courte et son look plus naturel, elle était presque méconnaissable. Jusqu'à son nouveau nom d'emprunt. Kurenai.

Jun joua le jeu et commanda un Talisker avec de la glace. Ses deux accompagnatrices optèrent pour des cocktails. Le patron se déplaça en personne pour les servir, gratifiant au passage Jun d'un clin d'œil.

Tout était en place.

Jun, qui faisait parfois de l'anticipation une obsession, avait un mantra. *Avoir toujours deux coups d'avance.*

Il remarqua bientôt qu'un membre de la production, grand et dégingandé, lunettes sur le nez, ne quittait pas la table d'Akane des yeux. L'homme se leva et se faufila maladroitement vers la jeune femme, la tête penchée comme dans un effort de concentration. Au même moment, Akane éclata de son rire particulier, communicatif, discernable entre mille.

Le détective comprit immédiatement. L'homme, probablement un habitué des cabarets, l'avait reconnue malgré sa transformation.

Un frisson le traversa. On n'était pas dans un scénario de type « échantillon d'ADN mal pris » ou « cible soupçonneuse ». Il s'agissait du cas « désespéré ».

Akane était ici incognito.

Si ce type la démasquait, c'en était fini de leur mission.

Sans réfléchir, il bondit de son siège, provoquant les exclamations de surprise de ses deux hôtesses. Armé de son verre, il contourna la table en s'excusant, puis se fraya un chemin jusqu'à l'homme.

— Hé, mec ! C'est toi ? cria-t-il soudain. Ça alors ! J'arrive pas à le croire !

Il titubait, jouant l'ivresse à la perfection, bras tendus comme pour enlacer un vieil ami.

— Ça fait un bail ! Comment tu vas ? Qu'est-ce que tu fous ici, petit coquin ?

L'homme le dévisagea, hésitant. Plus loin, Akane, alertée, se tourna vers Jun, cherchant à croiser son regard.

— On se connaît ?

— Arrête tes conneries ! Ça fait des lustres, mais quand même !

— Désolé, mais je crois que vous faites erreur…

— Sérieusement ? T'étais pas membre du club de programmation du lycée de Nakano ? Joue pas au con, tu vas finir par me vexer !

— Puisque je vous dis…

— Allez, je t'offre un verre. J'ai deux gonzesses pour moi tout seul, on va s'amuser !

— Vas-y, Oda, t'inquiète pas pour nous ! brailla un de ses collègues.

— Je ne connais pas ce…

Jun ne lui laissa pas le temps d'en placer une et passa un bras autour de son cou pour l'entraîner vers sa propre table. Dans la manœuvre, il fit exprès de renverser son whisky sur lui.

— Ah merde ! Désolé, Oda. Je suis trop con ! Viens, je vais te trouver un truc pour nettoyer ça.

Akane n'en revenait pas. Jun, si ronchon, vieux jeu, même, venait de se lancer dans une performance d'improvisation qu'elle n'aurait pas reniée. Elle devait agir, et vite. L'horloge tournait et, malgré ses efforts, Komano ne la retiendrait probablement pas au-delà de son quart d'heure réglementaire. Si Jun perdait le contrôle de la situation, c'était l'échec assuré.

Tant pis pour la délicatesse.

Elle trinqua avec l'acteur et, au moment de boire, le bouscula légèrement. Juste assez pour qu'il doive s'essuyer la bouche.

— Je suis vraiment désolée. Permettez-moi…

Elle sortit un mouchoir en tissu de son sac et, sans demander l'autorisation, essuya les lèvres de son client, sous les regards médusés des autres filles. Les amis de Komano éclatèrent de rire, avant d'applaudir à tout rompre, moqueurs.

Komano la remercia avec un sourire gêné.

8

Dimanche 28 avril 2024

La porte était entrouverte. Quand Akane pénétra dans le bureau des détectives, peu après 9 heures, elle s'attendait à trouver le patron en train de finir sa nuit sur le futon.

Ce qu'elle découvrit la figea sur place.

Gaku, à genoux, les manches de sa chemise jaune poussin retroussées et le front perlé de sueur, apportait la touche finale à son œuvre : un bureau flambant neuf!

Il se releva, satisfait, et redressa le meuble pour l'admirer.

— Ah, te voilà, toi, fit-il d'une voix rocailleuse.

— Si je m'attendais à ça!

— Fallait bien que quelqu'un s'y colle, et c'est pas le dirlo, avec ses deux mains gauches, qui l'aurait fait. Bon, manque encore une chaise décente, mais, pour l'instant, celle de l'accueil fera l'affaire.

Akane prit ses aises en se demandant si Gaku s'était donné autant de mal pour faire oublier sa cuite de l'avant-veille. Le détective se laissa choir dans son propre fauteuil, les pieds posés nonchalamment sur le coin de son bureau, et attendit le verdict de sa cadette.

— C'est parfait, fit-elle, souriante.

— Toujours aussi pimpante à ce que je vois.

— Je n'ai pas bu tant que ça, hier.

— C'est pas ce que m'a dit Jun. T'es rentrée tard ?

— Entre 5 et 6 heures du matin.

Gaku secoua la tête, désabusé.

— Faudra que tu me donnes ta recette pour encaisser à ce point.

Jun fit son entrée dix minutes plus tard d'une démarche pesante, les joues creusées et des cernes profonds sous les yeux. Dans son sillage se trouvait leur client, qui les gratifia d'un sourire penaud.

Les trois détectives firent leur rapport. La mission avait été un succès. Comme promis, ils avaient prélevé un échantillon d'ADN du frère présumé de Komano. La comparaison prendrait environ une semaine, peut-être moins, selon les dires du labo, que Gaku ne lâchait pas d'une semelle.

C'était le moment d'envisager les prochaines étapes du contrat. Si le test confirmait la parenté, Komano pourrait faire appel à un avocat et l'agence soutiendrait sa démarche : intenter un procès pour obtenir l'héritage tant convoité. Si les résultats étaient négatifs, alors la mission de TLS s'arrêterait là.

Tandis que Komano les remerciait, Gaku, fidèle à lui-même, ne put s'empêcher de jeter un pavé dans la mare, au grand dam de ses associés.

— Si je peux me permettre, une chose m'échappe.

— Laquelle ?

— Pourquoi nous avoir caché l'existence de votre fille ?

Le quinquagénaire resta coi l'espace de quelques secondes. Sans doute comprenait-il qu'il avait été suivi.

— Vous faites erreur, se défendit-il. Ce n'est pas ma fille, mais celle d'une amie décédée. Une évaporée, comme moi. Cette jeune fille est seule au monde. J'ai promis à sa mère de veiller sur elle. Pour être honnête, c'est en partie ce qui m'a motivé à sortir de l'ombre à l'annonce de la mort de mon père. L'héritage pourrait nous changer la vie…

— Nous comprenons, intervint Akane, rouge de honte.

— Excusez-moi de vous l'avoir caché. Je la protégeais simplement. Elle n'a rien à voir avec cette affaire.

— Mais elle vous rend vulnérable, rebondit Jun. Pour être franc avec vous, lorsque nous avons découvert son existence, nous n'étions pas tous les trois sur la même longueur d'onde. Mais maintenant qu'on a un peu de recul… nous vous proposons une approche différente.

— C'est-à-dire ?

— Quand le test ADN aura apporté la preuve irréfutable de votre appartenance à cette famille, l'affaire va faire grand bruit. Vous ne pourrez pas cacher cette enfant éternellement. Autant jouer cartes sur table avant que l'avocat de la défense ne s'en serve contre vous. Croyez-moi, ce genre de type peut être très retors.

— Vous proposez quoi ?

— Dites-nous tout. Dans les moindres détails. On va tourner cette histoire à votre avantage, pour vous attirer la sympathie des médias, du public… et d'un éventuel jury.

L'opération Komano était couronnée de succès. Quel qu'en soit le dénouement, l'implication de TLS sur le terrain n'était plus requise. Jun pouvait creuser la piste qui l'obnubilait depuis le visionnage de la vidéo YouTube. Après le départ de leur client, et plus taciturne que de coutume, il demanda quelques minutes d'attention à ses collègues.

— Rien de grave, les rassura-t-il. Mais j'ai besoin de temps pour gérer un imprévu.

— On peut t'aider ? proposa Gaku.

— Le mieux que tu puisses faire, c'est prendre la direction de l'agence en mon absence. Un mois ou deux.

Gaku esquissa un étrange rictus, à la fois surpris et content de voir son acolyte s'accorder un peu de temps pour lui.

— Je te connais assez pour savoir que c'est non négociable. Et entre nous, tant mieux. Depuis le temps que je te demande de lever le pied. Tu peux compter sur moi.

Jun se tourna vers Akane.

— Je sais que ça va te mettre dans l'embarras, surtout à peine arrivée, mais je vais te confier la fin du dossier Komano.

— T'es sûr de toi ? demanda-t-elle.

— Je t'ai vue en situation hier, tu es brillante sous pression. Le plus dur est derrière nous. Le reste, ce sont des formalités, et l'issue ne dépend plus vraiment de nous. Tu t'en sens capable ?

— Je m'en sortirai. Et puis, Gaku est là, en cas de besoin. J'espère que ce n'est rien de grave. Si on peut t'aider, n'hésite pas.

— Merci, mais ne t'inquiète pas, ça ira.

9

Quatre semaines et demie plus tard
Jeudi 30 mai 2024

En pleine nuit, Jun passa incognito à l'agence. Empêtré dans ses recherches en lien avec la vidéo de Genji, sous laquelle trois commentaires mentionnaient des crimes au modus operandi similaire à celui de la Veuve blanche (alors que cette dernière était présumée morte), il avait suivi à distance la progression de ses ouailles sur l'affaire Komano. Concluante, l'analyse ADN était néanmoins contestée par la partie adverse en raison de la méthode avec laquelle l'échantillon avait été prélevé, à l'insu de leur client. La validité de la procédure se trouvait désormais au centre des débats. La balle était dans le camp des avocats et cela tombait bien, car depuis la médiatisation de l'affaire, TLS croulait sous les demandes. Akane et Gaku n'avaient pas le temps de se rouler les pouces.

Peu avant 1 heure du matin, Jun mit un point final à sa lettre et laissa le papier en évidence au milieu de son bureau, coincé sous un stylo.

Ce n'était pas une simple note. C'était un plan, une sorte de testament, le fil conducteur de sa pensée destiné à ceux qui restaient derrière lui. Pas d'adieu. Pas de détresse. Ce qu'il laissait, c'était une décision. Une direction. Il ne fuyait pas. Il cherchait des réponses.

Cette décision exigeait son départ. Ce soir. Une conclusion inattendue mais somme toute logique, s'il s'en tenait aux éléments qu'il avait rassemblés jusqu'ici, notamment les informations fournies par cet internaute répondant au pseudo de KaitoYamashita23, qu'il devait absolument creuser sur le terrain. Il espérait que son expérience de détective privé lui permettrait de plonger au plus profond du monde obscur où se terraient ceux qui s'étaient volontairement soustraits à la société. Mis à la marge. Il espérait surtout en revenir. Yuta Komano lui avait prouvé que cela était possible.

Sur le bureau, son téléphone, ses clés et son portefeuille brillaient faiblement sous la lumière du néon fatigué. Il laissait derrière lui l'homme qu'il avait été pour se confronter à ses démons.

Jun enfila une veste et s'arrêta un instant à l'accueil, désert. Il couva une dernière fois son « enfant », comme il l'appelait, du regard. Puis il quitta le building et s'enfonça dans la nuit.

Nimbées d'un voile pluvieux, les rues d'Ikebukuro étaient étrangement calmes. Jun alluma une cigarette, tira une longue bouffée, mais le goût ne parvint pas à effacer la peine qui ravageait ses entrailles. Ce choix, il l'avait fait bien avant cette nuit, avant même de pouvoir le formuler.

Son esprit retourna quinze ans en arrière, au moment précis où sa vie avait basculé. Il marcha droit devant, fendit l'averse sans se retourner. Les immeubles familiers s'effacèrent devant des ruelles plus sombres, aux lampadaires clignotant comme des avertissements.

Il approchait du point de rendez-vous.

À son arrivée, une camionnette noire s'avança lentement, tous phares éteints. Le vrombissement du moteur résonnait dans le silence comme une promesse de non-retour. Le cœur de Jun se mit à battre plus fort. S'il avait pensé un jour collaborer avec l'ennemi, ceux à cause de qui toutes ces familles faisaient appel à des détectives privés !

Un homme descendit du véhicule. Quitta la pénombre pour la faible lueur crépitante d'un réverbère. Il portait une combinaison usée, tachée de sueur et de graisse, et avait une casquette vissée sur le crâne. Il regarda autour de lui, nerveux.

— Pas de cartons ?

— Non. Juste moi et mon sac à dos.

— Si vous n'avez rien à déménager, pourquoi faire appel à nous ? Il vous suffisait de prendre le train.

— C'est plus compliqué que ça. Je dois emprunter cette voie, et pas une autre.

L'homme haussa les épaules, résigné.

— Ma foi, vous avez payé, c'est vous qui voyez… Montez à l'arrière.

Jun balança son sac dans la camionnette avant d'y grimper. L'habitacle sentait l'huile, le tabac froid et quelque chose d'indescriptible, un mélange de désespoir et d'anonymat.

Un deuxième homme au volant, clone du premier, le salua d'un signe de tête.

— Vous êtes sûr de ne rien avoir oublié ?

— Certain. On peut y aller.

La camionnette démarra lentement.

Chaque kilomètre avalé éloignait un peu plus Jun de ce qu'il connaissait et maîtrisait. Il fonçait droit vers l'inconnu, sans plan précis ni filet de sécurité, avec pour seule certitude viscérale, ancrée au fond de lui, d'aller à la rencontre de ses démons.

Son regard se perdit par-delà les vitres embuées, là où les silhouettes des maisons, fantômes de pierre, se fondaient dans l'obscurité. Il voyait défiler, comme des flashs douloureux, les tournants de son existence qui l'avaient marqué au fer rouge.

Les rues familières de Tokyo laissèrent place à l'autoroute, et la mégalopole se dissipa progressivement derrière lui, engloutie par un ténébreux voile de brume.

Jun ferma les yeux et sombra dans un monde utopique.

Là où la tragédie ne l'aurait jamais frappé.

Là où il coulerait des jours heureux.

En famille.

DEUXIÈME PARTIE

« Il n'est jamais trop tard pour devenir ce que nous aurions pu être. »

George Eliot

1

Osaka

Août 2009, quinze ans plus tôt

Aujourd'hui, c'était la fin.

Les Doc Martens d'Ayumi martelaient le pavé de Nishinari, district désœuvré du centre d'Osaka. Le jour peinait à se lever, les contours de son visage se perdaient dans la lumière grise du matin. Pas une âme ne rôdait. Casquette noire sur la tête, Ayumi avançait, le regard dur, vêtue d'un pantalon en toile sombre et d'une veste à capuche usée par le temps. Autour de son cou, elle arborait un foulard rouge et noir noué avec soin, en toute saison. Ses oreilles portaient encore les cicatrices de multiples piercings.

Elle était obnubilée par le plan qu'elle avait longuement mûri, affiné dans les moindres détails.

Désormais, les rouages étaient en marche. La machine, lancée. Mais la complexité de sa mise en œuvre l'obsédait, tout comme la somme exorbitante qu'il avait fallu débourser.

Six semaines s'étaient écoulées depuis son arrivée. Six semaines d'attente, d'incertitude.

Aujourd'hui, c'était la fin.

Pour laisser place au renouveau.

Ayumi s'engagea dans une ruelle, à l'abri des regards. L'humidité l'étouffait. Elle fixait le chat noir imprimé sur la carte de visite qu'elle serrait entre ses doigts, symbole de tout ce qu'elle avait sacrifié. Une goutte, puis deux, s'écrasèrent sur le papier avant qu'elle ne le rempoche.

Une pluie fine tombait quand elle aperçut la camionnette grise. Anonyme, banale. À sa vue, deux types en descendirent, massifs. L'un d'eux fit coulisser la porte arrière. Une adolescente vêtue d'un gilet beige et d'une robe blanche à motifs fleuris émergea craintivement du véhicule. Hésitante, elle tenait un sac à dos couvert de badges et de porte-clés fermement serré contre elle, comme un bouclier. Elle était de taille moyenne, cheveux mi-longs, avec un grain de beauté sous l'œil gauche et une tache de naissance sur le dos de la main droite. Derrière elle, une femme frêle, la soixantaine, à peine plus grande et outrageusement maquillée, des lunettes de soleil sur le nez malgré le ciel plombé, fit son apparition. Sans un mot, elle déploya un grand parapluie transparent, les abritant toutes les deux de la bruine.

Ayumi s'avança, le cœur battant, les yeux plissés pour contenir les larmes qui affleuraient.

— Tout va bien ? demanda-t-elle d'une voix brisée, ses yeux rivés sur l'adolescente figée.

La directrice acquiesça.

— Elle est encore en état de choc, mais elle s'y fera vite.

Ayumi s'approcha et posa sa main sur le bras de l'adolescente.

— Mari, c'est moi…, murmura Ayumi, en pleurs. Tu as tellement changé…

En cinq ans, Mari était devenue une belle jeune fille. Elle n'était plus la gamine capricieuse et colérique que sa mère avait laissée à sa belle-famille après la tragédie. Elle conservait ce même regard noir si intense, où Ayumi décelait en cet instant de la confusion et de la peur. Elle la serra dans ses bras. En silence. Apathique, Mari ne lui rendit pas son étreinte.

Après avoir réglé les derniers détails avec la directrice, Ayumi quitta les lieux avec Mari, chacune enfermée dans ses pensées. Le chemin vers la *doya* était triste et monotone. Nishinari était parsemé de bâtiments en bois, en béton et en tôle rouillée, et de vieux restaurants aux enseignes défraîchies grinçant sous le vent.

Quelques minutes plus tard, Ayumi pointa du doigt un bâtiment en briques rouges érodé, coincé entre un hôtel miteux minuscule et une construction abandonnée. Ses nombreuses fenêtres grillagées évoquaient celles d'une prison. Sans les vélos alignés à l'avant, l'illusion aurait été parfaite.

— C'est là, souffla-t-elle. Il y a quelques règles ici, ajouta-t-elle en se tournant vers sa fille, l'air sérieux. Vaut mieux éviter la douche commune. Bien qu'il n'y ait que des évaporés ici, ce n'est pas un endroit pour nous. Chaque jour, on ira au *sentō*[1] situé dans le bloc voisin.

Mari considéra l'endroit d'un regard dépourvu d'émotions. Elle subissait visiblement la situation.

1. Bains publics.

Dans leur chambre exiguë, un studio de dix mètres carrés muni d'une kitchenette vétuste, de deux futons mal rembourrés et d'une climatisation murale jaunie, Ayumi s'excusa de leur avoir imposé cette épreuve, puis posa des questions simples pour briser la glace. Dans un malaise persistant, les deux femmes échangèrent des banalités sur leurs trajets respectifs.

Mari sortit enfin de sa réserve lorsque Ayumi avoua avoir craint qu'elle ne coopère pas.

— En même temps, qui aurait cru que t'étais toujours en vie ? cracha-t-elle. De toute manière, j'avais pas le choix. Fallait que j'me barre. Depuis le jour où la presse a révélé l'identité de la Veuve blanche… j'ai passé cinq semaines infernales.

Son ton, empreint de colère, trahissait une souffrance palpable. Elle détailla les épisodes de harcèlement, les brimades, les insultes de ses camarades. S'indigna du mépris des enseignants et des adultes. La société tout entière s'était liguée contre elle en apprenant son lien avec la tueuse en série. Ayumi Inoue.

Sa mère.

— J'en pouvais plus. J'ai pensé au suicide plus d'une fois. Comment vivre normalement quand t'es cataloguée « fille de *serial killer* » et que tout le monde te juge ? Le plus dingue dans tout ça, c'est que la *yonigeya*[1] s'est appuyée sur ça pour son plan. Dans le genre dérangés, ils se posent là, eux aussi…

Ayumi, accablée, baissa les yeux. En effet, la *yonigeya*, qui

1. Compagnies spécialisées dans la disparition volontaire de leurs clients.

ne laissait rien au hasard, avait fait disparaître Mari en prétextant un suicide.

Sans lui laisser le temps de prononcer un mot, sa fille poursuivit.

— Quand je te vois, j'arrive pas à croire que tout ce qui a été dit sur toi soit vrai. Me dis pas qu'ils ont raison, si ? T'as tué tous ces gens ?

Ayumi se contenta de s'excuser, tête baissée, les yeux embués de larmes.

— Pourquoi tu réponds pas ?

— On en parlera, mais plus tard. Promis.

Malgré la tension, ce semblant de contact, noué après cinq longues années de séparation, constituait une lueur d'espoir. C'était certes sur un mode conflictuel, mais elles communiquaient.

Leur survie dépendrait de leur capacité à se fondre dans l'ombre, à préserver entre elles une certaine harmonie.

— On doit d'abord s'installer ici et attendre que les choses se tassent, poursuivit Ayumi, des trémolos dans la voix. Sous une nouvelle identité.

Elle tendit plusieurs cartes plastifiées à sa fille.

— Tu t'appelles désormais Sora. Et moi, Alice. La *yonigeya* nous a fourni ces faux papiers à n'utiliser qu'en dernier recours. Même si le nom de ton père, contrairement au mien, n'a pas filtré dans la presse, il valait mieux qu'on change aussi ton nom de famille. On ne sait rien de ce qui nous attend dans le sous-monde.

— Le sous-monde ?

— C'est comme ça que j'appelle l'univers de ceux qui choisissent de disparaître. Rien de péjoratif, c'est un peu comme un monde caché, si tu préfères. Quoi qu'il en soit, dans ces conditions, notre lien de parenté est une faiblesse. Il vaut mieux que personne ne le découvre. Sinon, ça se retournerait contre nous.

Alors que Sora grommelait quelque chose comme « c'était bien la peine que je me casse de Tokyo... », Alice se leva, se dirigea vers la minuscule cuisine.

— Il y a une chose que je voudrais que tu fasses...

L'éclat métallique des ciseaux dont elle se saisit brillait dans la lumière blafarde.

Alice retira sa casquette, laissant sa chevelure de jais retomber en cascade sur ses épaules.

— Je voudrais que tu me coupes les cheveux. C'est la dernière étape de la transformation qu'on a exigée de moi après ce changement d'identité... Je tenais à ce que ce soit toi qui le fasses.

Sora ne trouvait pas cela véritablement nécessaire, tant sa mère avait changé depuis la dernière fois qu'elle l'avait vue. Des rides striaient son front, ses joues étaient creuses... Elle avait perdu beaucoup de poids.

Elle la trouvait méconnaissable.

2

Osaka
Octobre 2009

— Je vous en supplie, ne me tuez pas !

Dans un parc désert battu par la pluie, Alice se tenait au-dessus d'une femme qui, les yeux écarquillés de terreur, implorait grâce. Sa main s'abattit sur sa victime en même temps que sa réponse.

— C'est plus fort que moi.

— Je suis enceinte, murmura la victime dans un ultime gargouillis.

Les mots résonnèrent comme un coup de tonnerre. Alice fut pétrifiée sur place. Alors que la pluie cessait, son bras meurtrier s'embrasa.

La directrice de la *yonigeya*, qui observait la scène déguisée en sorcière, murmurait une incantation de ses lèvres rouge sang. Les flammes virèrent au bleu, dansèrent autour d'Alice et se propagèrent jusqu'à sa maison. Les psalmodies s'intensifièrent. Un nuage de fumée noire s'éleva dans les airs. Lentement, le visage provocateur de Masato Kuraki, ce flic qui la défiait lors de conférences de presse télévisées, se dessina au milieu des volutes.

— Je vois clair en toi, proféra-t-il. Je finirai par t'attraper. Tu paieras pour tes crimes !

La fumée tourbillonna et s'épaissit. La pression dans l'air devint insupportable, comme si le ciel lui-même conspirait à sa perte. Une odeur de gaz saturait l'atmosphère. Alice voulait se mettre à l'abri, mais une main décharnée, sortie de terre, l'agrippait fermement par la manche. Celle de l'amour de sa vie.

— Ryo ! s'écria-t-elle. Lâche-moi, on doit fuir, tout va exploser !

Alice se réveilla en sursaut, le souffle court, trempée de sueur dans l'étreinte étouffante de la chambre. La lumière du jour filtrait à travers les rideaux.

Épuisée, Sora dormait profondément à ses côtés.

Alice tenta de calmer son cœur affolé, de tirer son esprit des ténèbres de son inconscient qui le retenait prisonnier.

Il était impossible que Kuraki sache qu'elle était encore en vie. Le plan avait été minutieusement orchestré. Les journaux avaient fait grand bruit de sa mort, inondant la population de rétrospectives sur son macabre tableau de chasse. Alice avait vu tout cela de ses yeux. Et puis, si la *yonigeya* avait échoué, sa fille ne serait pas arrivée à bon port, non ?

Sa priorité, c'était le présent. Sa deuxième chance.

Elle n'abandonnerait plus jamais son enfant. Tout comme elle ne laisserait plus jamais ses démons la dévorer au point de perdre tout contrôle. Après avoir lutté si longtemps, elle voulait accueillir le bonheur, lui dérouler le tapis rouge, refermer ses bras sur lui et le retenir de toutes ses forces.

Alice s'était rallongée, mais elle savait qu'elle ne dormirait plus. Autant en profiter pour s'aérer l'esprit et faire quelques emplettes. Elle roula hors du futon, s'habilla rapidement puis s'aventura dans les échoppes du quartier, où les prix écrits à la main sur de simples bouts de papier défiaient toute concurrence. Comptant chaque centime de ses maigres économies, elle acheta de quoi manger. Onigiris, gobelets de soupe miso, thé. Le tout pour la modique somme de deux cents yens. À peine plus d'un euro.

Sur le chemin du retour, elle croisa des personnes âgées installées sur des sièges de fortune, le long du trottoir, qui petit-déjeunaient à la bière. Ces poivrots picolaient à toute heure et par tous les temps, et finissaient souvent ivres morts sur le bitume, ramassés à la petite cuillère par leurs comparses les moins éméchés. La police effectuait parfois des rondes au milieu de ce marasme, surtout pour surveiller les parcs et s'assurer que personne ne mendiait, un acte illégal dans l'archipel. Alice se souvenait encore de la frayeur sourde qui l'avait saisie la première fois qu'elle avait croisé un de leurs véhicules. Depuis sa disparition et malgré ses précautions, elle avait l'impression lancinante d'être observée, sans qu'elle sache si cette angoisse était justifiée.

Son retour dans leur chambre fit sursauter Sora. L'adolescente se frotta les yeux, rappelant à Alice une époque révolue, quand sa fille n'était encore qu'une gamine. Sora se débarbouilla tandis qu'elle dépliait la table basse.

— Onigiri thon-mayonnaise, ton préféré, annonça Alice avec un sourire. À moins que ça ait changé entre-temps.

— Merci, marmonna Sora.

— Désolée de ne pas t'offrir mieux, pour l'instant. La prestation de la *yonigeya* a coûté une fortune. Simuler une mort, c'est déjà spécial. Alors deux…

— Et le logement ? demanda Sora en ouvrant méthodiquement son onigiri, suivant les indications fléchées inscrites sur l'emballage. On va rester encore combien de temps dans ce taudis ?

Alice encaissa cette pique en déglutissant.

— C'est payé pour encore quelques semaines. Le but, c'est de trouver un boulot d'ici là. D'ailleurs, il y a une foire à l'emploi dans le quartier ce matin. Je vais y faire un tour.

— Je peux travailler, moi aussi, tu sais.

— Pas question.

— Je ne vais pas rester enfermée !

Alice se leva, prête à partir.

— Pour l'instant, je ne veux pas que tu bouges d'ici. Le temps que je comprenne comment les choses fonctionnent.

Alice se faufila dans une allée couverte, coincée entre deux immeubles fatigués, un de ces endroits dont on lui avait parlé dès son arrivée. Postés à l'entrée, quelques types patibulaires, affiliés au syndicat du travail de Nishinari, d'après leurs dires, jaugeaient chacun des gestes de ceux qui s'y aventuraient. Après les avoir dépassés, Alice découvrit, étalées sur les vitres crasseuses de magasins abandonnés, les offres d'emploi à la journée. Cet affichage lui rappela son ancienne vie, quand elle était une chasseuse d'appartements reconnue, capable de dénicher des perles rares dans un marché saturé. Quelle ironie…

Autour d'elle s'amassait une foule dense. Des corps usés, tordus par la misère, agglutinés en une masse amorphe. Ils ne représentaient pourtant qu'une poignée de laissés-pour-compte, les plus vaillants encore en état de se déplacer. Les autres, trop vieux, trop cassés, perdus dans les limbes de l'alcool ou de la drogue, se contentaient de quelques sous arrachés à la collecte des ordures ou à la pitié des passants. Alice remarqua quelques femmes sans âge aux visages ternes, creusés par la détresse.

Le marché commença. Brutal, sans fioritures. Les employeurs déboulèrent du fond de l'allée et, du regard, passèrent en revue les postulants, en interpellant certains pour leur poser quelques questions directes. Ici, le concept d'équité n'avait pas cours. Le premier qui faisait l'affaire était embauché, en général pour la journée, avec à la clé une rétribution, en cash. Une sélection journalière, qui imposait de revenir tenter sa chance encore et encore dans l'espoir d'une fragile continuité dans le labeur.

Alice fut ballottée sans ménagement d'un côté à l'autre. Ignorée par les employeurs qui lui jetaient des coups d'œil méprisants. La misogynie était palpable. Écœurante. Chaque rejet, chaque coup d'épaule rapprochait un peu plus Alice de l'explosion. Un sifflement aigu monta dans ses oreilles, dominant le chahut autour d'elle. Elle se débattit avec rage contre la foule, tomba, se releva, avant d'être à nouveau submergée par la vague humaine.

Elle parvint à s'en extraire, les mains vides, la tête bourdonnante. Le goût amer de l'échec lui brûlait la bouche. Mais Alice, inondée de sueur et de colère, se jura d'en tirer les enseignements. Peu importe ce qu'il en coûterait, la prochaine fois, elle s'imposerait.

3

Osaka
Novembre 2009

Nimbé sous une chape de nuages noirs, Nishinari peinait à émerger d'une énième nuit agitée. En fin de matinée, les ruelles brumeuses baignaient dans un silence sépulcral. Les rares personnes qui s'aventuraient dehors évoluaient d'un pas rapide, tête baissée, comme si la lumière grignotait leur espérance de vie. Les autres restaient chez eux ou s'entassaient dans la myriade de petits restaurants qui colonisait la zone.

Alice s'activait à la plonge dans un *izakaya* bondé et bruyant, saturé d'odeurs de sueur et de friture. Après plusieurs tentatives infructueuses, elle avait enfin décroché son sésame.

Levée aux aurores, elle avait tenu bon dans le pugilat généralisé. Sans être une briscarde, elle s'était habituée à cette foire humaine sans foi ni loi. L'attitude était essentielle.

À 6 heures du matin, la chaleur avait atteint un étonnant seize degrés, et Alice, dégoulinante de sueur, ne s'était pas laissé intimider. Les patrons en quête de main-d'œuvre avaient évalué son niveau de fatigue et jugé son teint blême avec un mélange de dédain et de concupiscence. Même dissimulé sous des vêtements légers mais amples, son corps suscitait un appétit malsain, qu'elle affrontait sans vaciller.

Comme chaque jour depuis des semaines, elle avait vu défiler des offres de missions longues, répétitives, d'une pénibilité extrême, requérant puissance et grande résistance physique, notamment dans le domaine du bâtiment, les plus nombreuses mais aussi les plus prisées. Elle se battait pour en décrocher une coûte que coûte lorsqu'un type bourru à la démarche lourde avait fait son apparition, à la recherche d'une armada de serveurs et de plongeurs. Il s'était lentement approché d'elle et l'avait toisée de bas en haut, comme une marchandise, avant de lui tendre une carte. Le graal, en toc et doté d'un salaire horaire dérisoire, qu'Alice avait néanmoins accepté sans hésiter, soulagée de s'extraire de ce bourbier.

Les assiettes propres s'empilaient. Alice se perdait dans la monotonie de la tâche. Ses pensées vagabondaient, rythmées par le tintement des casseroles, les grésillements du gril de la cuisine et le brouhaha qui remontait de la salle principale. Elle ne portait pas d'uniforme, juste un tablier recouvrant ses vêtements ordinaires. Son foulard rouge et noir, lien intime avec son passé, restait noué autour de son cou en toutes circonstances.

Alice ne perdait pas de vue son objectif à long terme. Ce job n'était qu'une étape. La paie, aussi minime soit-elle, n'avait pas tant d'importance. Elle se trouvait à l'orée d'un nouveau chemin qui, elle l'espérait, lui permettrait d'offrir une vie meilleure à sa fille. Disposer d'un logement plus adapté que cette pièce minuscule de dix mètres carrés, mal climatisée, dans un immeuble délabré. Entrevoir un avenir plus digne, plus sûr, loin des jugements et des regards intrusifs. Trouver un endroit où leur existence ne serait plus une lutte quotidienne pour la survie, mais un océan d'insouciance et de paix. En tout anonymat.

4

Osaka
Novembre 2009

Sora se réveilla en fin de matinée, le corps encore engourdi. La fuite orchestrée par sa mère, ainsi que les premières semaines ici, conflictuelles, avaient pompé toute son énergie.

Elle resta étendue sous la fine couverture et fixa le plafond jauni. L'effroi lui rongeait l'estomac. Tout s'était enchaîné si vite ! Arrachée à une vie où, à défaut d'être heureuse, elle était en sécurité, elle se retrouvait piégée dans une autre, plus incertaine, même si elle était enfin débarrassée de ses harceleurs. Sa mère, une meurtrière ? Non. Impossible. Elle s'était toujours montrée protectrice, douce, prête à tout pour elle. Ce qu'on racontait… ce qu'elle avait lu… c'étaient des mensonges, forcément ! Des raccourcis, des coïncidences tordues.

Sora se recroquevilla sur son futon.

Mais si c'était vrai ?

Le doute creusait en elle une faille béante. Après tout, cinq ans s'étaient écoulés depuis leur dernière rencontre ! Quelle mère délaissait sa fille si longtemps, surtout pendant son adolescence ? Les images des crimes, reconstituées par son imagination sur la base des informations glanées ici et là, lui revenaient par flashs. Des scènes atroces, où sa mère, le sourire mauvais, à califourchon sur l'une de ses victimes, la plantait encore et encore. Une vision insoutenable.

Non. Elle voulait croire en son innocence. Elle *devait* y croire. Sinon, que lui restait-il ?

Après une dizaine de minutes à se torturer l'esprit, Sora se leva, se lava le visage dans l'évier puis ouvrit le frigo pour découvrir ce qu'Alice lui avait laissé : un onigiri thon-mayo, une salade de concombres et un yaourt protéiné bon marché. Rien de folichon, mais cela suffirait pour démarrer la journée.

Après avoir tout englouti, elle enfila un pantalon noir, un sweat gris et, capuche rabattue sur sa tête, brava les interdits de sa mère, comme chaque jour depuis une bonne semaine. Rester cloîtrée dans une cage ne lui ressemblait pas. Quinze ans à peine, et déjà tant de journées désœuvrées…

Osaka, ce n'était pas que Nishinari. Il y avait de la vie au-delà du quartier, là où tout le monde la pensait morte. Elle n'avait jamais quitté Tokyo, le monde lui était étranger, et tout restait à découvrir ici. Sans son sacro-saint téléphone et la géolocalisation, elle devait improviser. Elle avançait à l'instinct et se repérait seulement grâce aux endroits qu'elle avait déjà explorés depuis son arrivée.

Saisie par la fraîcheur automnale et dotée du sens de l'orientation d'un nourrisson, elle suivit la signalétique éparse menant au zoo de Tennoji. Une zone adjacente et certainement moins oppressante que Nishinari, où elle espérait qu'un vent nouveau souffle sur son moral en berne. La crasse et une odeur de détritus imprégnaient certaines rues du quartier. Un canapé éventré trônait au milieu d'un parc abandonné, cerné par des abris en tôle à peine plus hauts que Sora.

Nishinari, c'était aussi ça : une réalité que personne ne voulait voir. Un problème que le Japon balayait sous le tapis. Il ne fallait surtout pas en parler aux touristes, bien que ceux-ci ne soient plus dupes depuis longtemps. Cela trahissait la mentalité collective où le paraître, l'image donnée au plus grand nombre primait, peu importaient les abominations déterrées dès qu'on grattait la surface du tissu social. Sora avait déjà appris à la télé à quel point les sans-abri, bien moins nombreux qu'aux États-Unis ou en Europe, étaient mal vus. Au Japon, tous s'accordaient à dire qu'ils ne pouvaient s'en prendre qu'à eux-mêmes, on ne finissait pas à la rue sans le vouloir. D'autant que tous travaillaient pour subvenir à leurs besoins, en vendant des magazines ou en récoltant des canettes vides par exemple, et bénéficiaient de l'aide régulière d'associations caritatives.

Sora remontait une ruelle à grands pas lorsque des cris lui parvinrent depuis le croisement tout proche.

Un homme visiblement alcoolisé titubait devant l'entrée d'un bar, aux prises avec le gérant, un grand blond peroxydé. Sa copine, bien éméchée elle aussi, lui tirait la manche en tentant de le raisonner. Excédé par ses hurlements, l'homme lui asséna un violent coup de poing qui l'envoya au sol. Indigné, le gérant le poussa des deux mains. L'épave humaine recula droit sur Sora, qu'il heurta de plein fouet. Dans un élan de rage mêlé de propos décousus, il se retourna et essaya d'attraper l'ado par le col. Plus vive, Sora saisit son avant-bras d'une main, sa chemise à moitié ouverte de l'autre, pivota et, d'un mouvement précis, le balaya au sol. L'homme s'écrasa dans un râle. Sa copine, qui venait de se relever, le nez dégoulinant de sang, fonça sur elle en l'insultant mais le patron du commerce l'intercepta. Tout en ceinturant la furie qui se débattait, il brailla sur l'adolescente.

— Qu'est-ce que tu fous là, toi ? Disparais de ma vue !

Sora s'éclipsa au petit trot, sans demander son reste. Ici, les emmerdes commençaient tôt et ne connaissaient aucun répit.

Elle regrettait Tokyo.

L'agitation, les lumières, l'effervescence qui empêchaient l'ennui de s'installer. Mais plus que tout, sa cousine lui manquait. Dix-huit ans, trois de plus qu'elle, et ce rôle de grande sœur qu'elle avait endossé sans jamais faillir. Toujours là pour la défendre, la consoler, la faire rire quand tout semblait trop lourd.

Sora sentit sa gorge se serrer. Sa cousine la croyait morte, à présent. Elle aurait voulu lui dire qu'elle était là, quelque part. Qu'elle allait bien. Lui promettre qu'un jour, elles se retrouveraient. Parce que c'était ça, le plus terrible : savoir qu'en disparaissant, elle l'avait laissée seule avec sa peine.

Elle poursuivit sa route le long d'un square où une cinquantaine de personnes faisait la queue pour le *takidashi*, le repas gratuit distribué chaque jour. Une ligne silencieuse et disciplinée s'étirait jusqu'à une camionnette où deux personnes s'affairaient aux derniers préparatifs.

Sora ignora l'attroupement et accéléra le pas en direction de la gare de Shin-Imamiya, à travers des rues bordées de commerces vieillissants. Devant l'un de ces petits magasins, une vieille dame équipée des pieds à la tête de vêtements anti-UV malgré le temps maussade, occupée à balayer, la héla.

— Hé, gamine ! dit-elle en relevant sa visière. Tu ne devrais pas trop traîner par ici. Tu viens de Kamagasaki, hein ? Ce n'est pas un endroit pour une fille comme toi.

— Kamagasaki ?

— C'est comme ça que ceux de ma génération appellent Nishinari.

— Je savais pas. Je suis juste une touriste, mentit Sora, pensant duper son interlocutrice.

— Ah ouais ? Et tu viens d'où, ma petite ?

— Tokyo.

Sora avisa la vitrine face à elle. Ce qu'elle avait pris pour un magasin était en fait un minuscule café-librairie.

— C'est à vous ?

— Tout juste.

— J'adore cette série sur le judo, fit remarquer l'ado en pointant du doigt un manga sur un présentoir. Même si j'ai jamais pu la finir.

La tenancière suivit son regard.

— Je suis une grande fan d'arts martiaux, ajouta l'adolescente. J'en fais depuis toute petite. J'ai même participé aux championnats nationaux lycéens deux fois de suite.

— Eh bien, où qu'ils soient, j'imagine que tes parents doivent être fiers de toi ! Tu veux entrer ? On n'a jamais beaucoup de monde, tu pourras lire autant que tu veux, ici. Je te rejoins dans une minute.

Sora grimaça à l'évocation de ses géniteurs, qui ne l'avaient pas élevée. Une courte hésitation plus tard, elle se laissa tenter. Après tout, elle n'était tenue par aucun engagement et entendait mener sa vie librement.

Les lieux étaient modestes mais chaleureux. Elle dénombra à peine six tables. Deux clients buvaient du thé et mangeaient du *yakisoba* dans des barquettes tout en lisant. En fond, un air de piano adoucissait l'ambiance. Les murs étaient tapissés d'affiches en noir et blanc d'événements littéraires. Les étagères croulaient sous les livres, classés avec soin. De tous les genres, même de vieux romans traitant de l'ère Edo qu'affectionnait tant son grand-père et qu'elle-même avait dévorés. Les yeux brillants, Sora attrapa le manga qui l'intéressait et se plongea dedans, en oubliant presque où elle se trouvait et la situation qui était la sienne. Alors qu'elle dévorait les pages avec avidité, ses mimiques et réactions attendrirent la vieille dame qui, se fendant d'un sourire bienveillant, continuait à l'observer à travers la vitrine.

5

Vendredi 31 mai 2024

Shibuya.

Le cœur battant de Tokyo. Un carrefour iconique d'urbanité extrême et d'où une marée humaine semblait ne jamais refluer. Sous ses pieds, un labyrinthe de béton innervait une multitude de lignes ferroviaires entremêlées, brassant des millions de passagers au quotidien. Les immeubles démesurés, bardés d'écrans géants projetant des publicités bruyantes à longueur de journée, ajoutaient une couche supplémentaire à cette frénésie ininterrompue.

La foule grouillait en quête d'un déjeuner. Hayato Ishida, à son grand dam, n'était pas là pour contenter ses papilles. La chaleur le plombait, l'air lui semblait trop épais à respirer. Shibuya à l'heure de pointe n'avait rien à envier à l'enfer qu'était Shinjuku, d'où il débarquait. La sueur rendait sa chemise collante et ses pieds macéraient dans ses éternelles Timberland tandis qu'il ralliait le *kōban* près de la sortie où trônait la statue de Hachikō [1], symbole universel de loyauté, point de rendez-vous préféré des Tokyoïtes.

1. Hachikō (1923-1935) était un chien de race akita devenu célèbre au Japon pour avoir attendu son maître, décédé soudainement, chaque jour

Hayato ne négligeait jamais les enquêtes de terrain. Depuis quelque temps, il s'y accrochait davantage, avec une intensité presque obsessionnelle. Au fond de lui, il entretenait un espoir insensé : trouver une trace, un indice, une preuve que sa sœur, décédée depuis dix ans, était bel et bien en vie. Qu'elle avait sciemment disparu, à l'époque, pour échapper à un danger imminent. Il n'en démordait plus depuis qu'il avait mis la main sur cette étrange carte de visite, quelques mois plus tôt. De quoi fissurer la certitude du deuil et raviver ses espoirs.

Chaque mois, il visitait une dizaine de guérites de la police, ces postes de proximité répartis aux quatre coins de la ville. Les agents y passaient leurs journées à enregistrer des plaintes pour vol, dégradations ou encore des altercations mineures. Ils se muaient aussi en guides et gestionnaires d'objets perdus, à l'occasion.

Le sale boulot, selon Hayato, bien qu'essentiel.

Le capitaine de la cellule Sakura, unité spéciale de la police japonaise créée un an plus tôt et ne répondant qu'aux ordres du surintendant, était un marginal, mais en aucun cas un masochiste. S'il s'infligeait ces tournées, c'était pour une raison bien précise. Il y avait une chose que les *kōban* recensaient, et pas de moindre importance : des informations sur certaines affaires mésestimées et reléguées aux oubliettes de la police, dont les disparitions. Bloc par bloc, Hayato y glanait des données en apparence anodines, que

---

pendant près de dix ans à la gare de Shibuya où trône aujourd'hui une statue à sa mémoire.

personne ne jugeait pertinent de corréler et qui pourtant pouvaient se révéler précieuses dans la quête qui l'obsédait.

La porte du poste coulissa avant même qu'il ait frappé. Un vieil agent, silhouette voûtée, cheveux gris et lunettes épaisses, l'accueillit avec un sourire complice.

— Ah, Ishida. Entre, fais comme chez toi.

Hayato se laissa guider à l'intérieur et s'installa sur un tabouret avant de fouiller dans son sac. Il en sortit un paquet de *kakipī*, snack populaire composé de *kaki no tane* – petits morceaux de galettes de riz en demi-lune et de cacahuètes. Cela ne calmerait pas la faim qui le tiraillait, mais lui permettrait au moins de tenir, le temps de rentrer au Sakuragawa, un ancien restaurant transformé en QG de son unité.

Le vieux prit place en face de lui.

— Encore tes graines, hein ? Tu partages ?

Hayato sourit et en versa une bonne poignée dans la paume tendue de son hôte. C'était devenu leur rituel, une sorte de contrat tacite institué au fil des visites. Hayato ne partageait pas facilement sa nourriture. C'était pour lui un geste rare, presque intime, qui témoignait d'une confiance établie.

— Alors, quoi de neuf dans le coin, papi ?

— Rien de palpitant. Des tas de touristes, des bagarres et des sacs oubliés dans le métro... La routine, quoi. Ah, et cette manifestation de la dernière chance pour ce type dans le couloir de la mort. Quarante ans qu'il clame son innocence !

Il s'interrompit, pris d'une quinte de toux sèche.

— Je te le dis, Ishida, on est bien dans ce pays. Regarde le monde, c'est la guerre partout. Mais ici, c'est encore calme. Je sillonne les rues de Shibuya depuis plus de vingt ans, et à part les bâtiments qui poussent comme des champignons, il n'y a jamais rien de grave. Tant que ça dure, il faut préserver ça.

— Et du côté des avis de recherche ? Du nouveau ?

— Comme tu peux le voir, répondit l'agent en désignant d'un signe de tête le tableau accroché dans l'entrée. Rien du tout depuis ta dernière visite. Toujours les mêmes visages. On les affiche aussi à l'extérieur, mais bon, tu sais comment ça marche… Sans moyens ni autorisations, on ne peut rien faire de sérieux pour tenter de les retrouver.

Hayato jeta un coup d'œil aux photos, certaines en noir et blanc, de ces personnes oubliées par la société.

— Ce n'est pas un problème pour moi. Préviens-moi s'il y a quoi que ce soit. Même si ça te paraît insignifiant.

Le policier croisa les bras, l'air désolé.

— Écoute, je sais que tu veux aider. Mais tu te fatigues pour rien. Personne ne s'intéresse à ces gens. C'est terrible à dire, mais le système les a enterrés. Et profondément avec ça.

— Justement, c'est pour ça que je me bats, expliqua Hayato, la bouche pleine. J'en ai retrouvé trois, cette année. Je sais bien que c'est dérisoire face aux cent mille disparus annuels. Mais c'est toujours ça de pris.

— C'est tout à ton honneur. Mais, entre toi et moi, je ne comprends pas pourquoi tu te donnes tout ce mal. Surtout en dehors de tes heures de boulot.

Hayato resta un instant silencieux, les yeux perdus dans le vague. Il enfourna le reste du paquet de snacks avant de répondre.

— Comparé à d'autres pays, notre système est très en retard, particulièrement sur le volet juridique. C'est aberrant. Et puis, tout ce qui touche à ce microcosme m'intéresse.

— Qu'est-ce qui t'intrigue tant ?

— Je t'expliquerai, répondit Hayato, le regard sombre, en pensant à sa sœur. Mais pas aujourd'hui. Pas encore.

6

Vendredi 31 mai 2024

Plus tard, seul au Sakuragawa, ancien restaurant dont il avait hérité, et devenu le repaire de la cellule Sakura, Hayato, enfin rassasié, lisait un article en ligne tout en faisant tourner entre ses doigts la carte de visite à l'effigie d'un chat noir trouvée en début d'année dans le violon de sa sœur. Les médias n'en avaient que pour l'affaire Komano, célèbre famille de comédiens au centre d'un scandale rocambolesque.

Un dénommé Yuta, se prétendant le fils de l'un des pontes du cinéma nippon récemment décédé, était sorti de nulle part afin de clamer sa part de l'héritage. On parlait ici d'une somme astronomique, de plus de trois milliards de yens[1] ! Un incroyable imbroglio puisque ses frères et sœurs présumés affirmaient ne pas le connaître, le traitant d'arnaqueur et de profiteur. L'opinion publique se déchirait à ce sujet, les procès d'intention fleurissaient sur les réseaux sociaux. Or, contre toute attente, l'homme était parvenu à prouver son appartenance à leur famille, qui plus est en un temps record. L'ADN avait parlé. Cependant, la méthode avec laquelle l'échantillon avait été prélevé faisait polémique.

1. Environ 20 millions d'euros.

Une audience venait tout juste de débuter pour décider de sa recevabilité.

Hayato pestait intérieurement. Outre ses aspects médiatiques et populaires, domaines qu'il déléguait volontiers à Noémie, c'était exactement le genre de cas qu'il affectionnait. Ce type, Yuta Komano, appartenait au contingent de ceux qui s'évaporaient chaque année dans l'archipel. Endettement, harcèlement, menaces, échec scolaire, professionnel, amoureux ou familial : les raisons ne manquaient pas. Beaucoup frôlaient la bêtise. « Il faut être sacrément frappé pour tout plaquer après avoir échoué à un examen », avait dit Noémie lorsqu'il lui avait expliqué ce phénomène pour la première fois.

Et le pire dans tout ça, c'est qu'aucun d'entre eux ou presque n'était recherché.

Après avoir fini sa lecture, poussé par la rage, il appela le nouveau directeur de la Criminelle. Un homme expérimenté, bien plus malléable que son prédécesseur. Hayato le travaillait au corps pour que soit enfin révisée cette règle absurde selon laquelle la police ne prenait pas en charge les cas de disparition d'adultes, à moins que ceux-ci ne soient menacés d'un danger imminent et mortel.

— Encore toi ? rouspéta le directeur. Que me vaut le plaisir, cette fois ?

— Vous avez entendu parler de l'affaire Komano ? Voilà une histoire qui n'aurait pas lieu d'être si la police faisait correctement son travail !

— Je n'ai aucun pouvoir de décision là-dessus, Ishida.

— Oui, mais vous pouvez influencer ceux qui le détiennent ! Pourquoi ne pas les secouer un peu ?

— Aucun intérêt.

— Aucun intérêt ? Vous plaisantez ? Si vous contribuez à faire bouger les lignes, tout le monde se souviendra de vous. Même moi, c'est dire ! Pensez à toutes ces familles en détresse, et à tout ce business dégueulasse qui se développe autour de la disparition…

— Vois ça avec Kuraki ! C'est lui ton chef, que je sache !

— Oui, mais les affaires de disparition qui tournent mal reviennent à la Criminelle. Kuraki, avec tout le respect que je lui dois, n'est plus rien qu'un bureaucrate, maintenant. Et vous le savez. C'est nous qui mettons les mains dans le cambouis, alors faites quelque chose ! Je sais pas, moi, poussez au moins pour la création du statut de disparition inquiétante !

— Disparition inquiétante ? Dans quel cadre législatif veux-tu que ça rentre ?

— Je vous enverrai ma coéquipière, Noémie Legrand. Elle a de la famille en France, et là-bas, ça existe. Tout ça est pris très au sérieux. On ferait bien d'en prendre de la graine !

— Je te le répète, vois ça avec le surintendant. C'est en partie une histoire de moyens, de budget. Et en bon bureaucrate qu'il est, comme tu le dis, c'est lui qui gère ces aspects. Quoi qu'il fasse, pour que ça soit applicable, il faudrait que la loi change ! Et je te rappelle une chose : dans notre pays, les droits individuels prévalent. Il est impossible de faire une simple demande de fadettes ou de traquer un compte bancaire sans l'accord de l'intéressé… Je ne t'apprends rien, que je sache !

— Pourquoi ces gens sont-ils si rigides ?

Hayato avait lui-même fait partie de ces ultra-pragmatiques, avant de croiser la route de Noémie. Celle qui était devenue sa coéquipière l'avait changé. Depuis, et même s'il lui arrivait de retomber dans ses travers, il voyait les choses avec davantage de souplesse et d'humanité.

— Honnêtement, même si on avait la capacité d'instruire ces dossiers, personne au sein de nos équipes n'en est spécialiste, répondit le directeur. Les histoires de disparition sont autant de boîtes de Pandore et je refuse même de les toucher du doigt, alors les ouvrir ! Écoute, Ishida. Je sais que tu crois qu'il existe une chance que ta sœur fasse partie de toutes ces personnes qui disparaissent volontairement chaque année, et je comprends tes motivations, mais il n'y a rien que je puisse faire. Et j'en ai plein le dos. Arrête de m'emmerder tous les quatre matins avec ça, ou c'est la guerre. Pigé ? Tu peux continuer à écumer tous les *kōban* de la ville, ou même du pays si ça te chante. Quant aux dossiers de disparitions liés à un homicide, à un risque aigu d'homicide ou à une catastrophe naturelle, on ne change rien, c'est à nous que ça revient. Fin de la discussion.

Le directeur raccrocha au terme de sa diatribe, laissant Hayato bouche bée.

Vêtue d'un pantalon ample et d'un chemisier assorti, Noémie fit son entrée alors que le capitaine de la cellule Sakura tempêtait encore comme un gosse. Sa crise stoppa net lorsqu'il aperçut Manon, dans le sillage de sa mère. Toutes deux étaient trempées, rincées par une forte averse venteuse.

— Qu'est-ce qu'elle fait là ? s'exclama-t-il, aussi sidéré que honteux d'avoir été surpris à son désavantage par une gamine de sept ans et demi.

— On revient de l'école, répondit Noémie. Je n'ai pas le choix. Mes parents sont en France et ne rentrent pas avant dimanche.

Noémie vivait dans sa maison familiale, dans la préfecture de Saitama, au nord de Tokyo, où elle conservait un étage entièrement fonctionnel pour sa fille et elle.

— À son âge, elle peut se gérer comme une grande, non ? Rentrer à la maison toute seule, ça ne devrait pas être un souci.

— Tu rigoles ? C'est pas la porte à côté. Qui sait ce qui pourrait arriver sur le chemin…

— Dans ce pays, les gosses en fin de maternelle sont capables de se déplacer sans leurs parents, en toute sécurité. On en voit dans les transports en commun tous les jours ! Au pire, il y a bien une navette à l'école, que je sache ?

— Elle ne dessert pas notre coin. Et puis, ce n'est pas la question, Hayato. Ça ne me convient pas, à *moi*. Je fais encore ce que je veux, tu ne crois pas ? Tu verras, si un jour une femme est assez folle pour avoir des enfants avec toi…

— Rien ne changera.

— Ça, c'est ce que tu crois. Tu n'as pas idée d'à quel point ça transformera ta vision des choses.

Manon s'avança et avisa Hayato d'un air sévère.

— Hé, c'est pas très poli, ce que tu dis à maman, le sermonna-t-elle dans un français parfait.

Hayato lança à Noémie un regard interrogateur.

— Qu'est-ce qu'elle dit ?

— Je te dis que tu pourrais avoir plus de tact, le rabroua Manon, en japonais cette fois. Avec tous les éloges que maman fait à ton sujet, je pensais que tu étais quelqu'un de plus aimable que ça.

De… *tact* ? Des… *éloges* ?

Aimable ?

Bouche bée pour la deuxième fois en moins d'une heure, Hayato était stupéfait par le vocabulaire de la petite fille. À mille lieues de celui d'une écolière de primaire ordinaire. Cette démone bilingue ne manquait pas d'air !

— On dirait une vieille, lâcha-t-il entre ses dents pour la provoquer.

Manon, loin de s'en émouvoir, tira une chaise à côté de lui, s'assit et fouilla son cartable pour en sortir des cahiers.

— Tu me déçois. C'est ça, le prodige de la police dont tout le monde parle ? Et puis, c'est quoi tous ces déchets sur la table ? Ne me dis pas que tu as mangé tout ça ? T'as quel âge ? Tu veux choper un diabe-tête ?

— On dit un diabète, ma puce, corrigea Noémie. Tu devrais t'installer à l'étage, tu seras mieux, d'accord ?

Manon obéit tandis que Hayato, piqué au vif, rassemblait les emballages éparpillés autour de lui. Il jetait le tout dans la poubelle sous son bureau quand son téléphone sonna.

Après le directeur de la Crim et cette foutue surdouée, il ne manquait plus que Kuraki pour terminer de pourrir sa journée.

— J'ai eu la première division en ligne. Il faut vraiment que tu arrêtes de les harceler, le tança le surintendant. Ça tombe bien, j'ai quelque chose qui va à coup sûr te garder occupé, cette fois…

— Dis-moi qu'il s'agit d'une disparition. S'il te plaît.

— Tu la voulais, ton affaire d'évaporation, alors qu'on n'a ni le temps ni les ressources pour bosser sur ce genre de cas. Eh bien, j'ose espérer qu'à partir d'aujourd'hui, tu arrêteras de me casser les pieds. Parce que tu l'as.

7

Vendredi 31 mai 2024

Après avoir laissé, à son grand dam, Manon seule au Sakuragawa, non sans lui donner mille et une directives à suivre en son absence, Noémie rejoignit Hayato dans le véhicule. Elle prit le volant, son capitaine n'ayant pas retenté l'examen du permis depuis son dernier échec. Vingt minutes d'une conduite sportive les menèrent aux abords de l'adresse indiquée par Kuraki, dans l'arrondissement de Toshima. Les yeux dans le vague, prêtant à peine attention à la route qui défilait devant lui, Hayato restait silencieux et Noémie se garda bien de le tirer de son mutisme. Dans ces moments-là, il cogitait à une vitesse qui la dépassait. Qui les dépassait tous. Mieux valait le laisser patauger dans son monde. Elle ignorait la nature de ses réflexions, mais espérait secrètement que le savon que lui avait passé Manon figurait en bonne position dans la liste de ses préoccupations, juste après l'appel du surintendant qui, il fallait l'avouer, l'intriguait elle aussi.

Comme chaque fin d'après-midi, au moment du grand rush de sortie des bureaux, Ikebukuro grouillait de monde. À l'arrêt dans l'une des petites rues derrière la gare, les deux policiers repérèrent assez facilement la façade saumon d'un bâtiment des années quatre-vingt doté d'escaliers extérieurs. Au pied de l'édifice – d'une mocheté abyssale, selon Noémie – les attendait un type gaulé comme un catcheur, à qui sa chemise violette satinée donnait des airs d'artiste de télécrochet.

— Gaku Tanaka, détective privé. Enchanté.

Si le colosse n'avait pas dégainé sa carte professionnelle, Noémie aurait cru à une blague. Elle se dit que ce Tanaka devait se faire la même réflexion quand Hayato exhiba la sienne en retour. Il ne changeait pas, toujours fringué comme un punk, bien loin du look classique d'un capitaine de police en exercice.

Gaku s'inclina respectueusement devant Noémie, qui lui rendit la pareille.

— Suivez-moi, les invita-t-il.

Ils grimpèrent quatre étages à pied et s'enfoncèrent dans le building. Au bout d'un couloir bas de plafond et jalonné de néons, le détective poussa une porte siglée *Total Life Support*. C'est à ce moment-là que Noémie tilta.

— C'est eux qui se sont occupés du type qui attaque la famille Komano en justice, souffla-t-elle à son coéquipier.

— Je me demande ce qui a pu leur arriver, répliqua Hayato.

La lieutenante n'eut pas le temps d'approfondir. Une midinette aux jambes interminables et à la beauté juvénile saisissante les attendait à l'entrée. Sa coupe à la garçonne lui conférait un air intimidant qui, à en croire la réaction de Hayato, faisait son petit effet. Elle portait un jean, des bottines noires et une chemise blanche.

— Akane Kurosaki, se présenta-t-elle. Merci de vous être déplacés.

— Décidément…, lâcha Hayato.

— Un problème ?

— Aucun, coupa Noémie. Ne faites pas attention à lui, il est un peu difficile à apprivoiser. Ça ira mieux avec le temps. Il n'y a que vous deux ?

Akane et Gaku les invitèrent dans la salle de réunion, où les attendaient des rafraîchissements et de quoi grignoter. Tous prirent place. Hayato se détendit à la vue des petits sablés qui lui contaient fleurette.

— Désolé d'avoir gardé secret le motif de notre appel, mais nous attendions de vous voir, histoire d'éviter les fuites. Pour faire simple, commença Gaku, on est dans la merde. Notre chef et associé principal, Junichi Kudo, a disparu.

— Disparu ? répéta Noémie, incrédule.

— Évaporé.

— Il est parti de son plein gré ?

— J'en ai bien l'impression, oui.

— Un détective privé qui a recours au *jōhatsu* ? C'est pas commun.

— C'est justement pour ça qu'on a tout de suite contacté la police. En plus d'être improbable, je peux vous assurer que c'est la dernière chose que ferait Jun. Il a toujours lutté contre le phénomène de toutes ses forces.

— Étrange, en effet, fit Hayato, qui avait enlevé ses chaussures pour s'asseoir en tailleur sur sa chaise, sous l'œil mi-suspicieux, mi-amusé d'Akane. Qu'est-ce qui vous laisse penser qu'il a disparu volontairement ?

— On y viendra dans un second temps, expliqua Gaku. Je vous montrerai tout ce qu'on a trouvé.

— Est-ce que c'est lié à l'affaire dans laquelle vous êtes impliqués ? renchérit le capitaine. On parle quand même de la famille Komano. Je ne serais pas étonné que vous vous soyez fait un tas d'ennemis.

Akane secoua la tête.

— Je ne pense pas. Jun m'a confié la gestion du dossier il y a plus d'un mois déjà. D'ailleurs, c'était assez, comment dire… inattendu.

Gaku prit le relais :

— Il en a aussi profité pour me confier la gestion de l'agence, le temps de régler quelque chose de personnel. Je le connais depuis plus de vingt ans. Il n'est pas du genre à lâcher un cas en cours de route, surtout aussi proche de sa résolution. Il a dû se passer quelque chose d'assez grave pour qu'il mette les voiles sans nous dire pourquoi. Non, vraiment, ça ne tient pas la route.

Gaku tapa du poing sur la table au moment où Hayato piochait dans la montagne de gâteaux secs sur l'assiette en carton face à lui. Le capitaine, surpris, retira sa main, tandis que le détective s'emportait.

— On l'a forcé, c'est pas possible autrement ! Il doit y avoir des salopards derrière tout ça qui le font chanter.

— On n'en sait rien, tempéra Akane. Pour l'instant, les faits laissent penser le contraire.

Noémie saisissait l'urgence de la situation, mais ne pouvait s'empêcher de penser à Manon, seule au QG. Il fallait parer au plus pressé. Récupérer les infos et rentrer.

— Si vous avez des preuves, montrez-les-nous, dit-elle.

— On n'y a pas touché, répondit Akane. Tout est sur son bureau. Venez.

La benjamine de l'agence les conduisit dans la pièce adjacente, que partageaient les trois détectives. Sur le bureau du chef reposaient la carte d'associé de Junichi Kudo, son téléphone portable, les clés de son appartement, son portefeuille ainsi qu'une brève note manuscrite.

Je dois m'absenter plus longuement.
Surtout, ne vous inquiétez pas.
Ne me cherchez pas.
Au cas où il m'arriverait quelque chose, l'agence est à vous.

Jun

— Ne me cherchez pas ? explosa Gaku, comme s'il lisait le message pour la première fois. Il se fout de nous, ou quoi ? Comme si on allait gentiment attendre qu'il revienne !

— C'est typique dans ce genre de cas, fit remarquer Hayato, qui n'avait pas daigné se rechausser et se baladait en chaussettes dans l'agence. La personne disparaît en laissant un mot circonstancié. Ce type de mot prévient légalement le démarrage d'une enquête, puisqu'il prouve le caractère volontaire de l'acte. Seul l'affichage d'avis de recherche dans les *kōban* est autorisé. Croyez-moi, je sais de quoi je parle.

— C'est débile.

— Je ne peux qu'être d'accord, abonda Hayato. Message d'adieu ou pas, la police évite ces histoires comme la peste. La loi de ce pays me laisse souvent perplexe, mais ça, c'est le pompon. Vous êtes allés chez lui ?

— Non, la petite m'a tanné pour qu'on vous prévienne avant toute chose. C'est encore très frais.

— J'ai suivi la cellule Sakura depuis sa création, s'expliqua Akane, rougissante. C'est moi qui ai poussé pour que vous soyez mobilisés.

Noémie, qui ne s'attendait pas à pareil honneur, fut très surprise et s'inclina pour remercier la jeune femme. Hayato, quant à lui, resta de marbre.

— Pour en revenir à Kudo, reprit le capitaine, vous me dites qu'il semblait préoccupé par quelque chose, ces derniers temps, au point de se mettre en retrait. Vous avez une idée de ce que ça pourrait être ?

— Non, dit Gaku. Mais je vous avoue que je ne suis pas très doué pour remarquer ces choses-là.

— Non plus, fit Akane. Mais… le jour du briefing sur la méthode de prélèvement d'ADN, dans le cadre de l'affaire Komano, il avait l'air à côté de ses pompes. Je me trompe peut-être, mais quelque chose semblait l'ennuyer. Et puis, maintenant que j'y pense… j'ai trouvé ça étrange qu'il me donne ma journée, juste après la réunion. J'ai pensé qu'il avait des choses à faire, comme tout le monde… C'est peut-être lié. Est-ce qu'il se serait mis en danger ? Au point de devoir recourir à l'évaporation ?

— C'est un peu gros, tout ça, râla Gaku. Mais si par miracle c'est vrai, alors on a bien fait de vous appeler illico. Jun est un gars expérimenté. Il sait quoi faire pour rester loin des radars et comment éviter qu'on le chope.

Hayato et Noémie acquiescèrent de concert.

— On va vous aider, conclut Hayato en levant l'index de la main gauche. Vous avez de la chance, parce qu'à part nous, aucune unité de police ne bougerait le petit doigt.

Hayato y voyait une occasion en or d'enfin plonger dans le monde où il croyait que s'était réfugiée sa sœur.

— À une condition, ajouta-t-il. Laissez-nous gérer ça comme on l'entend.

— Comme vous l'entendez ? répéta Gaku. On ne va pas rester les bras croisés, et puis quoi encore !

— Je reformule. Nous allons diriger les recherches pour retrouver Kudo. Bien sûr, il se peut qu'on fasse appel à vous en cas de besoin.

— Je préfère qu'on enquête ensemble. Pas question de rester sur le banc de touche.

— Gaku, l'interrompit Akane. N'oublie pas que les emplois de Maki et Tetsuya dépendent de nous. Sans parler des clients qui nous font confiance ! On ne peut pas les laisser sur le carreau !

— Je sais, mais…

— Il n'y a pas de mais ! Tu sais pertinemment que nous n'avons pas les mêmes moyens que la police. Le mieux à faire, c'est de les écouter et de les aider autant que possible, tout en faisant tourner l'agence.

Gaku, contrarié, soupira.

— Punaise, parfois, je me demande qui est le plus expérimenté de nous deux, renchérit Akane.

Noémie haussa les sourcils, impressionnée par le sermon que cette jeune femme au caractère bien trempé adressait à son aîné.

— Bon, visiblement je suis en minorité. OK… On fera ce qu'il faut pour vous soutenir, capitula Gaku.

Il marqua une pause, avant de reprendre d'un ton grave, à l'attention des deux policiers :

— Vous avez intérêt à le retrouver, sinon vous m'aurez sur le dos jusqu'à la fin de vos jours.

La remarque glissa sur Hayato qui, satisfait, retourna se chausser. Il attrapa au passage quelques biscuits et les fourra dans sa poche.

Il n'avait plus rien à faire ici.

— Je vais juste vous réquisitionner pour aujourd'hui, annonça-t-il aux deux détectives. Ensuite, ce sera en cas de besoin.

Gaku attrapa sa veste.

— Je crois savoir quelle est la prochaine étape.

— Alors on y va, déclara Hayato. Noémie, tu restes ici avec Akane, je vous laisse vous occuper de fouiller cet endroit. Gaku et moi, on file chez Kudo.

8

Osaka
Février 2010

Chaque matin, depuis plusieurs mois, Alice était recrutée pour la journée par le patron de l'*izakaya* avec une constance rassurante. Sans doute lui renouvelait-il sa confiance parce qu'elle ne faisait jamais de vagues. Malgré son tempérament solitaire, elle s'était imposée, pas à pas, sans faire de bruit. Son rôle oscillait désormais entre la plonge et le service en salle. Avec le temps, la routine était devenue une échappatoire, une bulle où elle ne pensait plus trop à ce qui l'avait amenée ici. Pourtant, il lui fallait parfois se forcer. Sourire. Dompter son amertume et obéir aux ordres sans rechigner. Ne pas se faire remarquer. Ne pas provoquer les autres. Ne pas trop en dire sur elle.

Préserver son jardin secret.

Cet hiver-là, le froid mordant s'infiltrait à travers les fenêtres mal isolées du restaurant. La climatisation murale et les chauffages mobiles placés à des endroits stratégiques peinaient à réchauffer le commerce, forçant les clients et le personnel à s'emmitoufler dans d'épaisses couches de vêtements. Alice endurait ces conditions sans se plaindre. Chaque heure de travail était une victoire ; chaque jour, un pas de plus vers leur survie. Sora et elle ne tenaient que grâce à ce job. Leurs économies avaient fondu comme neige au soleil. Plus d'argent en réserve, plus de filet de sécurité. Au moindre imprévu, elles se retrouveraient à la rue, en proie au froid et à la rudesse des éléments. Surtout en cette saison.

L'idée même de dépendre des associations ou d'attendre le passage des patrouilles sociales la révulsait. Ce n'était pas une question de fierté, elle craignait les regards inquisiteurs et les inévitables questions qui les accompagneraient.

« Comment en êtes-vous arrivée là ? »

« Où est le père de votre fille ? »

Son passé était verrouillé, enfoui. Et il devait le rester.

Alors, chaque jour, elle voguait sur l'océan houleux de son travail et s'accrochait de toutes ses forces au bastingage, priant intérieurement pour qu'une accalmie survienne. Cette journée ne dérogeait pas à la règle. La vaisselle s'entassait devant elle, glissant sous la mousse savonneuse. Entre deux assiettes, Alice laissait toujours son esprit vagabonder. Ce matin-là, elle comparait cette vie d'ouvrière de l'ombre avec celle qu'elle avait eue avant. Un tout autre quotidien, qui lui paraissait désormais irréel : celui d'agente immobilière. Un monde d'élégance, de biens de luxe listés sur des portefeuilles qu'elle exposait avec assurance à des clients fortunés. Un monde de faux-semblants, aussi, où personne n'accordait aveuglément sa confiance. Un monde de requins, où il ne faisait pas bon rester le dos tourné trop longtemps.

Un monde au sein duquel elle excellait.

Une satisfaction immense l'envahissait chaque fois que le charme opérait et qu'elle bouclait une vente, dopant les deux moteurs de l'agence : la réputation et le profit. Des célébrations s'ensuivaient, dans une allégresse de circonstance.

Et puis… Ce jour était survenu.

Celui où tout avait basculé.

Elle s'en rappelait comme si c'était hier. Ce moment où elle avait croisé le regard de Ryo. Cet homme l'avait extraite de sa routine et menée dans un tout autre univers. Il avait bouleversé son existence. Il était son amour. Son roc. Le père de Sora. Avec lui, elle avait cru en un bonheur simple, éternel.

Une utopie.

Ryo avait emporté la clé de son cœur ainsi que toutes les chances qu'elle aurait pu avoir de refaire sa vie. Car c'était une évidence pour elle : il n'y aurait plus jamais personne d'autre.

Alice fut arrachée à ses pensées par un bruit sourd, doublé d'un raclement de gorge. Un employé venait de l'interpeller discrètement, d'un geste nerveux, et désignait du menton le groupe qui venait de faire irruption dans le restaurant. Trois hommes. Deux d'entre eux s'étaient installés bruyamment à une table, faisant grincer leurs chaises, tandis que le troisième filait directement vers l'arrière-salle. L'ambiance changea aussitôt. Le visage de son collègue se décomposa.

— Ils viennent récupérer leur argent, murmura-t-il, la voix tremblante.

Alice n'eut pas besoin d'en entendre plus. Elle avait deviné l'identité de ces types avant même qu'il n'ouvre la bouche. Leur arrogance, leurs gestes grossiers, les réactions qu'ils provoquaient : tout chez eux criait leur appartenance aux yakuzas. Ces hommes n'étaient pas là pour dîner, boire et passer un bon moment entre amis. Ils venaient collecter leur dû.

La pègre locale offrait sa protection aux commerces du quartier en échange de paiements réguliers, condition tacite d'une existence paisible. C'était comme ça ici. Ceux qui refusaient de s'y conformer finissaient mal. Certains racontaient que les clans les plus puissants possédaient des immeubles entiers et percevaient des loyers exorbitants de leurs locataires. Alice ne les connaissait pas, mais elle avait entendu les conversations chuchotées des employés à leur sujet.

Contrairement aux autres, Alice ne tremblait pas. Les règles du jeu étaient claires. Sans ce genre de compromis, elle ne pourrait probablement pas être payée en liquide, chaque jour, hors des circuits officiels. Elle n'avait rien à redire à ce système. Au contraire, cela lui convenait, tant que, grâce à lui, elle survivait loin des radars.

Les deux hommes attablés appelèrent le personnel d'un geste dédaigneux. Le collègue d'Alice, terrifié, recula instinctivement, la suppliant d'y aller à sa place. Elle garda son calme, prit une profonde inspiration et s'avança vers eux. Il fallait rester courtoise.

Surtout, ne pas les contrarier.

Comme elle s'y attendait, les deux brutes lui firent des avances grossières, des remarques sexistes et lourdes de sous-entendus. Ils la reluquaient comme des chiens en rut, profitant de l'impunité que leur conférait leur autorité. Alice se contentait de sourire poliment, de répondre par des phrases courtes et neutres. Elle n'entrait pas dans leur jeu, mais elle ne se montrait pas non plus trop hostile. *Ça ne durera pas longtemps*, se répétait-elle.

Son sang-froid sembla les impressionner. Ils ne s'attendaient pas à tant de maîtrise de soi de la part d'une simple serveuse. Ils louèrent son tempérament, soulignèrent à voix haute qu'elle était bien plus courageuse que son foutu collègue, en retrait, pâle comme un linge. Une irritation sourde montait en elle, mais Alice n'en laissait rien paraître. Elle subissait en serrant les dents.

Dans ce monde, c'était comme ça qu'elle survivait.

9

Osaka
Février 2010

L'hiver hésitait à s'emparer de Nishinari, recouvert par des neiges aussi abondantes qu'éphémères. Transie de froid, Sora avait poussé la porte du petit café de Tennoji pressée de se réfugier dans cet espace tranquille. Des mois s'étaient écoulés depuis sa première visite. Sans jamais débourser un seul yen, elle dévorait romans et mangas, toujours installée à la même table. Akiko, la gérante, ne lui avait jamais fait aucune remarque à ce sujet. Il existait entre elles une sorte d'entente tacite. Chaque matin ou presque, Sora franchissait donc le seuil et Akiko lui offrait une boisson chaude sans rien attendre en retour, si ce n'est un sourire. Leurs conversations portaient toujours sur la littérature. Sora, bien que réservée, se laissait par moments déborder par sa passion, surtout quand il s'agissait de ses auteurs contemporains favoris.

Petit à petit, elle s'était habituée à cette vie, et ce passage quotidien au café l'aidait à tolérer le reste de sa journée, insipide, tout comme les soirées passées en compagnie de sa mère.

Ce matin, Sora confia à Akiko nourrir un rêve en secret, qu'elle n'avait partagé avec personne jusqu'alors : celui de prendre la plume. De traduire en mots les blessures qui la rongeaient de l'intérieur, de juguler la mélancolie qui l'envahissait. Et même, pourquoi pas, d'exorciser le ressentiment éprouvé envers sa mère.

Un peu de honte perçait dans sa voix. Comment pouvait-elle, dans sa situation, prétendre écrire un jour ? Elle n'avait même pas de quoi envisager l'avenir.

Akiko, toujours douce et bienveillante, la rassura.

— Ce n'est pas une question d'argent, Sora, mais de volonté. L'écriture est un refuge, un espace de liberté totale où les contraintes du monde réel n'ont pas leur place.

Quand elle avait entendu sa confession, Akiko s'était figée, comme ébranlée.

Ce jour-là, pour la première fois, la vieille dame lui raconta une partie de son histoire. Elle avait perdu ses parents très jeune et, dès cet instant, sa vie n'avait été qu'une succession de galères. Elle avait hérité des dettes qu'ils avaient contractées et s'était retrouvée coincée dans une spirale infernale, sous la menace constante de créanciers dont elle ne savait rien. Elle n'avait eu d'autre solution que de s'enfuir. Disparaître. Devenir une ombre. Une évaporée.

Elle était partie loin des siens, loin de tout, et s'était cachée ici, à Osaka, en sachant que ceux qui lui couraient après finiraient par abandonner.

Dans l'archipel, la dette d'un individu s'effaçait automatiquement au bout de cinq ans.

Depuis, cinquante ans avaient passé, et jamais elle n'avait remis les pieds chez elle. Aujourd'hui, à ce qu'elle sache, elle n'avait plus de famille. Plus de racines.

Sora écoutait en silence, fascinée par la force et la résilience de cette femme qui était parvenue à renaître, jusqu'à bâtir un business dans un monde où tout semblait perdu.

C'est là qu'elle réalisa qu'Akiko savait. Elle l'avait toujours su.

Depuis leur première rencontre, la vieille dame avait tout deviné de ce que Sora dissimulait.

Voilà pourquoi elle l'avait accueillie sans poser de questions. Lui offrait chaque jour une boisson. Lui parlait avec cette familiarité presque maternelle. Elle reconnaissait en Sora une semblable.

Une autre évaporée.

Comme si elle lisait en elle, Akiko continua ses aveux.

— Tu me rappelles tellement la jeune fille que j'étais à ton âge. Mais je n'ai rien dit jusqu'à maintenant, parce que je savais que si je le faisais, tu partirais.

Sora fut parcourue d'un frisson. Le rouge lui monta aux joues. Son cœur lui criait en effet de fuir, de quitter cet endroit avant que la situation ne devienne trop lourde à supporter.

Akiko posa une main réconfortante sur la sienne.

— Ne t'inquiète pas. Tu es encore jeune. Tu as toute la vie devant toi. Tout dépend de toi, et uniquement de toi.

Ces paroles, qui se voulaient rassurantes, troublèrent Sora. Sa situation était bien plus complexe, bien plus dangereuse que ce qu'Akiko imaginait. Elle n'était pas seule à porter ce fardeau, et cela, elle ne pouvait le confier à personne.

— Pourquoi t'es-tu enfuie, Sora ?

Cette question simple mais brutale lui fit l'effet d'un coup de poignard. Elle balbutia, ses pensées s'entrechoquèrent dans sa tête. Que devait-elle répondre ? Que pouvait-elle dire qui ne la trahirait pas davantage ?

Anxieuse, elle se leva précipitamment, mais Akiko la retint d'un geste tendre.

— Je suis désolée si je t'ai brusquée. Ce n'était pas mon intention. Je voulais simplement te dire que tu n'es pas seule. Il existe des personnes qui peuvent t'aider, qui savent ce que tu traverses. Moi, je suis là, et je veux t'aider. Il faut que tu aies un rêve. Quelque chose qui te feras te lever le matin, pour lequel tu te battras et qui te permettra de tenir, même quand tout s'effondrera autour de toi.

Ces mots résonnèrent en Sora, la touchèrent en plein cœur, là où siégeait la douleur la plus vive. L'idée que cette femme, qui avait tout perdu, puisse encore parler de rêve avec une telle conviction la bouleversait.

Akiko lui fit alors une offre inattendue.

— En attendant d'y voir plus clair, tu pourrais travailler ici, quelques jours par semaine. Rien de trop compliqué, juste de quoi t'occuper l'esprit. Qu'en dis-tu ? Et ne t'inquiète pas, tu ne finirais tard, car ici, lorsque le soleil commence à décliner, rien de bon n'arrive jamais.

Prise de court par cette proposition, Sora hocha timidement la tête. La perspective de se rendre utile, même temporairement, faisait naître en elle un sentiment étrange, un apaisement qu'elle n'avait pas ressenti depuis longtemps.

— Tu sais, ajouta la septuagénaire, je fais partie d'un réseau pour les personnes comme nous. On est présents dans toutes les grandes villes du Japon. On se serre les coudes, on s'entraide, on préserve notre anonymat tout en vivant plus décemment. Si tu veux, je t'y introduirai. Mais ce n'est pas obligatoire. C'est toi qui choisis. La plupart des nouveaux membres sont présentés par de plus anciens, via le bouche-à-oreille, sur la base de la confiance.

Sora n'en revenait pas. Ce réseau, cette possibilité de recevoir du soutien, constituait une porte de sortie qu'elle n'aurait jamais pu imaginer. Pour la première fois depuis longtemps, elle entrevit une lueur d'espoir dans ce quotidien morne et sans saveur.

10

Osaka
Avril 2010

Alice connaissait désormais les clients réguliers de l'enseigne où elle travaillait. Une population locale, majoritairement masculine, âgée de quarante à quatre-vingts ans, saupoudrée chaque jour d'une poignée de touristes curieux de découvrir Nishinari. Ce quartier à part leur offrait des logements bon marché et une nourriture peu coûteuse. En dépit de sa réputation de bidonville japonais, l'endroit était loin d'atteindre le niveau d'insalubrité des quartiers pauvres des grandes villes européennes et américaines. Ici, la violence brute existait, comme partout ailleurs, mais n'éclatait pas à chaque coin de rue, ni ne se traduisait chaque fois par des agressions ou des homicides. C'était une violence sournoise, pernicieuse, cachée derrière des sourires de façade et des gestes routiniers. Ce qui frappait surtout, c'était cette lassitude incrustée sur les visages, cette résignation silencieuse qui imprégnait l'air. Elle s'infiltrait dans les cœurs, pesait lourd sur les épaules de ceux qui arpentaient les rues de Nishinari, comme un fardeau qu'on endossait sans même s'en rendre compte.

Les touristes débarquaient avec une pléiade de clichés ancrés dans le crâne, et se pavanaient comme s'ils venaient visiter un zoo exotique. Alice les tolérait à peine, ces intrus trop curieux, nonchalants, avides de sensations fortes qu'ils ne trouveraient pas ici. Mais ce qu'elle détestait plus encore, c'étaient les yakuzas. Ces régulateurs autoproclamés du tissu économique local. Ils se targuaient de protéger la population alors qu'il ne se passait jamais rien. Rien à part leurs rituels d'extorsion, bien sûr. Alice pouvait en témoigner. Son patron payait ces bandits rubis sur l'ongle, sans une once de rébellion. Des sommes colossales, disait-on. À sa place, elle aurait sûrement fait pareil, non par crainte de représailles, simplement parce qu'on ne pouvait rien contre une telle organisation. Quand ces bandits vous choisissaient, il valait mieux plier l'échine. Abdiquer. Même la flicaille se tenait à distance.

C'était injuste pour son patron, un mec bien au fond, qui n'avait rien demandé à personne et suait sang et eau pour stabiliser son affaire. Ces types avaient tissé leur toile autour de lui, comme des autres de son espèce, mis en place leur système, fixé leurs créances absurdes.

C'est ainsi, ici comme ailleurs, qu'ils prospéraient.

En ce jour d'avril, un froid mordant enveloppait Nishinari. Le vent s'infiltrait entre les bâtiments, traînait avec lui une fine pluie glaciale et rendait chaque respiration douloureuse. Certains abris de fortune ne suffisaient plus. Les gens se réfugiaient là où ils le pouvaient. Le restaurant était bondé, bruyant.

Alice courait de table en table, son boîtier bipait sans arrêt. Elle n'avait pas une seconde pour se reposer. Les clients s'entassaient, en quête du réconfort temporaire procuré par les vapeurs d'alcool et les bouillons brûlants.

En levant les yeux, elle remarqua un couple fraîchement installé qui lui faisait signe. Le jeune homme commanda des *edamame*[1], deux bières et quelques amuse-gueules. Son allure, sa manière de parler, grave et virile… tout en lui rappelait Ryo, son défunt fiancé. Un beau gosse avec une coupe dégradée, un sourire irrésistible et une carrure imposante. Des yeux en amande qui vous transperçaient. En face de lui, sa copine était une version plus jeune d'elle-même : cheveux décolorés, visage blanchi par l'excès de fond de teint, rouge à lèvres vif, ongles peints d'un noir profond, agrémentés d'étoiles argentées.

Les réminiscences la submergèrent comme une vague glaciale. Elle se revoyait, accoudée à un comptoir similaire, à rire aux éclats avec Ryo. L'étincelle avait été immédiate. Leur première soirée s'était terminée chez elle. Ensemble, ils étaient insouciants, rêveurs, ambitieux. Ils ne s'étaient plus jamais quittés. Ryo était entré dans son existence comme une déflagration, balayant tout sur son passage.

Pour lui, elle avait fini par tout abandonner.

Aujourd'hui, ce n'était plus Ryo et elle, demain, ce ne serait plus ce jeune couple qu'elle servait. Le temps filait, les épreuves surgiraient, c'était inévitable.

Pourtant, le jeune homme lui souriait, bientôt imité par sa copine.

Ce bonheur apparent la dégoûtait.

Un poids se forma dans sa poitrine, s'étendit à son ventre, et elle se précipita aux toilettes, l'estomac retourné. Un filet

1. Fèves de soja servies en guise d'apéritif.

de bile âcre remonta son œsophage et en sortit par saccades. Elle resta là, pliée en deux au-dessus du lavabo, la bave aux lèvres, les larmes aux yeux, le souffle court, les mains tremblantes.

Lorsqu'elle se redressa, son reflet dans le miroir la bouleversa. Son visage était pâle, livide. Mais dans ses yeux, une lueur nouvelle semblait s'être allumée. Quand elle regagna la salle, son patron l'attendait près du comptoir, l'air inquiet.

— Ça va ? lui demanda-t-il.

— Oui, oui. Ce n'est rien.

— Tu ressembles à un cadavre.

— C'est juste un coup de mou. La ruée du midi. D'ailleurs, j'y retourne. Les clients de la table 6 attendent leur commande.

— La 6 ? Mais il n'y a personne, rétorqua son patron, l'air surpris, avant de lui ordonner de rentrer chez elle pour se reposer.

Perdue, Alice ne protesta pas.

Le froid la transperça dès qu'elle s'aventura au-dehors. Elle avait l'impression qu'une force invisible cherchait à l'arracher à sa nouvelle vie. Elle ne voulait pas retomber dans la violence.

Les rues de Nishinari lui semblaient encore plus grises que d'habitude. Dans l'immeuble sans âme où elle et Sora vivaient, elle trouva la chambre vide. Le choc l'arracha à sa léthargie.

Affolée, elle arpenta le quartier, interrogea le groupe de vieux amassés dans le parc. Personne n'avait vu Sora. Elle ne prévint pas la police, c'était trop risqué.

Elle devait la retrouver seule.

Au bout d'une demi-heure de pure angoisse, elle l'aperçut enfin, grelottante, remontant vers la *doya*. Alice lui sauta dessus, la secoua, submergée par un mélange de panique et de colère. Sora hurla qu'elle lui faisait mal. Elles s'affrontèrent dans la rue, sous les regards indifférents des passants.

— Où étais-tu passée ? Qu'est-ce que tu faisais ?

— Je suis juste allée prendre l'air.

Alice remarqua l'enveloppe kraft qui dépassait de la veste de sa fille. Elle la saisit et en vida le contenu. Cinq mille yens.

La colère se mua en sidération.

— Tu m'expliqueras ça en rentrant, s'indigna Alice.

Une fois à l'intérieur, la dispute éclata de plus belle. Alice assaillit Sora de questions. Depuis quand travaillait-elle ? Qui l'employait ? Où ?

Sora répliqua avec force, plaidant pour davantage de liberté. Elle n'était plus une gamine, savait se débrouiller seule. Et ce job ne datait pas d'hier.

Alice était bouleversée. Comment était-elle passée à côté de ça pendant près de deux mois ? Était-elle vraiment en train de perdre pied ?

Maladroite dans son rôle de mère, consciente que la dernière chose à faire était de se mettre Sora à dos, elle céda et consentit à ce que sa fille poursuive son job, à condition de rester sur ses gardes.

Dans le même temps, Alice réalisa qu'au vu de leur situation, elles devraient peut-être s'équiper de téléphones portables. Et accepter le risque inhérent à cette décision.

Une idée qui ne l'enchantait guère. Elle hésitait à contacter la *yonigeya*, mais Sora lui assura connaître une meilleure solution.

Ébranlée par l'altercation qu'elles venaient d'avoir, la jeune fille était déterminée à gagner la confiance de sa mère. Si elle y parvenait, peut-être qu'Alice se confierait enfin, briserait cette fine couche de glace qui les séparait. Peut-être lui avouerait-elle ce qui l'avait fait dégringoler ainsi, choisir cette vie de renoncements.

Sora sentait que tout cela avait un lien avec son père.

Avec ce qui lui était arrivé.

11

Osaka
Mai 2010

Un midi, Sora profita de sa pause pour se rendre à Minami-Tsumori, tout au sud de l'arrondissement de Nishinari. Le quartier clairsemé s'étendait jusqu'au bord de la rivière Kizu. Sora marchait d'un pas vif, tête baissée. Il n'était pas question de flâner.

Akiko lui avait indiqué l'endroit où elle pourrait prendre contact avec ce fameux Réseau. La vieille dame en parlait avec prudence, comme s'il valait mieux ne pas trop en dire.

— Il faut juste que tu me donnes une raison précise, avait-elle expliqué lors de leur dernière conversation à ce sujet.

Sora avait hésité à tout lui dire. Ce n'était pas sans risques, surtout pour sa mère. Alors, elle avait inventé une raison plausible, une demi-vérité qu'Akiko accepterait sans creuser davantage.

— J'ai besoin d'un moyen de communication, au cas où. Pour pouvoir te joindre si jamais… si quelque chose arrivait. C'est toujours mieux, non ?

Akiko avait scruté le visage de la jeune femme avant de hocher la tête. Elle lui avait ensuite expliqué les règles. Il y avait un processus à respecter, un rite de passage. Akiko ne pouvait pas l'introduire directement. Sora devait s'y rendre seule, en suivant ses instructions à la lettre. Et c'est ainsi qu'elle se retrouvait aujourd'hui devant ce haut building étroit, à la façade blanche décrépie, délabrée par les années. Un magasin occupait le rez-de-chaussée. L'enseigne, défraîchie, indiquait un *omiyage-ya* – une boutique de souvenirs. Un renard en bois sculpté, assis devant l'entrée, fixait le ciel de son museau levé.

Lorsque Sora poussa la porte, un tintement brisa le silence. À l'intérieur, le calme régnait. Elle était la seule cliente. Les rayons poussiéreux débordaient d'articles sans éclat. Des jouets, des T-shirts aux couleurs fanées, des snacks qui dataient probablement de plusieurs semaines. Sora erra un moment entre les rayons, feignant un intérêt pour quelques bibelots, avant de se diriger vers un tourniquet rempli de porte-clés.

Tous à l'effigie du renard assis à l'entrée.

Elle en saisit un. Le manipula. Il n'avait rien de particulier. Pourquoi un renard ? Quel rapport avec Osaka ? Peut-être le *kitsune udon*, ce plat de nouilles local auquel les habitants étaient attachés ? Dubitative, Sora se rendit au comptoir. Là, elle n'y posa pas l'objet, comme l'aurait fait n'importe quel client. Elle le tint devant elle, fixa l'homme derrière la caisse et prononça d'une voix hésitante, comme si elle ne croyait pas ce qu'elle disait :

— Kitsune me viendra en aide.

À ces mots, le caissier s'immobilisa. Grand, maigre, ses grands yeux noirs planqués derrière des verres épais et vêtu d'un T-shirt ridicule à l'effigie d'un poulpe cuisinant des *takoyaki*[1], il paraissait aussi désuet que sa boutique. Son visage demeura impassible alors qu'il la scrutait. Il devait certainement se demander qui elle était et qui avait pu lui communiquer cette phrase aux allures d'incantation.

Après un silence prolongé, il se tourna vers l'arrière-boutique et lui fit signe de le suivre. Là, il ouvrit une porte cachée derrière un rideau élimé, dévoilant un escalier étroit et raide qui s'enfonçait sous terre, et la laissa passer.

Le cœur de Sora battait à tout rompre. L'obscurité devenait plus oppressante à mesure qu'elle descendait. Le couloir souterrain qu'elle découvrit était éclairé par des lanternes électriques faiblardes, projetant des ombres mouvantes sur les murs de béton brut.

Qui aurait deviné qu'un tel endroit existait, ici, caché sous la surface ?

Un homme l'attendait au bout du couloir. Il portait le même T-shirt que le caissier et son expression était tout aussi impassible. Sora voulut dire quelque chose, mais l'inconnu leva la main pour l'en empêcher.

— Je ne veux rien savoir. Si t'es arrivée jusqu'ici, c'est qu'on t'a déjà expliqué le principal. Tu sais ce que tu dois faire, dit-il en ouvrant la porte derrière lui.

Sora entra et elle tomba nez à nez avec une femme aux longs cheveux blancs et à l'âge indéterminé, assise devant un tableau blanc couvert de notes. *La passeuse*, se dit-elle en se souvenant des paroles d'Akiko. Son hôte feuilletait un roman d'un air ennuyé, probablement habituée à patienter

1. Boulettes de pâte, semblable à la pâte à crêpes, contenant des morceaux de poulpe, cuites en moules, comme des gaufres.

ici pour le compte du Réseau, gérant les requêtes comme une vulgaire liste de marchandises.

Sora dénombra quatre sections sur le tableau face à elle.

Équipements *Services* *Messages* *Autres demandes*

— Qu'est-ce que tu veux ? demanda la femme sans lever les yeux.

Sora reprit son souffle.

— De… euh, de l'équipement. De quoi communiquer.

— Combien ?

— Deux.

La femme hocha la tête, presque machinalement. Elle fouilla dans un tiroir, en sortit un porte-clé à l'effigie d'un renard noir et le lui tendit.

— Reviens dans trois jours, avec vingt mille yens.

Sora comprit à son ton sec que leur conversation était terminée. Rien n'était gratuit ici. Elle le savait déjà. Elle avait sacrifié une partie de ses maigres économies pour entrer dans ce monde souterrain, pour obtenir ce qu'elle cherchait.

Trois jours plus tard, comme prévu, Sora était retournée à la boutique. En échange de sa nouvelle figurine et de la somme demandée, le caissier lui avait remis un sac plastique opaque, comme s'il s'agissait d'un simple achat. À l'intérieur, deux téléphones portables à clapet, vieux modèles tout juste bons à envoyer des SMS. Des *burners*, téléphones jetables intraçables. Sora en ouvrit un et l'alluma, se demandant combien de temps ces antiquités tiendraient.

— Et après ? demanda-t-elle, incertaine.

— Si tu en veux d'autres, tu repasses commande, c'est tout, répondit le commerçant, laconique.

De retour chez elle, Sora inspecta longuement les téléphones, anxieuse à l'idée de les montrer à sa mère. Quand Alice rentra, elle pointa du doigt les appareils et demanda si c'était ça, la solution dont elle parlait. Sora acquiesça et expliqua brièvement qu'il existait une structure invisible, au fonctionnement réglé comme du papier à musique, où personne ne posait de questions pour mieux se couvrir mutuellement. Face aux doutes d'Alice, elle précisa que les téléphones, qui ne disposaient pas de connexion Internet, étaient intraçables, et martela qu'il fallait bien ça pour rester en contact, au cas où. De toute façon, tout le monde les croyait mortes.

Alice se montra réticente à l'idée d'interagir avec de nouvelles personnes. Depuis la confusion qui l'avait gagnée au travail, la paranoïa s'installait lentement, comme un poison insidieux.

Pouvaient-elles vraiment s'appuyer sur cette organisation ?

Ce soir-là, elle passa des heures à démonter les deux portables pour s'assurer qu'elles ne couraient aucun danger et que personne ne repérerait leur localisation.

12

Vendredi 31 mai 2024

Hayato avait compris que la journée tournait au cauchemar quand Gaku avait pris deux casques de moto en quittant l'agence. Total Life Support avait une particularité qu'aucun de ses membres n'avait jugé bon de mentionner pendant la réunion : les déplacements se faisaient le plus souvent à moto. Un moyen de transport que Hayato exécrait.

« On gagnera du temps », avait lâché Gaku, avec un sourire goguenard. Hayato aurait mille fois préféré le métro, quitte à perdre quelques précieuses minutes à naviguer dans ses rames bondées. C'est dire ! Monter à l'arrière de cette machine infernale, cramponné à ce colosse qu'il connaissait à peine, lui paraissait la pire des options. Mais le détective avait coupé court à toute discussion. Et le regard désapprobateur que Noémie lui avait lancé depuis la porte du bureau n'avait fait qu'entériner la décision.

Arrivés devant la résidence de Junichi Kudo, dans les ruelles étroites et animées d'Oyama, à l'écart de la grande rue commerçante, Hayato descendit le premier, suffocant. Il arracha son casque, les poumons en feu, la sueur brouillant sa vision. Malmené par les accélérations soudaines et les amples courbes dessinées par le bolide à deux roues, son cœur battait encore à tout rompre.

La moto de Kudo, elle, était toujours là, stationnée *au même endroit, comme d'habitude*, selon Gaku.

Ils se dirigèrent vers l'immeuble, un vieil édifice de cinq étages dont la façade écaillée témoignait d'un piètre entretien. Au dernier étage, Gaku sortit la clé laissée au bureau par Kudo. L'appartement sentait le renfermé, mais tout semblait en place.

— Par contre, c'est bien plus crade que d'habitude, marmonna le détective en fronçant les sourcils. Ça lui ressemble pas.

Hayato, qui pourtant n'avait jamais mis les pieds ici, ressentait le malaise ambiant. Dans le salon, il repéra immédiatement les trois cartes de crédit, soigneusement alignées, bien en vue sur la table basse. Deux au nom de Junichi Kudo, la troisième au nom de l'agence.

De son côté, Gaku s'attardait devant un mur dans l'unique chambre du logement. Une vingtaine de punaises y étaient plantées à intervalles réguliers, dessinant une gigantesque constellation colorée. Des reliquats de papier étaient restés fichés çà et là. De nombreux documents avaient été arrachés à la hâte.

— Je ne sais pas sur quoi il bossait, mais ça avait l'air énorme, dit le détective. C'est sûrement ça qui l'obsédait.

Il se retourna. Le lit était jonché de feuilles recouvertes de schémas illisibles.

Aucun ne paraissait exploitable.

— Il devait se douter qu'on viendrait ici, commenta Gaku. Il n'est pas du genre à laisser des indices derrière lui.

Hayato ne l'écoutait pas. Il furetait à la recherche d'un début de piste. Au détour d'une étagère, il tomba sur une vieille photo. Kudo, encore adolescent, posait aux côtés d'une femme qui lui ressemblait comme deux gouttes d'eau, à moins que ce ne fût l'inverse. *Probablement sa mère*, estima le capitaine. À l'inverse de l'appartement, le cadre, immaculé, témoignait du soin continu qu'en avait pris son propriétaire.

— Ça m'étonne pas, murmura Gaku, quand Hayato le lui fit remarquer.

Le détective se racla la gorge avant de continuer.

— J'ai oublié de te parler d'un truc. La disparition… c'est un sujet important pour lui. C'est personnel…

Hayato sentit que le moment était grave.

Gaku prit une grande inspiration, comme s'il lui coûtait d'en parler à la place de son ami.

— Lorsque Jun était ado, il a découvert que sa mère se faisait tabasser par son père. Il lui a rabâché un millier de fois d'aller voir les flics, de tout leur balancer. Elle a toujours refusé. Ce foutu manège a continué pendant des années. Quand Jun a eu vingt piges, elle a finalement pris une décision. Mais au lieu de porter plainte contre son mari, elle a choisi de disparaître. De s'évaporer. Sans prévenir Jun. Je te laisse imaginer le traumatisme.

Gaku marqua une pause, comme pour jauger de l'effet de cette révélation.

— … d'autant qu'il l'a appris d'une manière bien pourrie.

— Comment ça ?

— À l'époque, il vivait et se débrouillait déjà seul. La police l'a contacté pour qu'il les rejoigne en urgence chez ses parents. En arrivant, il a trouvé son père pendu au milieu de l'appartement familial complètement vide. Sa mère était partie sans laisser d'adresse, juste un mot pour dire qu'elle ne voulait pas être retrouvée.

— Suicide d'honneur, souffla Hayato. La maison déserte, l'humiliation sociale… plutôt que vivre ça, son père a préféré en finir.

— Ce type était un lâche, si tu veux mon avis… Bref, Jun a tout de suite compris que sa mère avait fait appel à une *yonigeya* pour l'aider à disparaître. Il s'est mis en tête de tout faire pour la retrouver. C'est pas longtemps après qu'il est tombé sur une offre d'emploi pour devenir détective privé.

Hayato hocha lentement la tête. Il commençait à percevoir Kudo sous un nouveau jour.

— Est-ce qu'il y est arrivé ? Il l'a retrouvée ?

— Ouais. Enfin, plutôt sa tombe. Des années après. Le truc le plus glauque qui puisse exister. Sa mère est morte seule, loin de tout. Loin de lui. Dans l'anonymat le plus complet.

Un lourd silence s'installa, alors que le bruit lointain de la ville remontait à peine jusqu'à eux. Hayato fixait la photo avec davantage d'intensité, scrutant les visages de Kudo et de sa mère. Hayato lui-même avait eu tout le mal du monde à surmonter la mort de sa mère, son pilier, à la fin de l'année précédente. Kudo, lui, n'avait même pas eu la chance de profiter d'elle, ni de lui dire au revoir avant son dernier voyage.

Hayato compatissait sincèrement avec cet homme qu'il connaissait à peine. Derrière la façade professionnelle se cachait une douleur plus profonde, plus humaine qu'il ne l'aurait imaginé. Cela renforçait la théorie de Gaku : pour que Kudo ait recours à l'évaporation, il fallait que la situation soit inextricable.

Ou désespérée.

Ils terminèrent leur fouille avec pour seul indice tangible les cartes bancaires de Kudo. Hayato savait que vérifier les mouvements des comptes en banque associés prendrait du temps. Il leur faudrait prouver que ce cas était suffisamment sérieux pour obtenir le droit d'enclencher les démarches nécessaires.

La machine administrative dans toute sa lenteur.

— Laisse tomber les voies officielles, lança Gaku, qui lisait en lui comme dans un livre ouvert. Je m'en occupe.

— T'as une combine ?

Gaku sourit.

— Évidemment. Donne-moi quelques jours, grand max.

— Alors fais-le, approuva Hayato. Je me porte garant.

13

Vendredi 31 mai 2024

Méthodiques et efficaces, Noémie et Akane passèrent l'agence au peigne fin. La lieutenante était habituée à suivre des procédures claires. Ici, tout était nébuleux. L'inexplicable départ minutieusement préparé de Kudo la mettait mal à l'aise.

Il ne lui fallut pas longtemps pour comprendre que l'arrivée d'Akane dans l'agence était récente. Très récente.

— Moins de deux mois, expliqua cette dernière en ouvrant un à un les tiroirs du bureau de Kudo.

La détective se tourna vers le recoin où son patron rangeait son futon et ses affaires de rechange.

— Jun m'a recrutée dans le *kyabakura* où je travaillais pour financer mes études.

— Un *kyabakura* ? Ce n'est pas commun.

— C'est justement ce qui l'intéressait. Il m'a dit que mon profil pourrait débloquer l'enquête sur le dossier Komano. J'ai sauté sur l'occasion.

— Et tu études quoi ?

— Le droit, à l'université de Chūō.

Noémie émit un sifflement.

— Ah oui, quand même. Ce n'est pas rien. Et ce job de détective te plaît, pour l'instant ?

— C'est la meilleure décision que j'aie prise. J'adore ce boulot.

— On va tout faire pour que ça continue, alors.

La lieutenante prit place devant l'ordinateur de Kudo. L'appareil, capot ouvert, était éteint. À côté se trouvait une photo encadrée où Kudo, plein d'assurance, souriait, les bras passés autour d'une femme aux longs cheveux bruns. Un cliché qui devait dater d'une dizaine d'années. Peut-être plus.

— Tu sais qui c'est ?

Akane haussa les épaules.

— J'imagine que c'était sa copine de l'époque, mais Jun ne parlait... ne parle jamais de lui. Il est très secret. J'ai cru comprendre qu'il faisait une affaire personnelle des disparitions volontaires, mais j'en sais pas plus. Même Gaku ne m'dit rien.

Tout en allumant l'ordinateur portable, Noémie prit mentalement note de ces deux points importants pour cerner la psychologie du détective en chef. Elle se concentra sur l'écran de connexion et, après quelques échecs, décida d'envoyer l'engin au labo. Pour ne pas perdre de temps, elle contacta dans la foulée le service concerné et laissa l'appareil sur le bureau de la secrétaire.

Ses yeux se posèrent sur la tablette d'Akane, bien en évidence et dépourvue de mot de passe, pour sa part. Elle accéda au calendrier de l'agence. Un planning assez disparate qui l'alarma sur la santé financière de l'entreprise, bien qu'un nombre important d'affaires soit « en cours d'évaluation », comme il était inscrit.

— Jusqu'à récemment, c'était pas la folie, affirma Akane quand elle vit sa moue dubitative. Jun misait beaucoup sur le cas Komano pour décrocher des contrats. Maintenant que le procès a commencé, on a une visibilité maximale. Force est de constater qu'il avait raison : les demandes commencent à affluer. À ce rythme, on va vite être débordés. C'est pour ça que sa disparition n'a aucun sens.

— En effet, confirma Noémie.

— J'ai peur de ce que ça va provoquer, si ça s'ébruite.

— Ça n'arrivera pas.

— Comment ça ?

— La cellule Sakura ne diffusera pas l'information. Ça ne ferait que compliquer les choses. Kudo a choisi de se planquer, il sera encore plus sur ses gardes s'il apprend qu'on le cherche. Et puis, il sait que ce serait préjudiciable à son agence. Ça m'étonnerait qu'il veuille sa faillite.

Noémie reposa la tablette et fixa sa binôme d'un jour.

— Dis-moi… J'ai une question.

— Pas de problème, je t'écoute.

— Pourquoi une brillante étudiante comme toi avait besoin de bosser en tant qu'hôtesse dans le quartier rouge ? Il y a mille autres façons de financer ses études, pourtant.

Occupée à fouiller dans les dossiers de l'agence, Akane suspendit son geste et croisa le regard de la lieutenante. Le visage bienveillant de Noémie la rassura.

— C'est pour venir en aide à ma famille. Je n'avais pas le choix.

— C'est-à-dire ? Si tu me trouves trop intrusive, tu n'es pas obligée de me répondre, hein.

— Ne t'inquiète pas, je sais que vous devez cerner l'entourage du boss. Ça fait partie de l'enquête. Pour tout te dire, mon père bossait comme comptable dans une grande entreprise. C'est lui qui subvenait à nos besoins. Ma mère s'est arrêtée de travailler après ma naissance. Le schéma classique, en gros.

Classique mais complètement idiot, pensa Noémie. Les choses s'amélioraient petit à petit, les générations se succédant, mais ce modèle avait la vie dure.

— L'année de mes dix-sept ans, continua Akane, mon père a été arrêté pour fraude fiscale et détournement de fonds. Nos comptes ont été gelés et les dettes se sont accumulées. Ma mère a fait une dépression. Pour ne pas perdre notre logement et me lancer dans mes études, j'ai cherché un boulot qui paie vite et bien. Tu connais la suite.

— Qu'est devenu ton père ?

— Il a été condamné et purge une longue peine de prison. La dernière fois que je l'ai vu, il était anéanti... Il m'a juré qu'il n'y était pour rien, qu'on l'avait piégé. Et tu sais quoi ? Je le crois. Papa est incapable de monter un tel système pour s'enrichir aux dépens de ses employeurs. Je suis sûre que ça cache autre chose.

Index pointé en l'air, les yeux dans le vague, Noémie assembla les pièces du puzzle.

— C'est pour ça que tu t'es lancée dans le droit ? Pour lui venir en aide ?

— En partie, oui, admit Akane. J'ai toujours voulu évoluer dans ce monde-là. Il me reste encore un an d'études. Quant au fait de quitter mon job d'hôtesse pour celui de détective, c'était une évidence. Je gagne beaucoup moins d'argent, mais avec Jun et Gaku comme mentors, je suis à bonne école pour devenir une super enquêtrice.

— C'est tout le mal que je te souhaite. Vraiment.

— Voilà pourquoi il faut que l'agence continue à tourner, quoi qu'il arrive. J'ai confiance en la cellule Sakura pour retrouver Jun.

Noémie hocha la tête d'un air déterminé et replongea dans ses recherches. La vingtaine tout juste entamée, la tête bien faite et de la suite dans les idées : cette petite lui plaisait bien.

— Et c'est ce qu'on va faire, crois-moi ! D'ailleurs, à part Gaku et toi, qui travaille ici ? Tu peux me parler d'eux ?

— Il y a Maki-san, la secrétaire. Elle bosse en semaine, à heures fixes. On lui a donné deux semaines de congé. Elle n'est pas encore au courant de la situation.

— C'est mieux pour le moment. Sinon ?

— On a aussi Tetsuya, un étudiant qui vient seulement la nuit. Il s'occupe du marketing digital. Je ne l'ai jamais rencontré. C'est Jun qui s'en occupe.

— Je trouve intéressant qu'il le voie dans un contexte différent du vôtre. Et à part ça ?

— C'est tout.

— Parfait. Je vais les convoquer tous les deux.

14

Samedi 1er juin 2024

— Je ne comprends pas… Je n'ai rien vu venir. Jun avait l'air tout à fait normal la dernière fois que je l'ai vu.

Dans l'ambiance feutrée du Sakuragawa, la secrétaire paraissait sonnée, le regard perdu.

— Il ne semblait pas inquiet ou tendu ? demanda Noémie en la fixant, impassible.

— Non… Fatigué, comme d'habitude. Il bosse non-stop, vous savez. Sept jours sur sept. Le soir, il aime bien rester dormir au bureau. J'ai jamais vu quelqu'un d'aussi dévoué.

Maki était à mille lieues d'imaginer ce qui se tramait. Noémie lui avait seulement confié que Kudo avait disparu, sans préciser toutefois que les indices les orientaient vers une évaporation. Elle s'était aussi assurée que l'employée ne ferait pas fuiter l'information une fois l'interrogatoire terminé.

— C'est Gaku qui m'a appelée pour me donner congé… Mon Dieu, qu'est-ce qu'il lui est arrivé ? On ne disparaît pas comme ça ! C'est forcément lié à l'un de ses dossiers, non ?

— On ne peut rien affirmer pour l'instant. Si quoi que ce soit vous revient, même un détail, appelez-moi, dit Noémie en lui tendant sa carte.

— Bien sûr. Vous pouvez compter sur moi.

La secrétaire sortit, les jambes flageolantes, non sans humer l'air et s'interroger sur ce drôle d'endroit, mi-bureau mi-restaurant. Noémie l'accompagna jusqu'au taxi. Une fois la voiture disparue au tournant, la lieutenante poussa un soupir et regagna ses pénates.

À peine avait-elle passé le seuil que la porte de la cuisine s'ouvrit sur Hayato, un grand bol de *gyūdon* fumant à la main. L'odeur des lamelles de bœuf et des oignons caramélisés imprégna toute la salle.

— Tu pourrais attendre qu'on ait fini, au moins, lança Noémie, exaspérée.

— Tu n'avais pas besoin de moi, non ? Et tu sais très bien que je déteste bosser le ventre vide.

— Ton ventre est *tout le temps* vide. Sérieusement, où ça va, tout ça ?

— Là-dedans, répondit Hayato avec sa nonchalance habituelle, en tapotant son ventre puis sa tempe de l'index. C'est mon carburant. Plus une affaire me passionne, plus la machine tourne. Et plus la machine tourne, plus…

— J'ai compris, j'ai compris ! coupa la lieutenante. Tu ne changeras jamais. La nature est injuste : avec tout ce que tu bouffes, tu ne prends pas un gramme. Si c'était moi…

— Tu en veux ? Il en reste un peu. Mais décide-toi vite, sinon…

Noémie ne le laissa pas terminer et alla se servir avant qu'il ne change d'avis. Bien que maladroite, c'était sa façon à lui d'être sociable. Ces derniers temps, Hayato se montrait plus ouvert. La mort de sa mère n'était sûrement pas étrangère à ce changement.

La lieutenante eut à peine de quoi remplir une petite assiette, mais elle s'en contenta. Elle se sustenta tout en conversant par messagerie privée avec sa mère, qui la harcelait afin qu'elle se trouve un mari. Dans quelle langue devait-elle lui dire qu'être maman célibataire à trente-cinq ans n'était pas une tare ? Elle se moquait du regard de la société. Combler ce vide à ses côtés pour satisfaire sa famille ne l'intéressait guère. Cela ne l'empêchait pas, bien sûr, de recourir aux innombrables applications de rencontres disponibles en ligne. Mais elle franchirait le pas selon ses termes. Quand *elle* l'aurait décidé.

Tetsuya Nomura, étudiant de son état, débarqua moins de dix minutes plus tard, accompagné par un agent dépêché exprès depuis le Paquebot, le QG de la police métropolitaine, où toutes les unités avaient leurs quartiers. La cellule Sakura, à l'écart de la volonté même de son capitaine, posait quelques soucis d'organisation interne dans ces situations-là.

Hayato, baguettes en main, suspendit son geste. Le jeune homme avait la peau si blanche qu'elle se fondait presque dans le mur. Noémie se leva et l'accueillit avec entrain, puis jeta un œil amusé à son capitaine. Entre Manon la veille et cet étudiant ce midi, cela faisait deux personnes que Hayato voyait capables un jour de lui faire concurrence tant sur le plan vestimentaire qu'intellectuel.

La lieutenante mit Tetsuya à l'aise, acceptant même qu'il ouvre la canette de boisson énergisante qu'il avait apportée. Hayato demeura à son poste de travail, la bouche pleine mais l'oreille tendue.

— C'est dingue, cette histoire, s'indigna l'étudiant, qui semblait monté sur ressorts. La dernière fois que je l'ai vu, je commençais ma nuit. Il s'est enfermé dans son bureau avec le rapport que je lui ai donné. Quand je suis entré, après avoir toqué, pour lui dire que je partais, il ronflait comme un sonneur.

— Et que faisiez-vous avant-hier ? Je vous demande ça parce que nous savons qu'avant de disparaître, Jun est passé à l'agence, tard le soir.

— Au début du semestre, j'ai demandé à poser deux jours de congé pour préparer mes examens. Jeudi 30 et vendredi 31 mai. Bien sûr, le boss était au courant, c'est lui qui valide les absences. En venant après 21 heures, il savait qu'il trouverait le bureau vide.

Tetsuya arrosa cette affirmation d'une rasade de son remontant.

— Avant de continuer, fit Noémie, je veux m'assurer d'une chose. Vous devez absolument garder cette nouvelle pour vous, c'est d'accord ? Ça ne doit s'ébruiter sous aucun prétexte.

— Comptez sur moi.

— Parfait. Maintenant, revenons-en aux rapports que vous fournissez à votre patron. De quel genre d'études s'agit-il ? demanda Noémie.

— Des analyses de l'impact de nos publications sur les réseaux sociaux. Instagram, YouTube, X et TikTok, principalement. Et de temps en temps sur des blogs spécialisés. On essaie d'augmenter la présence en ligne de l'agence. C'est un milieu très concurrentiel, vous savez. On est loin d'être les seuls à avoir recours à ces outils promotionnels.

— J'ai vu ça, rebondit la lieutenante en tournant vers lui l'écran de son ordinateur. Des vidéos sur les services proposés, les témoignages recueillis sur un blog… tout ça est très bien fichu. Même le site web de l'agence est à la page.

— Et plus encore, dit Tetsuya. Par exemple, on publie des *réels*, des mini-vidéos sur Instagram, des *shorts*, un peu le même concept sur YouTube. Mais le *must* du *must*, ce sont les vidéos sur l'actualité criminelle et législative que je monte une fois par mois environ pour booster l'audience de la chaîne.

— Je ne suis pas allée voir en détail. Vous me montrez?

L'étudiant la guida dans les méandres de YouTube. Hayato, qui s'était promis d'observer de loin les interrogatoires, ne résista pas à la curiosité. Les agences de détectives étaient bien plus modernes que les deux policiers ne le croyaient, contrairement à la police ou aux autres institutions gouvernementales, grosses machines lentes et désuètes.

— Il faut rivaliser d'ingéniosité et surtout être hyper-régulier pour être le meilleur, expliqua Tetsuya. Quel que soit le business, il n'y a que ça qui fonctionne, de nos jours.

Noémie ne put que se ranger à l'avis de l'étudiant, de toute évidence aussi doué qu'hyperactif.

Revenons à Hayato, fit-elle. Vous souvenez-vous d'un détail particulier, quelque chose qui aurait ébranlé votre patron ces derniers temps?

— Hum… Ça se pourrait. J'ai trouvé sa réaction étrange alors que le rapport était plutôt bon. Et… Ah, attendez une seconde.

Tetsuya tira de sa poche son téléphone portable dernier cri, le déplia comme on ouvre un livre, puis navigua dans l'historique du compte YouTube de l'agence.

— Regardez, continua-t-il, ce sont les vidéos visionnées le 26 avril, le dernier jour où j'ai vu le boss.

— Ce sont des vidéos de *true crime*, remarqua Hayato.

— C'est ma passion, précisa l'étudiant. J'en mate sans arrêt, je les mets dans mes favoris. Ce soir-là, pas mal de vidéos ont été ouvertes. Mais pas par moi. Et à part moi, justement, le boss est le seul à avoir accès à ce compte. C'est peut-être insignifiant, mais qui sait. Dans le doute…

— Vous faites bien, le coupa Noémie. Je suis moi-même assez fan de ce type de contenu. Donc, vous nous dites qu'il a regardé plusieurs vidéos, enfermé dans son bureau. Ça lui arrivait souvent ?

— Pas vraiment, non. Il en a ouvert un sacré paquet, dont celles de Genji.

— Genji ? Je le connais de nom, réagit Noémie. C'est un Français expatrié ici. Il a une série, un genre de documentaire, qui marche plutôt bien.

— Les *Dossiers noirs*, fit Tetsuya. Ouais, c'est tout récent mais ça cartonne pas mal. Il est pas con, présente bien, et fait même des sous-titres en japonais, donc il touche aussi l'audience nippone.

— Et quelle est la dernière vidéo que Kudo a regardée ?

Tetsuya consulta son téléphone.

— *Dossier noir* #4 : « Le crépuscule de la Veuve blanche. »

15

Osaka
Novembre 2011

Les mois avaient défilé. Impatient, l'hiver frappait déjà à la porte du pays. Le gros tremblement de terre de mars 2011, conjugué au tsunami et à l'accident nucléaire de Fukushima, avait causé un exode massif depuis le nord du Japon vers la région d'Osaka. Les touristes avaient déserté l'archipel, et la ville était submergée de résidents fuyant les terres sinistrées. La population du quartier était en forte hausse. Le phénomène d'évaporation avait gagné en intensité après la triple catastrophe. Entre ceux qui avaient tout perdu et ne pouvaient rembourser leurs dettes, et ceux qui avaient profité du chaos pour changer de vie, les raisons, même les plus farfelues, étaient nombreuses.

Un épisode migratoire d'une ampleur inédite, peu relayé dans les médias.

Ce matin-là, Alice se rendit sur le marché du travail, comme tous les jours ou presque. Elle fut sollicitée par le patron de l'*izakaya* pour une journée plus longue qu'à l'accoutumée. Mais elle s'était toujours refusée à rester tard le soir. Pour la convaincre, le boss lui fit comprendre que la main-d'œuvre ne manquait pas. Ni les volontés à toute épreuve. Elle n'était pas indispensable et, pour peu qu'un nouveau venu fasse l'affaire, elle pourrait perdre son emploi bêtement. Alice savait qu'il avait raison.

Elle n'eut d'autre choix que d'accepter.

La journée fila à toute vitesse. Tout le monde parlait des conséquences de l'accident de Fukushima, de la gestion de crise de l'entreprise responsable de la centrale et partageait ses craintes pour l'avenir du Japon. Exténuée, Alice communiquait néanmoins régulièrement avec sa fille, via leurs téléphones jetables. Elle ne comptait plus le nombre de *burners* qu'elles avaient utilisés depuis leur toute première acquisition. Après avoir averti Sora qu'elle rentrerait tard, elle rempocha l'appareil, songeant une énième fois qu'elle devrait trouver un moyen de convaincre sa fille de lui donner davantage d'informations sur le Réseau sans que celle-ci se braque. Jusqu'ici, Sora avait voulu en conserver le monopole. C'était sa manière de s'affirmer, de lui prouver son utilité. Alice avait fait contre mauvaise fortune bon cœur, l'équilibre du lien qui les unissait demeurant sa priorité absolue. Mais elle ne pouvait décemment pas continuer ainsi. Avec l'explosion de la population du « sous-monde », ce réseau de soutien des évaporés était trop important pour qu'elle n'en saisisse pas les tenants et aboutissants.

La fin du service de jour sonna.

Alice profita d'une demi-heure de pause pour se restaurer dans la cuisine et discuter avec ses collègues. Elle goba des *takoyaki* comme des bonbons et arrosa le tout d'un americano trop dilué. Dans le restaurant, qui ne désemplissait pas, l'ambiance était survoltée. Les yakuzas étaient là.

Plus nombreux que d'habitude. Ils étaient venus avec leurs greluches et ne savaient pas communiquer autrement qu'en hurlant.

Les réserves de bière fondaient à vue d'œil. Au cœur de la morosité qui gangrenait le pays, même les bandits voulaient prendre du bon temps. Était-ce la raison pour laquelle le patron avait exigé d'elle une double rotation ?

L'alcool coulait à flots, les langues se déliaient, et, inévitablement, lorsqu'elle reprit le service, Alice attisa la convoitise. Entraînée par les mafieux, elle ne put se dérober. Sous les yeux craintifs et impuissants de son patron, ils la firent boire contre son gré. Vin. *Shōchū*. Saké. Dans les rangs du personnel, personne n'osait intervenir. Alice, qui ne buvait plus depuis des années, sentait qu'elle ne tiendrait pas longtemps à ce rythme. Avant qu'elle ne s'en rende compte, son foulard fétiche avait glissé, dévoilant la fine silhouette d'un arbre de vie tatoué sur sa nuque. Un détail insignifiant pour les autres, ignorants de son passé, mais une faille béante pour elle.

Elle avait pourtant tout prévu. Brûlé toutes ses traces, changé de ville, de nom, de visage même. Chaque geste, chaque choix, chaque yen dépensé avait servi à bâtir une nouvelle identité, hermétique et sans attaches. Et pourtant… elle ne s'était jamais résolue à effacer ce tatouage.

C'était son talon d'Achille. La seule chose qui la rattachait à celle qu'elle avait été. Un caprice ? Non. Une faiblesse, oui. La preuve silencieuse d'un instinct qu'elle s'était toujours interdit : celui de mère. Ce tatouage, elle l'avait fait pour sa fille. Il symbolisait la vie qu'elle lui avait donnée, la sève qui les liait, en dépit des épreuves rencontrées par la suite.

L'effacer aurait été comme renier ce lien. Alors elle l'avait gardé, au mépris du danger.

Affolée, elle scruta chaque recoin du restaurant.

Son regard croisa celui d'un homme qui l'observait comme si elle était la huitième merveille du monde.

Celui-ci leva son verre et prononça quelques mots, mais elle n'entendit rien. À la place, sur ses lèvres, elle crut lire :

— Je sais qui tu es.

Prise de sueurs froides, elle recula tout en plaquant la paume de sa main droite sur sa nuque. C'était impossible, elle divaguait sûrement à cause de l'alcool.

Alertés par sa réaction, plusieurs yakuzas se levèrent et demandèrent des comptes à l'individu. Le ton monta. Le type se fit secouer, mais ne chercha pas la bagarre. Il s'en alla en s'excusant mille fois, jurant que c'était un malentendu, qu'il ne recommencerait plus. Alice remercia ses bienfaiteurs tout en se disant qu'elle avait dû halluciner, comme cela lui était apparemment arrivé plus d'une fois au cours de l'année écoulée. L'un d'eux lui tendit son foulard, qu'elle s'empressa de renouer autour de son cou, pour enfin retrouver un semblant de calme.

L'heure tourna.

Alice avait repris du poil de la bête. Elle osait tenir tête aux bandits, qui appréciaient toujours autant son tempérament impertinent. Elle s'était résolue à ne rentrer chez elle qu'au petit matin quand, sous la pression des escorts qui les accompagnaient, ils décidèrent de finir la soirée ailleurs. En sortant, l'un d'eux lança au patron : « T'as intérêt à la garder, cette petite ! C'est la seule qui a des couilles, ici ! » avant de s'éloigner en riant.

Le restaurant se vida en quelques minutes.

C'était terminé.

Alice et le personnel s'attelèrent au nettoyage, il y avait eu un peu de casse. Ces imbéciles de mafieux ne savaient pas se tenir quand ils picolaient.

Une heure du matin.

La nuit était dense. Le froid, saisissant. C'était la période qu'Alice redoutait le plus. Ses sens encore troublés par l'alcool, elle trouva le quartier transformé. Les rues sombres balayées par le vent glacial. Les sans-abri qui déambulaient en vociférant, bouteille à la main. Ou affaissés contre un mur, hagards, seringue échouée sur le sol. Ou encore dormant à la belle étoile, à la merci des plus sournois. Çà et là, d'autres provoquaient des altercations à la sortie d'un bar.

Alice n'avait pas perçu l'ombre qui lui tournait patiemment autour.

Au détour d'une ruelle, une silhouette jaillit pour lui barrer le passage. Alice reconnut tout de suite l'homme qui avait été expulsé du bar. Loin des lumières, il paraissait bien plus imposant.

Bien plus intimidant.

— Quand j'ai vu ce tatouage…, commença-t-il. Mon Dieu, quand je l'ai vu ! C'est mon jour de chance. Tu es légèrement différente de sur la photo, mais tu ne me trompes pas.

— La photo ? Quelle photo ?

— C'est toi, hein ? La Veuve blanche. Ayumi Inoue !

Alice se figea comme un lapin pris dans les phares d'une voiture.

Lame à la main, l'homme ne la laissa pas répondre et se rua sur elle. Alice évita de justesse le coup d'estoc. Sans réfléchir, elle tourna les talons et s'enfuit dans la nuit. Elle courut à perdre haleine, tentant désespérément de fausser compagnie à son poursuivant. Malgré les relents de saké qui l'incommodaient, elle tira profit de sa connaissance du quartier pour se mettre hors de portée. Exténuée, elle se cacha et attendit une dizaine de minutes, le temps de s'assurer qu'elle n'était pas suivie. Puis elle sprinta à nouveau jusqu'à la *doya*, qu'elle atteignit au prix d'un large détour.

Elle alluma la veilleuse et réveilla Sora en catastrophe.

— Prends tes affaires, on doit partir ! Tout de suite !

— Hein ? Quoi ? Où ?

— Ne discute pas et dépêche-toi !

Sora marmonna une plainte qui se tarit lorsqu'elle vit le visage épouvanté de sa mère sous la lumière faiblarde. La peau rougie et transpirante, Alice haletait comme une femme sur le point d'accoucher.

Elles s'apprêtaient à sortir lorsqu'un bruit sourd résonna dans le bâtiment endormi.

— Et merde !

Alice pesta contre sa naïveté. Au fond d'elle, elle sentit poindre une émotion oubliée depuis longtemps. La peur. Pas pour elle.

Pour ce qu'elle avait de plus cher au monde.

Sa fille.

16

Alice enrageait. L'homme avait dû volontairement lâcher du lest afin de la suivre jusqu'à son repaire et mieux la coincer ! Dans l'immeuble, comme ailleurs, personne ne les aiderait. Alors, d'un petit sac planqué au-dessus du compteur électrique, elle sortit, sous les yeux ébahis de Sora, son bien le plus précieux. Un objet qui aurait permis de l'identifier formellement mais dont elle se départirait jamais : le *wakizashi*[1] de Ryo, son défunt fiancé. Sur le manche en bois était gravé le *kamon*, l'emblème des Aragaki, le clan de Ryo : un losange enfermé dans un cercle, traversé de traits horizontaux, lié à la signification du nom de famille de son défunt mari[2].

Alice ordonna à Sora de ne sortir sous aucun prétexte et s'aventura dans le couloir du dernier étage, prête à affronter la menace. Tenir le sabre court entre ses mains lui procura une sensation étrange. Un frisson descendit le long de son échine. Son estomac se noua, en même temps qu'une nuée

1. Sabre courbe, de la famille des katanas, dont Alice possède une version courte (30 cm).

2. « Aragaki » signifie « nouvelle clôture ».

de papillons se mettait à virevolter dans son bas-ventre. Une excitation morbide se mêlait à la terreur.

L'homme apparut devant elle en riant.

— Comment m'as-tu retrouvée ? siffla-t-elle. Je ne crois pas au hasard.

— Comment, tu dis ? Mais c'est simple, je t'ai cherchée sans relâche depuis que j'ai vu ton avis de recherche. Et les évaporés n'ont pas trente-six mille endroits où aller…

Cette réplique lui glaça le sang.

Un avis de recherche ?

— C'est impossible ! Tout le monde me croit morte.

— Tout le monde ? Certains n'en sont pas si sûrs… Et la récompense est énorme. Pas question de passer à côté !

Alice chercha à temporiser. À le faire parler. À comprendre. Peine perdue. Elle esquiva une première attaque, mais fut cueillie au flanc par un coup de pied qui lui coupa le souffle.

Dominée, elle réussit, grâce à la longueur de sa lame, à entailler le biceps de son assaillant. Dans un râle, l'inconnu lâcha son couteau, avant de parvenir à saisir le bras armé d'Alice, qu'il se mit à tordre de toutes ses forces. Alice ploya et la garde de son *wakizashi* lui échappa.

Alors qu'elle était tombée à genoux, l'homme lui asséna une violente droite. Elle s'étala de tout son long, sonnée. Elle se contorsionna, cherchant un second souffle, mais il l'en empêcha en la chevauchant et en lui maintenant les poignets au sol. Alice, écrasée par son agresseur, poussa un cri déchirant.

— Reste sage, ma belle. J'ai besoin de toi vivante. Avant de t'embarquer, j'ai besoin que tu me dises…

Au bout du couloir, la porte s'ouvrit. Le hurlement de sa mère avait poussé Sora à sortir de sa cachette. Surpris, l'homme tourna la tête et relâcha la pression un instant, ce qui permit à Alice de le déséquilibrer et de dégager une jambe, dont elle se servit pour le repousser d'un coup précis dans le torse. L'inconnu bascula en arrière mais se redressa rapidement, nullement éprouvé, le regard halluciné et un bras sanguinolent.

— Alors c'était vrai ! Vous êtes toutes les deux vivantes !

Alice se releva à grand-peine.

— Sora, enferme-toi !

L'agresseur se précipita vers sa nouvelle proie.

— Ferme cette porte ! beugla Alice en ramassant son *wakizashi*.

Sora ne l'écouta pas. Cet homme massif était lent, dépossédé de son couteau et de surcroît blessé. Elle utilisa contre lui son élan et le repoussa violemment des paumes. Alice le poignarda par-derrière, dans le milieu du dos. Les deux mains sur le manche, elle pivota pour l'envoyer valser. L'inconnu tomba au sol, sur le ventre, la respiration sifflante. Alice retira sa lame précipitamment et empala sa victime à plusieurs reprises avec acharnement. Sa colère assouvie, elle tourna vers sa fille un visage maculé de sang et de sueur, figé dans un état second.

Sora était pétrifiée par la peur. Ses yeux s'emplirent de larmes.

Sa mère sortit soudain de son état de transe, le corps secoué de spasmes. Choquée, Alice retira maladroitement l'arme du crime de la dépouille. Puis, à quatre pattes, elle récupéra son fourreau et recouvrit péniblement la lame avant de se lever, chancelante.

— Prends toutes tes affaires, dit-elle à sa fille. On ne doit rien laisser derrière nous.

— Mais tu veux aller où ?

— J'en sais rien. Peu importe. Le plus loin possible.

Le temps des questions viendrait plus tard. Sa mère était blessée. Elle avait la joue tuméfiée, elle se tenait les côtes et prenait de grandes inspirations entrecoupées de grimaces. Elle hésita un instant à lui prodiguer des soins mais renonça, retenue par le vrillement de ses entrailles. Tout était allé si vite. Et ce regard fou chez sa mère qui ne quittait pas ses pensées… C'était comme si deux femmes se battaient en elle.

Une vision terrifiante.

Alice réitéra ses ordres d'une voix plus sèche. Piquée au vif, Sora obéit. Puis Alice traîna avec difficulté le corps de sa victime vers les étages inférieurs, « pour brouiller les pistes », expliqua-t-elle. Une tentative que sa fille, qui serrait son sac à dos fétiche contre elle, trouvait inutile et désespérée.

À leur passage, quelques portes s'entrouvrirent mais aucun résident n'eut le courage de les interpeller. Ils ne tenteraient rien. Ne diraient rien. Leur existence consistait à se tenir sagement loin des radars.

Alice fouilla le corps et dégota quelques liasses de yens qu'elle empocha d'une main tremblante, avant que les deux femmes ne s'évaporent dans la nuit.

TROISIÈME PARTIE

> « L'histoire est un perpétuel recommencement. »
>
> THUCYDIDE

17

Osaka
Novembre 2011

Marcher, marcher, encore marcher.

Depuis trois heures, Alice et Sora, bagages sur le dos, traversaient péniblement la ville, vers le nord. La pluie tombait dru.

Transies de froid, elles ne tiendraient pas longtemps dans ces conditions.

Après plusieurs kilomètres apparut le terminal routier qu'Alice avait en ligne de mire. Un conducteur les aperçut, trempées, bras tendu et pouce levé. Il arrêta son camion à leur hauteur et baissa la vitre.

— Où allez-vous ?

— Plus au sud, répondit Alice, exténuée.

— Je m'arrête à Kobe.

— Ça nous va.

Elles grimpèrent à bord avec leurs sacs à dos. Le routier leur donna des couvertures, partagea avec elles son thermos de thé chaud. Sora but une tasse à petites gorgées, puis se recroquevilla, frigorifiée.

— Merci, dit Alice en cherchant une position plus confortable.

Tout son corps était perclus de douleurs. Elle ne put réprimer une grimace.

— Vous êtes sûre que tout va bien ?

— Oui, ce n'est rien, ça va aller, se défendit-elle.

Circonspect, le conducteur remit les gaz. Le camion cahota en reprenant la route. Tout en veillant sur sa fille, Alice ressassa les événements de la soirée. Ce type assis dans l'*izakaya*. Son expression après qu'il eut aperçu son tatouage. Les paroles proférées dans la ruelle.

Tu es légèrement différente de sur la photo, mais tu ne me trompes pas.

Qui était cet homme ? D'où venait-il ?

Et cet avis de recherche dont il parlait, c'était quoi ?

Elle posa les yeux sur Sora, à moitié assoupie.

Il nous recherchait toutes les deux ? Pour le compte de qui ?

Si ça avait été les flics, l'avis de recherche aurait été relayé dans la presse. À moins qu'ils n'aient fait circuler l'information en catimini pour ne pas éveiller ses soupçons ? Non, c'était peu probable. Une telle façon de faire ne correspondait pas du tout aux pratiques de la police japonaise, qui de surcroît n'avait vu que du feu à son plan d'évasion, au sens propre comme au figuré.

Les yakuzas, alors ? Ça n'avait aucun sens. S'ils avaient eu un doute sur son identité, ils auraient eu des dizaines d'occasions de lui mettre la main dessus !

Sa belle-famille, comme le reste du monde, les croyait mortes et n'avait aucun intérêt à remettre ce statut en cause.

Quelque chose ne tournait pas rond.

Le camion longeait l'océan. Malgré la nuit et le temps exécrable, Alice contemplait un panorama exceptionnel. Le littoral illuminé de points rouges, comme autant de repères ;

la baie, les bateaux, les buildings à l'horizon... Le port de Kobe se dévoilait à elles avec grâce.

Arrivées à destination, elles marchèrent avec difficulté jusqu'à Sannomiya, un quartier du centre-ville. Sora ne tenait plus debout. À bout de forces, elles se réfugièrent dans un fast-food ouvert vingt-quatre heures sur vingt-quatre, en plein Center Gai, grande rue commerçante couverte et pavée d'œuvres d'art. Au milieu des fêtards en quête de malbouffe de fin de soirée et des clients assoupis sur leur table – tout ce qu'il y avait de plus typique –, Sora, luttant contre le sommeil, avisa sa mère d'un œil noir.

Alice prit les devants.

— Tu sais, c'est pour toi que je l'ai fait, expliqua-t-elle. Pour nous. Rien ni personne ne nous séparera, cette fois, je te le promets.

— Cette fois... Tu dis ça comme si c'était une formalité, alors que tu viens de...

Sa voix s'évanouit un instant.

— Pourquoi tu m'as abandonnée, pour commencer, hein ?

Ce reproche sonna comme un uppercut.

— Parce que je n'étais plus rien, se défendit Alice. Une coquille vide. Rien de bon pour toi.

— Quelque chose me dit que c'est à cause de papa. Pourquoi tu ne me dis pas ce qu'il s'est passé ?

Alice, imperturbable, répondit du tac au tac.

— Je te raconterai tout, un jour, c'est promis. Mais ce n'est ni le moment ni l'endroit. Tu es crevée, ma chérie. Repose-toi.

Après deux heures à veiller sa fille, Alice la réveilla et elles franchirent les portes du premier établissement qui se dressait sur leur chemin. Un *love hotel* à l'accueil automatisé.

Après une douche salvatrice, elles y finirent la nuit, un peu gênées par le cachet particulier de la pièce, décorée et équipée pour satisfaire des couples en quête d'intimité, en échange d'une somme modique.

Une fois requinquées, elles vagabondèrent toute la journée, en quête d'un refuge plus adéquat. Alice en profita pour prévenir Sora qu'au regard des événements de Nishinari, il leur faudrait aussi changer d'apparence. Le plus vite serait le mieux.

Désormais, elles devaient redoubler de vigilance.

Leurs pas les menèrent devant le Nomads, un netcafé qui semblait taillé pour elles. Niché aux troisième et quatrième étages d'un bâtiment comme il en existait des centaines, à l'ambiance feutrée et calme, il regroupait près de deux cent cinquante pièces individuelles, ou box, offrant de nombreux services : boissons gratuites à volonté, menu basique mais varié, étagères remplies de mangas, douches à cent yens, machines à laver, toilettes… Le gérant leur confia que, ces derniers temps, beaucoup de personnes payaient à la journée, avant de leur proposer les différentes formules, toutes plus onéreuses que ce qu'elles avaient connu à Osaka.

— Vous avez une pièce d'identité ou une preuve de résidence ? ajouta-t-il.

— On est obligées de vous en fournir ?

— C'est juste pour me couvrir en cas de contrôle. Rien de plus.

— Ma fille est mineure. Je sais que ce n'est pas autorisé, mais est-ce qu'elle pourrait avoir son box, juste à côté du mien ?

— C'est bon pour moi, mais ça vous coûtera deux fois plus cher.

— Ça me convient.

— Alors banco.

Soulagée, Alice fournit les pièces demandées, puis piocha dans l'argent subtilisé à leur agresseur pour payer leur séjour. Heureusement, le gérant était peu à cheval sur les règles, comme souvent dans ces endroits-là, dès lors qu'on allongeait quelques billets supplémentaires. Alice récupéra la monnaie. En plus de l'argent gagné à Osaka, elles disposaient à présent d'une petite réserve de cash.

Elles s'allongèrent chacune dans un tout petit box équipé d'un fin matelas, d'un bureau, d'une chaise basse pliante à 180 degrés et d'un ordinateur doté d'une connexion Internet. L'espace était confiné, loin d'offrir un confort optimum, mais avait le mérite d'être propre et fonctionnel.

Alice peina à fermer l'œil. Cette ville était assez grande pour qu'elles se fondent dans la masse. Kobe n'était pourtant qu'à une trentaine de kilomètres d'Osaka. Elle était convaincue que, paradoxalement, personne ne songerait à les chercher aussi près. Elles y resteraient quelques mois, le temps d'y voir plus clair avant de repartir de zéro, que ce soit pour s'adapter, retrouver leurs repères ou du travail.

Jusqu'à être de nouveau prises pour cible ?

Incontestablement, l'opération « mort simulée » montée par la *yonigeya* avait foiré. Alice se demandait d'ailleurs jusqu'à quel point. Maintenant qu'elle était au calme, plus lucide, l'évidence s'imposait : la menace était d'ordre privé. Lorsqu'elle était encore la Veuve blanche, elle avait pris tant de vies… De quoi se faire des ennemis jusqu'à la fin de son existence. Tant qu'elle n'aurait pas identifié qui lui en voulait au point d'avoir percé ses plans à jour, un interminable jeu du chat et de la souris les attendait.

18

Kobe
Le lendemain matin

Sous l'eau brûlante de la douche, Alice ne tentait pas seulement de dissoudre sa fatigue. Elle voulait réparer son corps, purifier son âme. Évacuer le stress, la paranoïa, la douleur. Mais rien n'y faisait.

De son côté, Sora, allongée sur sa couchette, avait la tête lourde. Les événements s'enchaînaient. Tout allait trop vite.

Son arrivée. Son intégration difficile. Le café. Akiko. La brève éclaircie dans son quotidien. Le Réseau. Et cette nuit d'horreur…

Dès qu'elle fermait les yeux, elle voyait sa mère s'acharner sur l'inconnu qui les avait attaquées. Hormis dans le fast-food, elle n'avait dormi que par intermittence, se réveillant en sueur plusieurs fois par heure. Comment retrouverait-elle jamais le sommeil après avoir assisté à l'assassinat d'un homme ? Pour la comprendre, Sora essaya de se glisser dans la peau d'Alice.

Si elle avait eu une fille en danger de mort, qu'aurait-elle fait ?

La réponse paraissait évidente. Mais le prix à payer était exorbitant. Elles avaient dû fuir Osaka, abandonner un endroit où elles avaient trouvé une certaine stabilité. Qui sait si cette mésaventure ne se répéterait pas, encore et encore ?

Sora pensait à Akiko, qui s'inquiéterait de ne plus la voir débarquer au café, ni aujourd'hui, ni demain… Peut-être jamais.

Elle ne supportait pas l'idée de laisser sa bienfaitrice dans le flou.

Il fallait qu'elle fasse quelque chose.

Alors qu'elle réfléchissait à un moyen de la joindre, une idée lui sauta à la figure. Après une courte réflexion, elle décida de gérer cela seule. Prévenir sa mère ne ferait que compliquer les choses.

D'après Akiko, le Réseau était présent dans toutes les grandes villes de l'archipel. Kobe n'était pas immense, mais assez grande pour abriter une antenne locale de la communauté.

À Sora de la trouver.

19

Dimanche 2 juin 2024

Sans se douter qu'un homme, tapi dans la foule, l'observait, Noémie poussa la porte d'un café non loin de la tour 109, à Shibuya. Un endroit moderne, bruyant et rempli de jeunes, à l'image du quartier, avec à peine assez de place pour circuler. Seul un siège restait libre, adossé au mur, à côté d'un grand type barbu à la coupe négligée qui lui faisait des signes.

— Par ici ! Je vous ai gardé une place, s'écria-t-il en français, sans se soucier de déranger ses voisins.

Personne ne comprenait ce qu'il disait, sauf elle.

Gênée, Noémie salua la serveuse d'une légère inclinaison de la tête et se fraya un chemin jusqu'à la chaise. Le barbu déplia son mètre quatre-vingt-dix et lui tendit une main deux fois plus grande que la sienne.

— Zacharie Fortier, mais tout le monde m'appelle Genji. Ou Zac. Mais je préfère Genji. Enchanté.

Noémie se présenta à son tour avant de prendre place.

— Merci de me consacrer du temps, glissa-t-elle avec un demi-sourire. J'avoue que c'est étrange de mener un interrogatoire en français, surtout avec l'une des figures du *true crime* sur YouTube.

— Ah, mais c'est moi qui devrais vous remercier ! s'emballa Genji en la déshabillant du regard. Une flic franco-japonaise, rien que pour moi. Dans le cadre d'une affaire en cours, en plus ! C'est du contenu en or pour ma chaîne !

À cette remarque, le sourire de Noémie s'évanouit instantanément.

— Je vous arrête tout de suite. J'adore ce que vous faites, mais ce qui va se dire ici doit rester entre nous. Pas de vidéo, pas de post, pas de story. Pas de buzz. On est bien d'accord ?

Genji leva les deux mains en signe d'apaisement.

— Y a pas d'mal !

— Vous vivez à Tokyo depuis trois ans, c'est ça ?

Il gratta sa tignasse désordonnée.

— Ouais, quasiment. Je suis arrivé avec un visa vacances-travail, puis j'ai trouvé une entreprise qui m'a sponsorisé.

— Et vous faites quel métier ? Vous n'en parlez jamais sur la chaîne.

— Je suis graphiste. Dans une start-up japonaise. Je bosse principalement en anglais. Côté japonais... disons que je maîtrise assez pour commander à boire et dragouiller un peu, mais c'est pas encore ça, si vous voyez ce que je veux dire.

Noémie comprenait très bien à quelle catégorie l'énergumène appartenait. Célibataire, immature, sans attaches. Du genre à ne penser qu'à la prochaine soirée. Une girouette, en somme. Tout ce qu'elle évitait.

— Vous habitez près d'ici, je me trompe ?

— Oui, à Sangenjaya. Vous connaissez ? L'un de mes jeux vidéo préférés s'inspire de ce quartier, rebaptisé Yongenjaya pour l'occasion. Dites, ça vous dérange si on se tutoie ? Quand on me dit « vous », j'ai l'impression d'avoir mille ans.

Noémie lui donna son aval tandis qu'un serveur approchait pour prendre leur commande.

Genji soupira en regardant la carte des boissons.

— Tu aurais pu me laisser choisir le lieu du rendez-vous. On serait passés au *konbini* et j'aurais apporté une nappe pour qu'on se pose tranquillement dans un parc. Je me serais pris deux ou trois grandes canettes de Green Label au lieu de ces bières hors de prix...

— L'addition est pour moi, souffla Noémie. Du moment que tu réponds à mes questions...

— T'es sûre ? Je veux pas abuser, hein...

— Choisis, qu'on passe à autre chose, tu veux bien ?

Genji obtempéra et attaqua sa bière dès qu'on la lui servit.

— À propos de tes vidéos, reprit la lieutenante, est-ce que quelqu'un t'a récemment contacté ?

— Carrément ! Un détective privé, il y a quelque temps. Il m'a bombardé de questions sur un de mes *Dossiers noirs*. « Le crépuscule de la Veuve blanche ». J'ai galéré pour la préparer, cette vidéo-là, mais ça valait le coup. Elle est longtemps restée dans les tendances sur la plateforme. Direct dans mon top 3 en nombre de vues !

Noémie lui montra une photo de Kudo.

— C'est lui ?

— Yep, fit Genji, sans hésiter.

— Il t'a demandé quoi, précisément ?

Le youtubeur prit une nouvelle gorgée de sa bière.

— Il voulait que je contacte les auteurs de certains commentaires sous la vidéo. En japonais, évidemment. Il m'a donné un texte à leur transmettre, en plus de son adresse mail pour qu'ils puissent le joindre. Quand j'y repense, il avait l'air vachement préoccupé.

— Tu as cette adresse mail ?

Genji fouilla son téléphone et la lui fournit sans sourciller. Il s'agissait du contact privé de Kudo et non de celui de l'agence.

— D'ailleurs, pour être franc avec toi, cette histoire m'a causé des emmerdes, reprit le vidéaste.

— C'est-à-dire ?

— J'ai reçu des menaces, de la part d'un certain Darkshadow, pas longtemps après avoir publié la vidéo. Un vrai connard, celui-là !

— Des menaces de quel type ?

— Des intimidations, du genre « ne parlez plus jamais de cette histoire ou ça se terminera mal pour vous ». Ça m'arrive souvent de me prendre des scuds de la part d'internautes. Entre les rageux et les trolls… D'habitude, je fais pas attention à tout ça. Mais là, c'était différent.

— Pourquoi ?

— Darkshadow a écrit directement à mon adresse mail perso, un compte qui n'est relié ni à YouTube ni à aucun autre de mes réseaux sociaux. C'est quelqu'un qui a pris la peine de faire des recherches et de dégoter cette info. Et ça, par contre, ça m'est jamais arrivé.

Noémie prit note. Ce Darkshadow, pour en venir à de telles méthodes, ne souhaitait pas que l'histoire d'Ayumi Inoue soit remise sur le devant de la scène. Un indice à ne pas prendre à la légère.

— Tu en as parlé à Kudo ?

— Non, mais avec le recul, je me dis que j'aurais peut-être dû.

— Est-ce que tu sais pourquoi il voulait contacter tes abonnés ?

Genji vida son verre et s'essuya la bouche du revers de la main.

— Non. Mais je peux te dire un truc : certains d'entre eux prétendaient que la Veuve blanche avait fait des émules, après sa mort en 2009. Avec des meurtres au mode opératoire similaire.

De retour chez elle, Noémie passa un peu de temps à aider Manon à faire ses devoirs, avant de s'isoler pour se connecter, sur son ordinateur personnel, à la chaîne YouTube de Genji et parcourir les fameux commentaires qu'il avait évoqués. Plusieurs parlaient en effet d'incidents éparpillés dans le pays. Des homicides aux caractéristiques troublantes.

Elle envoya des messages à leurs auteurs, en priant pour que l'un d'eux réponde, puis se pencha sur le cas de Darkshadow. Le profil était vide.

Le contraire l'aurait étonnée.

Noémie s'enfonça dans son fauteuil et fixa le plafond, pensive.

L'entrée en jeu de ce nouvel acteur ajoutait une couche de complexité à l'affaire. Pourvu que Hayato, de son côté, trouve de quoi les relancer.

Elle fut interrompue par un *toc-toc* discret contre sa porte. Elle n'eut pas le temps d'aller ouvrir que sa mère entra,

Manon sur ses talons, accompagnée de la dernière personne qu'elle s'attendait à voir. Un grand échalas à la peau immaculée et rasé de frais, les cheveux teints en blond.

Naoki.

— Qu'est-ce que tu fais là ? lança-t-elle, sur la défensive.

Sa mère leva les yeux au ciel.

— Allons, Noémie, sois un peu plus aimable avec le père de ta fille ! Je vous laisse discuter tranquillement. Viens, Manon.

Un malaise envahit la pièce. Les bras croisés, Noémie désigna une chaise devant son bureau.

Naoki s'assit avec une lenteur mesurée, le regard hésitant, comme s'il craignait une explosion.

— Qu'est-ce que tu fais là ? répéta-t-elle avec froideur.

— Je voulais voir notre fille… et discuter avec toi.

— On n'a rien à se dire.

— Je pense que si. Tu sais, j'ai retrouvé une compagne. On s'est installés ensemble et…

Il marqua une pause, plissant les lèvres comme s'il cherchait ses mots.

Noémie comprit avant même qu'il ne termine sa phrase.

— Félicitations, dit-elle en arborant un sourire crispé. C'est pour quand ?

— La fin de l'année.

Elle voulait paraître détachée, mais une légère amertume perçait dans sa voix. Le contraste avec sa situation de mère célibataire lui parut cruel.

— Tu aurais pu m'écrire ou m'appeler pour ça, lui dit-elle. Ce n'était pas la peine de venir en personne.

— Au contraire. Je pensais que c'était important de te le dire en face. Et d'annoncer à Manon qu'elle va bientôt devenir grande sœur.

Évidemment, se tança la lieutenante en serrant la mâchoire.

— J'imagine que ce n'est pas tout ? rétorqua-t-elle, acide.

— J'aimerais qu'on reconsidère notre accord. Je pense que ce serait bien pour Manon de passer un peu plus de temps avec nous. Un ou deux week-ends par mois, pour commencer.

Noémie se redressa d'un bond.

— Pour commencer ? Tu espères quoi, exactement ?

Elle savait bien que son ancienne belle-famille désapprouvait que leur petite-fille grandisse dans un environnement qu'ils jugeaient trop « occidental ». Ils peinaient tout autant à accepter que la garde exclusive de Manon leur ait échappé.

— Écoute, Noémie. Ce n'est pas une critique, mais je sais que tu es très prise par ton travail. Manon pourrait profiter d'un peu plus de stabilité, c'est tout.

— Tu veux dire : elle pourrait profiter de la stabilité que toi et tes parents lui offriraient, c'est ça ? Parce que je suppose que cette idée ne vient pas seulement de toi. Et pour le travail, excuse-moi, mais c'est l'hôpital qui se fout de la charité. Tu passes ta vie en déplacement pour tes foutues compétitions d'escrime !

Gêné, Naoki détourna le regard.

— Notre fille grandit dans un environnement biculturel, et c'est une richesse, poursuivit Noémie. Si ça ne vous plaît pas, notamment à ta mère, tant pis. Et puis, Manon a son mot à dire. Je ne vais pas lui imposer vos choix.

— Elle n'a pas encore huit ans. Elle ne peut pas tout comprendre.

— Elle est déjà bien plus mature que certains adultes, crois-moi ! Pour le reste… tu diras à tes parents qu'être française et indépendante ne fait pas de moi une mauvaise mère. Je ne céderai pas si facilement ! Et ce que je fais de ma vie ne les regarde pas.

20

Dimanche 2 juin 2024

Hayato ressentait toujours une légère appréhension à l'idée de remettre les pieds au département de la police métropolitaine de Tokyo, terre de ses anciens exploits et frasques, où beaucoup avaient été témoins de ses méthodes peu orthodoxes. Il replongeait dans une agitation familière. Les yeux rougis à force d'avoir visionné, en boucle, la vidéo sur la Veuve blanche, il s'était rendu au service des archives, en quête d'un dossier classé, une affaire vieille de quinze ans, et l'avait rapporté à sa tanière au Sakuragawa.

Une tâche qu'il préférait mille fois à celle qu'il avait refilée à Noémie : aller se coltiner Genji. Les archives, au moins, avaient le bon goût de se taire. Elles ne le bombarderaient pas de questions toutes les cinq secondes, ne chercheraient pas à combler les silences avec du bavardage inutile et, surtout, ne l'obligeraient pas à maintenir à grand-peine une conversation. Avec elles, pas besoin de jouer au type sociable. Juste lui, des dossiers jaunis et le calme absolu.

Le dossier de la Veuve blanche, ouvert en 1998, s'était refermé en 2009 avec la mort de la principale suspecte, Ayumi Inoue, tuée dans l'incendie de son propre appartement, la veille de l'opération de police qui visait à son arrestation. Son corps carbonisé avait été identifié par un médecin légiste de l'hôpital universitaire de Tokyo.

Hayato fut surpris de découvrir le nom du capitaine nommé pour sortir l'enquête de l'impasse, deux ans avant le dénouement : l'actuel surintendant, son mentor, Masato Kuraki.

Et que dire de la différence criante entre le nombre de victimes recensées dans le rapport officiel (dix-neuf) et celui relayé par les médias (six) ! Une note signalait, en outre, la probabilité que le chiffre officiel soit largement sous-estimé.

La sauvagerie des crimes contrastait avec leur régularité. Chaque année, aux mêmes périodes, de nouveaux corps étaient retrouvés en divers endroits. Hôtels, parcs, appartements... À première vue, rien ne reliait les victimes, jusqu'à ce que Kuraki remarque l'impensable : toutes vivaient les meilleures années de leur vie.

Hayato n'en revenait toujours pas. Comment pouvait-on s'en prendre aux gens parce qu'ils étaient heureux ?

Il fallut plusieurs heures au capitaine de la cellule Sakura, ainsi que l'intégralité de ses réserves de *senbei*[1], pour éplucher les dossiers par ordre chronologique. C'est dans le dernier qu'il fit une découverte cruciale.

Le 23 décembre 2009, la Veuve blanche avait fait son ultime victime : Reiko Nobara, dont Genji parlait en détail dans sa vidéo. Hayato tressaillit en apprenant que Nobara était alors fiancée à un certain Junichi Kudo.

Le même Kudo qui dirigeait une agence de détectives privés et qui s'était mystérieusement volatilisé.

1. Galette de riz gluant enrobée de sauce soja.

Sa déposition figurait dans le rapport. Hayato s'y plongea, avide d'en savoir plus. Il n'en était qu'au tiers lorsque son téléphone vibra.

— Gaku ?

— J'ai fini de fouiller les comptes du patron.

— C'est allé vite !

— Tu trouves ? Trois jours, dans mon monde, c'est pas terrible. En tout cas, je te confirme que les comptes de Jun ont été vidés la veille de sa disparition. Ça me tue de le dire, mais ça sent l'évaporation à plein nez…

— Kudo avait donc un motif impérieux. Ça écarte au moins la thèse du suicide.

— C'est pas ça qui va me consoler, Ishida.

— J'ai un truc à te demander. Tu peux m'éclairer sur Reiko Nobara ? Tu la connaissais ?

— Reiko ? J'ai dû la croiser une fois ou deux. Elle bossait à l'agence quand Jun a démarré sa carrière de détective.

— Pourquoi tu ne m'en as pas parlé ?

— Je pensais que tu savais déjà tout de sa vie. Personne ne s'occupe de faire les profils dans votre unité ?

— On manque encore de moyens. Mais ce n'est pas le souci : tu me parles de sa mère évaporée, mais tu oublies de mentionner sa fiancée, victime d'une tueuse en série ?

— Hey, c'est votre taf, pas le mien. Moi, comme tous mes collègues détectives, je récupère la merde que vous laissez traîner.

Hayato raccrocha, légèrement désarçonné par les vérités balancées par Gaku. Après avoir lu le reste de la déposition, il appela Noémie pour faire le point. Sa coéquipière répondit d'une petite voix.

— Tu vas bien ? s'inquiéta-t-il.

— Oui, ne t'en fais pas, juste un coup de fatigue. Alors, qu'est-ce que tu as trouvé ?

Il la briefa rapidement et Noémie lui fit part de ses propres découvertes.

— Aujourd'hui, Genji m'a parlé de commentaires étranges, noyés dans la masse sous la vidéo, expliqua-t-elle.

— Où ça ? Il y en a des centaines.

Guidé par la lieutenante, Hayato retrouva les messages en question.

@Taka_M 🇯🇵

Un tueur en série qui décide de mourir au lieu d'être arrêté, c'est rare. La plupart s'accrochent à la vie jusqu'au bout, même en prison.

> @Uzumaki_N 🇯🇵
>
> Assez d'accord avec toi, ouais. Après, ça dépend de son profil psy, aussi.
>
> Taka_M 🇯🇵
>
> Oui, on sait pas tout, je pense.

@KaitoYamashita23 🇯🇵

Bizarre, ya eu un meurtre dans ma région qui ressemble à ceux de cette tueuse ! Ça remonte grave, mais c'était un peu après la mort de la Veuve blanche. Coïncidence ?

> @Ntn8306 🇯🇵
>
> Attends... c'était pas celui dont on a parlé vite fait aux infos locales, avant que l'histoire disparaisse ?
>
> @KaitoYamashita23 🇯🇵
>
> Si, exactement. En 2011, l'année du tremblement de terre.

(...)

@Reno-chan
J'ai déjà entendu parler d'un crime semblable dans mon patelin. Planté dans le thorax et tout ça. Donc bon, c'est ptet pas aussi exceptionnel qu'on le croit.

> @Sasuke9999
Mec, t'es vraiment à la masse pour dire des choses pareilles !

> @Wano_Yamato17
Mais trop ! On dirait un psychopathe, sérieux !

(...)

@HiroWasabi77
C'est hardcore tout ça ! On dit que le Japon est champion niveau sécurité, mais quand ça pète, ça y va !

> @Misakigen
Y a plein d'affaires comme ça. Des empoisonnements, des brûlés vifs, des cannibales... Avec l'histoire de la Veuve, on a la sabreuse, bordel ! Ce sera quoi, la prochaine fois ?

> @HiroWasabi77
Aucune idée, mais côté sabre, je peux te certifier qu'on a eu ça chez nous, y a quelques années à peine ! D'ailleurs, maintenant que j'y pense, y a quand même de grosses similitudes avec ce dont parle Genji...

Une hypothèse émergea aussitôt.

— Je ne crois pas aux *copycats*, même si c'est une piste valable. Vu le comportement de Kudo... Et si Ayumi Inoue n'était pas morte ? lança-t-il soudain.

— Tu veux dire qu'elle aurait dupé tout le monde ?

— Et pourquoi pas ?

— Son corps a été identifié après l'incendie, pourtant, répliqua Noémie.

— Ça ne serait pas le premier rapport médical à faire l'objet d'une controverse.

— Et le corps ?

— Là, tu me poses une colle. Ce à quoi je pense serait absolument dingue. Laisse-moi creuser un peu.

— On devrait aller voir Kuraki, suggéra Noémie.

— Dès demain, à la première heure.

— OK. En attendant, je vais envoyer un e-mail à KaitoYamashita23, Reno-chan, HiroWasabi77 et ceux qui ont interagi avec eux pour avoir des infos et savoir si Kudo a essayé de les contacter.

— Parfait. Quoi d'autre ?

— Eh bien, après avoir mis en ligne sa vidéo, Genji a reçu des menaces d'un individu planqué derrière le pseudo Darkshadow, sur son compte mail privé, qu'il ne partage pourtant pas sur ses réseaux ! Les choses se sont arrêtées là, mais ça montre que cette personne s'est donné de la peine pour le mettre en garde. Étrange, non ?

— Ça va surtout dans le sens de notre théorie, s'emballa Hayato. Quelqu'un refuse manifestement qu'on remue le passé.

— Je pense comme toi. Il faut qu'on se dépêche de retrouver Kudo. Si c'est bien ce qu'on pense…

— Alors il est en danger, conclut le capitaine dans un murmure.

21

Lundi 3 juin 2024

Au sommet du bâtiment principal du QG de la police métropolitaine, dans un bureau avec vue imprenable sur le palais impérial en plein cœur de Tokyo, le surintendant Kuraki, créateur de la cellule Sakura, recevait ses ouailles. Noémie avait débarqué à 9 heures pile, après avoir déposé sa fille au bâtiment annexe du lycée français[1], où elle était scolarisée. Chose rare, Hayato avait fait preuve de patience et attendu qu'elle arrive pour commencer. Mieux, elle l'avait retrouvé au pied de l'ascenseur, une première pour lui qui ne manquait jamais une occasion de la faire enrager.

Kuraki affichait la mine des mauvais jours. Étrangement assis, de biais, on aurait dit qu'il se retenait au bord de table. Son costume habituellement impeccable était marqué de plis disgracieux et, malgré la fenêtre entrouverte, son bureau puait le graillon. Une odeur diffuse qu'il aurait reconnue entre mille et qui réveilla aussitôt son appétit.

— Tu as dormi ici ? lança-t-il en s'installant en tailleur sur sa chaise après s'être déchaussé.

1. Le lycée français international de Tokyo (LFIT) scolarise les enfants de la maternelle à la terminale.

— Bonjour à toi aussi, ironisa Kuraki. Et pour répondre à ta question : oui, j'ai passé la nuit ici. Trop de boulot.

Noémie sut immédiatement qu'il mentait. De fines ridules lui striaient le front et il avait du mal à soutenir leur regard. Elle se tourna vers Hayato avec l'espoir qu'il ne franchisse pas la ligne rouge.

Trop tard.

— Ça m'étonnerait, osa-t-il en reluquant le surintendant avec une intensité dérangeante. J'adore traîner chez moi, et au bout de plusieurs jours ça sent pareil qu'ici, un savant mélange de sueur, de parfum et de friture. Je dirais donc que tu squattes ton bureau et que ça n'a rien à voir avec le travail, je me trompe ? Y a de l'eau dans le gaz, à la maison ?

— Ça ne te regarde pas, se défendit Kuraki, avant de laisser échapper un long soupir. Mais bon, j'imagine que c'est peine perdue avec toi, hein ?

— Tu n'as qu'à être honnête. Est-ce que je mens, moi ?

Noémie trouvait l'ingénuité de son capitaine aussi désarmante qu'exaspérante.

— Disons que j'ai quelques soucis. Mais ne t'inquiète pas, ça va finir par s'arranger.

— Je vous le souhaite, dit la lieutenante dans un sourire pour tenter de désamorcer la situation.

— Et moi, je te souhaite de me tutoyer, Legrand. Ça t'écorcherait la bouche, hein ? Bon, allez. Parlez-moi de l'enquête. Où est-ce qu'on en est ?

— Justement, rebondit Hayato. On vient te voir pour parler de Reiko Nobara.

Kuraki se rembrunit.

— Je connais ce nom. En quoi ça concerne notre affaire ?

— Nobara fait partie des dix-neuf victimes connues de la Veuve blanche. Tu peux nous parler de ce dossier ?

— C'était une période cauchemardesque. Tout allait trop vite. On manquait de moyens, ça partait dans tous les sens.

— Tu étais responsable de l'enquête, c'est ça ?

— À l'origine, non. Mais devant le statu quo, le surintendant de l'époque a fini par me nommer, en binôme avec un collègue. Deux des meilleurs agents, toutes divisions confondues. Cette affaire nous a donné beaucoup de fil à retordre. Si on a réussi à confondre Ayumi Inoue, c'est uniquement parce qu'elle a commis une erreur. Elle a laissé son ADN sur le téléphone de sa dernière victime. Reiko Nobara, justement.

— J'ai lu tous les rapports, dit Hayato. Jusqu'à ce crime, elle n'avait commis aucun faux pas. Quelque chose l'a déstabilisée… mais quoi ?

Noémie le regarda comme s'il venait de proférer une énormité.

— Tu te fous de moi ou tu le fais exprès ? C'est évident ! Reiko Nobara était enceinte, Hayato. Enceinte ! Ayumi Inoue a fait plus d'une victime ce jour-là. Elle en a tué deux. Même un monstre comme elle a des faiblesses.

— Absolument, acquiesça Kuraki. C'est aussi ce qu'on s'est dit, bien que ça ne figure pas dans le rapport.

Noémie attrapa le dossier, qu'elle se mit à feuilleter.

— Quelque chose nous gêne, patron. Cette opération préparée pour son arrestation, vous ne l'avez jamais déclenchée, n'est-ce pas ?

— En effet. L'incendie de son appartement a eu lieu la veille.

— Un incendie majeur ?

— Non, il a été maîtrisé rapidement. Il a tout juste eu le temps de se propager aux appartements voisins, dont les locataires étaient absents. Ayumi Inoue a été l'unique victime.

— Et vous n'avez pas trouvé ça suspect ?

Kuraki haussa les épaules.

— On a mis la main sur la cause du départ de feu et le légiste a identifié le corps. Tout est consigné dans le rapport. J'ai bien eu un doute, quelque chose de difficile à expliquer, notamment à cause du timing un peu trop parfait de l'incident. Mais même si j'avais voulu rouvrir l'enquête, notre alliance éphémère était dissoute. Et surtout, la vague de meurtres s'est tarie. Quelle meilleure preuve pouvait-on espérer ?

Noémie échangea un regard avec Hayato, qui la laissa poursuivre.

— En lisant le dossier, on s'est aperçus que ce légiste dont vous parlez a arrêté d'exercer quelques mois après. Y a-t-il une raison particulière à ça ?

— Il a pris sa retraite, tout simplement, répondit le surintendant. Il projetait depuis longtemps de s'installer en Allemagne, près de son fils. Cette histoire a dû précipiter sa décision.

— Vous avez eu de ses nouvelles, depuis ?

— Il est décédé il y a cinq ans. Cancer foudroyant.

— Et merde, pesta la lieutenante, avant de rougir en se rendant compte qu'elle avait juré à haute voix. Avec ça, on ne saura jamais.

— On ne saura jamais quoi ? Qu'est-ce qui vous pousse à remuer cette vieille histoire ?

L'air grave, Hayato prit le relais.

— Junichi Kudo, dit-il. On pense que sa disparition est liée à la Veuve blanche.

Kuraki écarquilla les yeux.

— Tu n'es pas sérieux ?

— D'après moi, il se pourrait que Kudo croie que des homicides récents, dans différents endroits du pays, suivent le même mode opératoire. Mais tous ont été commis *après* la mort supposée d'Inoue, en 2009. Il cherche certainement à vérifier s'il faut les imputer à la Veuve blanche ou s'il s'agit d'imitateurs.

— Mais dans ce cas, pourquoi disparaître ? À moins que…

Hayato hocha la tête, forçant Kuraki à aller au bout de son raisonnement.

— Si Ayumi Inoue voulait échapper à la police et s'éloigner des radars, elle n'avait pas d'autre choix.

— C'est ce qu'on pense. Et c'est, à mon avis, ce que Kudo pense aussi. Il se pourrait qu'elle ait fait appel à une entreprise spécialisée dans ce business, habituée à fournir ce genre de services. De là à ce que le légiste soit impliqué dans l'opération, il n'y a qu'un pas.

— Attendez une seconde, tous les deux, coupa Noémie. Je sais que certaines *yonigeya* sont prêtes à tout pour satisfaire leurs clients, quitte à graisser quelques pattes. Admettons qu'ils aient payé le légiste pour qu'il établisse un faux rapport. Soit. Mais, même carbonisé, il y avait bien un corps, dans ce fichu appartement ! Tout le monde sur place a dû le voir !

— Oui, confirma Kuraki en fronçant les sourcils. À moins que… quelqu'un ait été sacrifié pour la cause ?

— C'est dans les cordes des *yonigeya* « de l'ombre », intervint Hayato. Beaucoup de rumeurs courent à leur sujet. On dit que les plus sombres d'entre elles opèrent sur le darknet… J'ignore si c'est vrai, mais je sais ce dont l'envers d'internet est capable.

— T'as pas faim ? glissa Hayato à Noémie après qu'ils eurent passé le reste de la matinée au Sakuragawa. Malheureusement, c'est pas un dimanche qu'on va faire de grosses avancées.

Noémie le fixa, un peu surprise.

— Quoi ?

— T'as l'air… épuisée. Tu veux manger un truc ?

D'où lui venait cette soudaine sollicitude ? Hayato n'était pas du genre à lever le nez d'un dossier, peu importe le jour de la semaine. Et encore moins à se soucier de son état ou de son appétit.

— C'est une invitation ? demanda-t-elle, mi-figue, mi-raisin.

— Une proposition, corrigea-t-il en croisant les bras.

Un sourire effleura ses lèvres. Décidément, il était imprévisible.

— Et qu'est-ce que tu proposes ?

— Je peux cuisiner un truc vite fait ici. Des nouilles sautées, par exemple. J'ai tout ce qu'il faut sous la main. Ça te va ?

Elle le dévisagea une seconde de plus avant d'acquiescer.

— Va pour des nouilles sautées.

Joignant l'acte à la parole, Hayato s'éloigna vers la cuisine, un espace au cachet certain, avec ses boiseries sombres et ses lampions suspendus. Il avait tenu à préserver ce lieu en hommage à l'ancien propriétaire, un homme dont il parlait peu, mais dont la mémoire comptait pour lui. Depuis leur installation, il passait le plus clair de son temps ici, d'autant plus que la maisonnette comprenait une chambre fonctionnelle à l'étage.

Noémie le suivit du regard un instant avant de s'adosser à un bureau. Un silence s'installa, seulement troublé par le cliquetis des ustensiles et le crépitement de l'huile dans la poêle. L'odeur des épices et de la sauce soja vint peu à peu chasser le poids qui pesait sur son estomac noué.

— Qu'est-ce qui t'arrive ? reprit la lieutenante après un court silence.

Hayato ne se retourna pas tout de suite.

— C'est plutôt à toi qu'il faut le demander, répondit-il.

Elle plissa les yeux.

— Comment ça ?

— Je vois bien que quelque chose ne va pas. Tu es toute pâle, absente. Tu ne souris pas comme d'habitude. C'est pas ton genre.

Il marqua une pause pour jouer de la poêle.

— Mais si tu ne veux pas en parler, je comprendrais, ajouta-t-il maladroitement.

Noémie ne répondit rien. Elle se contenta de hocher la tête avant de se détourner pour préparer la table. Débarrasser un bureau des dossiers qui l'encombraient, disposer des assiettes en plastique, des baguettes jetables… Des gestes mécaniques, qui lui faisaient du bien.

Quand Hayato la rejoignit, poêle fumante en main, elle réalisa que c'était leur premier vrai repas ensemble au Sakuragawa depuis des lustres.

L'odeur des nouilles sautées la fit frissonner de satisfaction. Ils mangèrent en silence un moment, jusqu'à ce qu'elle se décide enfin à parler.

Elle lui raconta. La visite de son ex-mari. La menace qui planait sur la garde de Manon. La peur sourde qui lui rongeait les entrailles. Lorsqu'elle eut fini, il posa ses baguettes, réfléchit une seconde, puis lâcha, sans appel :

— Tu vas te battre, j'espère.

Elle écarquilla les yeux, surprise par son ton plein de conviction.

— C'est bien mon intention.

Il hocha la tête.

— Alors tu gagneras.

Son assurance était presque déconcertante. Noémie baissa les yeux sur son assiette à moitié vide. Quelque part, cette simple phrase la réchauffa plus efficacement que le plat encore brûlant devant elle.

22

Kobe
31 décembre 2011

La ville portuaire battait au rythme des illuminations. Après une année éprouvante, marquée par le grand tremblement de terre au large de Sendai et la catastrophe nucléaire de Fukushima, 2012 se profilait enfin. L'ambiance était légère malgré le froid cinglant et la neige qui tombait depuis deux jours. Au loin, les montagnes Rokkō s'étaient parées d'un manteau immaculé.

Le mois écoulé depuis leur arrivée avait été difficile. Dans une ville qu'elle trouvait beaucoup plus calme qu'Osaka, Alice désespérait de trouver du travail, quand elle avait été embauchée comme femme de ménage au Nomads, où elle et sa fille étaient installées. Le patron, toujours aussi peu scrupuleux, offrait un salaire de misère, minoré d'une fraction du prix de la location de leurs deux box. Mais cet accord lui convenait.

Emmitouflées dans des manteaux trop fins, équipées de bonnets et de gants, Alice et Sora (qui portait aussi de fausses lunettes de vue) profitaient du spectacle comme n'importe quel quidam. Alice réalisa que c'était la première fois que cela leur arrivait. Avec un curieux mélange de remords et d'allégresse, elle agit comme toute mère l'aurait fait en de telles circonstances. Un petit camion blanc, chargé d'un feu de bois, d'un tonneau et d'un poêle, tournait au ralenti dans la zone. Alice lui fit signe et, pour deux cents yens, acheta une patate douce. Le vendeur souleva le couvercle du four, dévoilant une dizaine de solanacées violettes sur leur lit de braises chaudes. Elles dégageaient une douce odeur grillée. Sora saisit l'offrande emballée dans du papier kraft, la porta contre sa poitrine et sourit. Le cœur d'Alice se serra. *Elle lui ressemble tellement*, se dit-elle en pensant à Ryo. Cela faisait longtemps qu'elle n'avait plus vu le visage de sa fille s'illuminer de la sorte. Par sa faute, depuis cette nuit fatidique à Nishinari, Sora était moins enjouée. Moins avenante. Davantage sur la défensive. Elle doutait de ce que l'avenir leur réservait. Tout comme elle.

Sora releva la tête. Alice l'imita. L'avenir était-il aussi imprévisible que les nuages changeant lentement au-dessus d'elles ? Quel lot de surprises leur apporterait cette nouvelle année ?

Soudain, Sora invita sa mère à partager sa patate douce sur un banc. Sous son impulsion, Alice accepta enfin de se livrer et lui raconta la soirée où Ryo l'avait demandée en mariage, alors qu'ils vivaient encore très chichement.

— J'avais quitté mon travail et ton père était en rupture avec sa famille. Il refusait leur aide.

Elle marqua une pause, gênée par la boule qui comprimait sa poitrine.

— Ce jour-là, reprit-elle, tu étais là. Avec nous. Endormie dans mes bras. Tu avais seulement quelques mois.

Tout allait bien dans leur vie à cette époque. Ils économisaient pour se payer le mariage de leurs rêves. Comment Alice aurait-elle pu prédire que ce bonheur, simple et total, serait réduit à néant en une poignée de secondes ?

Sora la poussa à poursuivre. Elle n'était plus une enfant et avait besoin de connaître la vérité. Alors, Alice continua. Elle s'était tue trop longtemps.

Un soir, Ryo était parti rejoindre des amis. Alors qu'il était sorti fumer une cigarette et leur souhaiter bonne nuit au téléphone – son rituel chaque fois qu'il s'absentait –, il avait été attaqué par deux voyous. Au téléphone, Alice avait entendu une voix interpeller son fiancé, puis un cri, un râle de douleur… et ses derniers mots : « Je vous aime. »

Plus tard, en découvrant que l'arme qui avait servi à lui ôter la vie, abandonnée sur les lieux, était un *tanto*[1], Alice avait compris que la mort de Ryo n'avait rien de gratuit.

— Ton père appartenait à un clan très influent, reprit cette dernière. Il ne fréquentait plus sa famille, mais l'ordure qui s'est attaquée à lui s'en moquait. S'en prendre à Ryo, c'était s'en prendre à Toru, son frère aîné, le patriarche.

— Mon oncle, rebondit Sora.

— J'ai voulu en savoir plus, mais il n'a jamais daigné répondre à mes questions. Quand ton père est mort, tu n'avais que deux ans… Ça a été un tel choc… une telle douleur… J'étais seule avec toi. Sans emploi. Perdue. J'ai sombré dans la dépression. Ton oncle, lui, n'avait qu'une idée en tête : te récupérer. Il m'a proposé un arrangement financier. Je m'y suis opposée et c'est mon père, ton Grand'Pa Take,

1. Sabre court japonais à pointe haute, dont la lame est inférieure à 30 cm.

qui t'a élevée pendant les huit années suivantes. Jusqu'à sa mort.

Sora baissa les yeux.

— Il était tellement gentil avec moi… Même si moi, ce que je voulais par-dessus tout, c'était être avec toi.

— Grand'Pa m'a sommée plus d'une fois de me reprendre en main pour t'éduquer, confessa Alice.

— Tu aurais pu venir me voir plus souvent, au moins.

— J'étais au fond du trou. J'arrivais à peine à surnager… Je ne me projetais pas dans un quotidien de mère célibataire.

— Pourquoi ? la coupa Sora en la fixant d'un air furieux.

— Ton sourire… Et cette mimique quand tu es en colère… C'est ton père tout craché, divagua Alice. Toute petite, tu lui ressemblais déjà beaucoup. Chaque fois que je posais les yeux sur toi, le souvenir de la mort de Ryo me revenait en pleine face.

— Tu te moques de moi ? Tu m'as laissée tomber à cause de ça ?

— Je te jure que c'est la vérité.

— Mais il y a autre chose, non ?

Alice prit une grande inspiration et s'expliqua enfin :

— J'ai voulu me venger. Ça m'a pris des années, mais j'ai réussi à retrouver son assassin. Et à le faire payer.

— Et c'était qui, ce type ?

— Un larbin d'un groupe rival de celui de Toru. Il a tué ton père uniquement pour s'en prendre à sa famille.

— Tu vois, quand tu veux, tu peux être honnête avec moi ! Et qu'est-ce qui s'est passé ensuite ?

— Je pensais retrouver la paix et te récupérer… Mais j'ai perdu pied. Toute manifestation de bonheur me rendait dingue. Au point de vouloir l'éliminer. C'est absurde, mais c'est la réalité. Je ne pouvais plus m'occuper de toi… ni même de moi. J'étais devenue incontrôlable. Cette folie aurait pu déteindre sur toi.

Sora déglutit, l'estomac serré.

— Alors, c'est bien vrai. Tout ce qu'on a raconté sur toi.

Comme pour protéger sa santé mentale, l'adolescente laissa ses pensées s'envoler vers son grand-père. Ces années passées à ses côtés. Sa gentillesse, sa tendresse. Son côté perfectionniste, aussi. Grand'Pa Take était un artiste. Un peintre autodidacte, passionné de beaux livres et d'histoire. Tous ces moments de partage, d'apprentissage, d'exploration. Ces plongées dans des univers fantastiques. Il avait façonné sa personnalité. Transmis sa passion pour la lecture. Il lui avait épargné de grandir auprès d'une tueuse, même si, aujourd'hui, sa mère semblait se repentir. Comment une personne aussi gentille avait-elle pu avoir une fille si… différente ?

Durant son enfance, Alice ne venait la voir que très rarement, comme une tante éloignée plus qu'une mère.

— Tu sais, reprit Sora, j'ai toujours nié l'évidence. Peu importait ce que les gens racontaient, pour moi, tu ne pouvais pas avoir commis tous ces crimes. Impossible ! C'est pourtant parce que tu étais une criminelle que tu m'as abandonnée…

— Quand Grand'Pa est mort, j'ai été mise devant mes responsabilités. Je suis ta mère. Légalement, c'était à moi de m'occuper de toi. Toru a de nouveau fait pression sur moi pour que tu vives avec eux. Avec tes cousins. Il m'a proposé un arrangement similaire au premier, sauf que cette fois, il était en position de force. Même s'il ignorait que j'étais la criminelle la plus recherchée du pays, il a compris que je n'étais pas dans de bonnes dispositions psychologiques. Il aurait facilement pu prouver mon incapacité pour obtenir ta garde. Tu avais douze ans, tu étais vulnérable. Tu avais besoin de stabilité. Et moi, j'étais toxique. Alors, j'ai accepté. C'est comme ça que tu as officiellement pris le nom de famille de ton père : Aragaki.

— Pourquoi avoir imaginé ce faux suicide pour que je revienne près de toi ? Pourquoi avoir attendu tout ce temps si tu voulais me récupérer ?

Alice repensa aux ultimes instants de sa dernière victime. Ses dernières paroles.

Je vous en supplie, ne me tuez pas… Je suis enceinte.

Elle ressentit à nouveau, au fond de ses entrailles, le choc qui avait suivi, mais répugna à en parler à sa fille.

— Parce que j'ai changé, ma chérie, sanglota-t-elle. C'est comme si je m'étais réveillée après un long sommeil, devant le fait accompli. J'ai… j'ai pris la mesure de mes erreurs. Elles sont impardonnables, je le sais, et je ne pourrai jamais les oublier, encore moins les expier. Je ne m'autorise à vivre que pour une chose, aujourd'hui : te savoir heureuse, que tu n'aies pas à subir le poids de mon passé. Je ferais tout pour me racheter. C'est ça, mon rêve.

— Tu n'as jamais pensé que je pouvais vouloir autre chose ? Vivre dans un environnement sain ?

Sora avait prononcé ces mots par réflexe, comme pour se protéger des paroles de sa mère, qui l'avaient touchée bien plus qu'elle ne se l'avouait.

— J'aurais pu te laisser tranquille, fit Alice. Mais tu aurais souffert toute ta vie de la révélation de ma véritable identité. D'ailleurs, tu l'as dit toi-même, ça pourrissait ton quotidien.

Sora la fixait intensément. Regret et révolte luttaient en elle.

— Je suis assez grande pour savoir ce qui est bon pour moi, lâcha-t-elle enfin. Ne crois pas que j'ai suivi ton plan sans broncher. Si je suis là, c'est parce que je l'ai voulu. Parce qu'il fallait que je te revoie, que je te parle. Que je réapprenne à te connaître. Et puis, pendant que j'y suis : je peux me défendre seule, tu sais. Quand ce type s'est jeté sur moi, à Osaka, j'ai riposté. Tu n'as pas besoin de me protéger.

Bien qu'ébranlée, Alice soutint son regard.

— Le sous-monde n'est pas pavé de tatamis. Quand tout va mal, il n'y a pas d'arbitre pour jauger la situation et arrêter le combat. Pas de deuxième chance…

Sora resta impassible.

— Je suis ta fille. Tu dois penser à toi et me faire confiance. Si on doit traverser ça ensemble, alors on le fera.

Quelques larmes dévalèrent les joues d'Alice alors que Sora enfonçait le clou.

— Maintenant que c'est dit, je veux connaître la vérité. Tu dois bien avoir un rêve à toi, non ?

23

Mardi 4 juin 2024

Hayato profita d'un moment de répit pour passer chez Total Life Support. Gaku parut soulagé de le voir : la secrétaire, toujours en congé, ne reviendrait pas avant un petit moment, et il saturait, seul dans ces locaux, à réceptionner les requêtes de nouveaux clients.

— Pendant que je fais tourner la boîte, Akane passe le plus clair de son temps avec Komano et son avocat, expliqua le détective en s'asseyant à son bureau. C'est une semaine importante pour le procès. L'opinion publique est du côté de notre client. Il y a de bonnes chances pour que la méthode de prélèvement d'ADN soit validée. Mais tant que c'est pas fait…

Hayato prit place dans le fauteuil laissé vacant par la jeune femme.

— La persévérance paie toujours. Je suis content pour vous. Nul doute que TLS sortira grandie de cette histoire.

— Et toi ? J'imagine que tu te pointes pas ici pour rien ? Des nouvelles concernant la disparition du dirlo ?

Hayato se lança dans le récit détaillé des événements récents et exposa ses théories sur les motivations de Kudo.

— Courir après un fantôme, passe encore, ça nous arrive tout le temps. Mais tout plaquer et se lancer là-dedans sans notre aide ? J'appelle ça de la folie, s'indigna Gaku. Le Japon s'étend sur des milliers de kilomètres, ça n'en finira jamais. Je te jure que le jour où on le retrouve, il va m'enten…

Le détective fut interrompu par la sonnerie du portable de Hayato. Le capitaine décrocha et écouta son interlocuteur en acquiesçant silencieusement.

— C'était le département d'identification, dit-il en raccrochant. L'ordinateur de Kudo n'a rien révélé, mais son téléphone avait plein de choses à raconter. Parmi les données stockées, les plus intéressantes datent du 25 mai. Il a échangé avec un certain Shigeo Aoyama. Ça te parle ?

— Ouais, c'est un de ses indics favoris.

— Leur discussion a semble-t-il porté sur un des internautes qui a commenté la vidéo de Genji. Le type vit à Osaka.

Gaku s'étira nonchalamment et posa les pieds sur son bureau.

— Osaka ? Jun serait là-bas ? C'est vrai qu'il y a ce quartier, là… Kamagasaki.

— Nishinari, corrigea Hayato.

— Ouais, c'est le même. Jun serait allé fourrer son nez dans ce foutoir à ciel ouvert ?

— C'est ce que je pense, oui.

— Ça prouve qu'il était déterminé… À sa place, j'aurais cherché moi aussi à tirer les choses au clair. Et si je pensais que la psychopathe qui a buté ma fiancée était toujours vivante… je serais capable de tout… Et crois-moi, si Jun a vraiment voulu disparaître, il a eu aucun mal à le faire. Le marché des *yonigeya*, on le connaît bien. Elles sont organisées, prudentes et tenaces. Comme nous… Même si leur objectif est l'exact opposé du nôtre.

— Justement, en profita Hayato. À ton avis, ces boîtes sont prêtes à tout pour satisfaire leurs clients ? Du genre, simuler une mort, avec tout ce que ça implique pour tromper leur monde ?

Gaku retira ses pieds de la table et se pencha en avant, les mains croisées, un éclat sombre dans le regard.

— Sans aucune hésitation.

Hayato se leva, pensif. Il s'en doutait, mais l'entendre de la bouche de Gaku, qui s'affranchissait sans hésitation des règles si nécessaire, comme pour infiltrer les comptes bancaires de son patron, rendait les choses tangibles.

— Je vais aller rendre une petite visite à ce fameux indic, dit-il. La division cyber vient de m'envoyer son adresse.

— Ça tombe bien, j'ai besoin de prendre l'air. Je t'emmène, répondit Gaku. C'est non négociable.

Le capitaine pâlit devant la perspective d'un nouveau voyage à moto.

À peine remis de ses émotions, Hayato sonna à la porte de l'appartement d'Aoyama, au bout d'une coursive, au onzième étage d'une résidence de standing.

Il patienta deux minutes avant de retenter sa chance.

Les rideaux tirés présageaient que le logement était vide. Après une troisième tentative, Gaku, impatient, proposa de faire demi-tour, mais Hayato resta planté là, les yeux dans le vide et les sens en alerte.

— Tu ne sens rien ? demanda-t-il en se pinçant le nez.

— Rien du tout, répondit Gaku, perplexe.

— Il faut qu'on jette un œil là-dedans. Je crois que…

Sans perdre une seconde, Hayato sonna de nouveau, puis frappa à la porte avec insistance. Gaku, sceptique, s'avança et tira sur la poignée. À leur grande surprise, la porte s'ouvrit dans un grincement, exhalant une odeur lourde, écœurante, qui assaillit leurs narines.

Le détective fit un pas en avant, mais Hayato l'arrêta net en agrippant sa manche.

— Non, attends, souffla-t-il. On va appeler la Criminelle. C'est leur boulot. Pas question de compromettre la scène.

Sans attendre, il somma le patron de la première division d'envoyer des renforts, puis téléphona à Noémie, afin qu'elle creuse le profil de Shigeru Aoyama. Celui qu'ils appelleraient bientôt « la victime ».

Une fois la scène de crime bouclée, Hayato retourna au Sakuragawa et plongea dans son arène des liens, un rituel qu'il accomplissait à chacune de ses enquêtes pour établir une cartographie des relations entre les principaux protagonistes d'une affaire. Les éléments s'étaient multipliés ces derniers jours, et il avait besoin de faire le point.

À l'aide de sa collection de figurines du manga *Detective Conan*, il représenta la situation de manière concrète. Il plaça l'effigie du héros, qui portait le même nom de famille que Kudo, au centre de l'arène.

Au-dessus du détective, Hayato dessina la zone des « traumas », dans laquelle il positionna trois figures féminines :

une pour sa mère décédée, point de départ de son lien complexe avec les disparitions volontaires et principale motivation derrière son choix de devenir détective privé ; une autre pour incarner Reiko Nobara, la fiancée que Kudo n'avait jamais pu oublier, et une dernière pour symboliser Ayumi Inoue, celle par qui le plus grand de ses malheurs était arrivé.

Au-dessous de Kudo, Hayato dessina l'aire de ses « soutiens », grâce à qui il ne perdait pas encore pied, composée des membres de l'agence TLS : Gaku, Akane, Maki et Tetsuya. Aoyama y figurait également, comme tous les indics ayant assisté TLS dans ses enquêtes. Des personnes de tous les âges et officiant dans un large panel de professions, importants points d'ancrage lorsqu'il s'agissait de glaner des informations ou d'accréditer des rumeurs.

Pour compléter le tableau, restaient deux personnes clés, fournissant l'énergie motrice qui connectait les « traumas » et les « soutiens ». À gauche de Kudo, Hayato plaça Genji, le déclencheur, l'élément perturbateur. Et à droite, Darkshadow, qui pourrait être un inhibiteur, l'antithèse parfaite du vidéaste.

Hayato n'imaginait pas Kudo tuer son propre indic. Darkshadow, par contre, aurait pu l'éliminer après que le détective lui avait rendu visite, pour brouiller les pistes. Empêcher la police de suivre Kudo. Si tel était le cas, quel était l'objectif de Darkshadow ? Pourquoi ne pas éliminer Kudo directement ?

24

Mercredi 5 juin 2024

Noémie poussa la porte coulissante du siège de l'entreprise où travaillait Shigeru Aoyama et fut plongée dans l'atmosphère feutrée et impeccablement codifiée d'une société japonaise typique. L'accueil, un ballet millimétré de courbettes, de formules de politesse répétées à l'infini, donnait une impression d'élégance froide, presque inhumaine. Les réceptionnistes, vêtues de tailleurs sobres, affichaient un visage figé, poli et distant. Uniquement des femmes.

Elle s'approcha du comptoir, déclina son identité, badge à l'appui, et exposa sa demande.

— Un instant, je vous prie, répondit l'hôtesse en décrochant son téléphone.

Comme elle s'y attendait, l'information circula lentement à travers la pyramide hiérarchique. Chaque échelon de l'entreprise semblait se défausser de la moindre responsabilité. L'efficacité était un mot d'ordre ici, mais seulement en apparence. En coulisses, les rouages grinçaient sous le poids des conventions. Le *tatemae*, cette façade sociale propre aux interactions japonaises, où les véritables sentiments étaient remisés profondément, la frappait de plein fouet.

La Française en elle contenait difficilement son irritation face à tant de formalités.

Noémie patienta plus de vingt minutes dans ce décor épuré. Elle observait d'un œil critique les employés, majoritairement masculins, qui passaient devant elle, tous en costume et cravate sombre, et soigneusement coiffés. Des *salarymen* aussi interchangeables que les rouages d'une machine. Elle aurait voulu les secouer, leur rappeler qu'un de leurs collègues était mort assassiné, mais ç'aurait été vain. Ici, la vie d'un salarié se mesurait à son rendement et à sa capacité à se fondre dans le moule, sans faire de vagues. Aoyama n'était qu'une pièce qui serait vite remplacée.

Elle fut finalement reçue par le manager de l'équipe du défunt. Le PDG de l'entreprise était officiellement en déplacement. Le cadre présenta à Noémie les excuses de son supérieur, en son nom, bien sûr, sans même qu'il ait besoin d'en connaître la teneur. *Je parie qu'il ferait tout pour étouffer cette affaire*, pensa la lieutenante devant l'air embarrassé de son interlocuteur.

Guindé dans son fauteuil de cuir, le manager paraissait surpris qu'une femme seule l'honore de sa présence. Noémie lui montra son insigne pour dissiper tout malentendu. Le malotru ne s'excusa même pas. Excédée, la lieutenante prit une grande inspiration avant de débuter son interrogatoire.

L'homme ne lui fournit guère plus d'éléments. Aoyama avait posé une demande de congés quelques jours avant sa mort. Une requête de dernière minute qui l'avait passablement irrité, compte tenu de la charge de travail importante à laquelle ils devaient faire face. Mais personne ne s'était inquiété de son absence.

Pour ne pas compliquer les choses, Noémie se garda de dévoiler qu'Aoyama était l'indic de Kudo. Il aurait été contre-productif d'évoquer ses activités parallèles à un moment aussi délicat. Et plus elle écoutait son hôte débiter ses réponses monotones, plus elle se rendait compte que ces hommes tirés à quatre épingles, tous si imbus d'eux-mêmes, ne lui seraient d'aucune aide. Leur priorité n'était pas la vérité, mais la préservation de leur poste et de la renommée de l'entreprise. Un homicide impliquant l'un des leurs ne représentait rien d'autre qu'un léger accroc. À oublier au plus vite.

Après des adieux tout aussi froids que le fut leur entretien, Noémie quitta le bâtiment avec un goût amer. *Au moins, je ne fais pas partie de ce monde-là*, se félicita-t-elle en descendant les marches immaculées de l'entrée. À sa satisfaction, son travail servait une cause et non une réputation.

Alors qu'elle s'éloignait de ce temple de l'indifférence, son portable lui notifia qu'elle avait reçu un e-mail. Elle ralentit le pas tout en déverrouillant l'appareil et le nom de l'expéditeur lui sauta aux yeux : KaitoYamashita23, l'un des internautes à qui elle avait écrit quelques jours plus tôt lui avait répondu. Elle s'arrêta sur le trottoir, se mit à l'écart du flot des piétons et ouvrit le message.

Son correspondant s'étonnait qu'on lui pose des questions au sujet de ce commentaire pour la deuxième fois en peu de temps, confirmant avoir été contacté par Kudo, et évoquait le meurtre commis à Osaka presque douze ans plus tôt. La victime présentait plusieurs blessures par arme blanche, dont une très nette au niveau du plexus solaire, un parallèle troublant avec le mode opératoire de la Veuve blanche. L'information provenait d'un laissé-pour-compte qui avait découvert le corps dans une *doya* du quartier de Nishinari.

La scène du crime faisait écho aux informations récoltées par Hayato. Et l'échange de Kudo avec cet internaute avait eu lieu quelques jours avant qu'il ne contacte Aoyama.

Tout concorde, conclut Noémie. *Je crois qu'on tient notre fil d'Ariane.*

Un fil ténu, qui ne les menait pas encore à la localisation de Kudo, mais assez solide pour les convaincre de le suivre.

Les mains enfoncées dans les poches, un masque chirurgical sur le nez, Gaku vit Noémie s'éloigner d'un pas rapide du building où bossait Aoyama avant de claquer. Deuxième rendez-vous qu'il épiait, après celui de Shibuya où elle avait rencontré Genji, ce youtubeur à l'origine de la disparition du dirlo. Il avait failli mettre la main sur le gaillard une fois la lieutenante partie, mais s'était ravisé à la dernière seconde. Bien que menées en toute discrétion, ses filatures étaient déjà borderline.

Jun, quelque part, avait sûrement besoin de lui, mais Gaku n'était pas assez con pour se mettre la cellule Sakura et Akane à dos.

Il récupéra sa moto dans un parking souterrain et mit les gaz en direction d'Ikebukuro. Les trajets en bécane étaient son sas de décompression et un moment propice à la réflexion. Il en profita pour peaufiner son plan.

À défaut de localiser son associé et ami de toujours, Gaku se jura de neutraliser la menace qui pesait sur lui.

Et il savait exactement comment s'y prendre.

25

Kobe

20 juin 2012

Six mois s'étaient écoulés depuis leur explication et la mise au point de Sora. Les paroles rassurantes et les efforts de sa mère avaient en partie calmé ses ardeurs.

Pourtant, quelque chose continuait de la ronger.

Elle aurait dû avoir peur. N'importe qui à sa place aurait été terrifié. Après tout, les accusations qui pesaient sur sa mère n'étaient pas anodines, c'étaient des actes d'une cruauté sans nom. Elle avait tué. Pas une fois, pas par accident. Elle avait tué méthodiquement, froidement. Pourtant, au lieu de la craindre, Sora éprouvait une colère sourde, la frustration de s'être fait voler son enfance.

Pourquoi ne parvenait-elle pas à la haïr ? Pourquoi ne voyait-elle pas en elle un monstre, comme tout le monde le faisait ? Pourquoi, malgré l'horreur, malgré le sang sur ses mains, tenait-elle encore à elle ? Une part d'elle espérait encore une explication, une faille dans le récit, une raison qui justifierait l'injustifiable. L'autre part se résignait.

Sa mère était une meurtrière. Mais elle restait sa mère. Et ça, Sora n'arrivait pas à l'effacer.

Quelques semaines plus tôt, la jeune femme avait fêté ses dix-huit ans. Alice avait tenu à célébrer cet anniversaire le plus normalement possible. Elles avaient flâné dans une librairie où Sora avait pu choisir un livre (*Manatsu no Hōteishiki*, *L'Équation de plein été*, de Keigo Higashino). Puis elles avaient dîné dans un *izakaya* bon marché, où Sora avait bu de l'*umeshu* avec sa mère pour la première fois, bien qu'elle n'ait pas encore atteint l'âge légal, de vingt ans au Japon. La journée s'était achevée par une promenade sur le port avant leur retour au Nomads. Là, une fois douchées et dans l'intimité des box, Alice lui avait promis qu'elle ne s'opposerait plus à ce qu'elle travaille, si elle le souhaitait. Sora lui avait alors avoué qu'elle essayait déjà de trouver un employeur, sans succès pour le moment.

Le lendemain, Sora s'aventura dehors, malgré la pluie qui tombait à seaux. La *tsuyu*, la saison des pluies qui précédait les habituelles grosses chaleurs estivales, battait son plein. Les météorologistes annonçaient encore deux semaines de ce phénomène.

Incommodée par l'humidité, qui rendait sa peau moite en permanence, la jeune femme faisait le point en se dirigeant vers l'un des derniers secteurs qu'il lui restait à passer au crible dans sa quête du Réseau.

Elle avait d'abord arpenté les rues de Sannomiya, quartier choisi par sa mère, qui abritait une population très modeste, sans en trouver de trace. Elle avait ensuite pris du recul, s'était renseignée sur l'histoire de la région, pour établir une liste des endroits susceptibles d'abriter l'organisation secrète. Un travail de fourmi qui ne l'avait pas rebutée, forte de l'éducation stricte mais complète reçue lors de ses cinq années chez ses cousins, sous la surveillance de son oncle Toru.

Sora gagna le district de Bancho, près de la station Nagata, à près d'une heure de marche de Sannomiya. Elle déambula dans les petites rues flanquées de vieilles maisons en bois et contempla le lit de la rivière qui ceinturait la zone. Elle croisa très peu de monde, n'aperçut aucun signe notable de pauvreté, ni aucune manifestation de violence.

D'après ses lectures, cet endroit était hautement inondable. Il avait autrefois abrité l'un des trois plus grands bidonvilles du Japon. Ravagé par le grand tremblement de terre de 1995, Bancho était gangrené par le crime organisé. Un tableau peu réjouissant qui faisait pourtant de ce district un excellent candidat pour l'implantation du Réseau.

Sora tourna pendant des heures sous la pluie incessante, à la recherche d'un magasin de souvenirs similaire à celui de Nishinari. Découragée, elle remarqua soudain, sur le rideau en tissu marquant l'entrée d'un restaurant d'*udon*, un renard dessiné de profil, assis, le museau pointé vers le ciel. Un *kitsune* à la posture identique à celui qu'elle connaissait. Sans réfléchir, elle écarta l'étoffe et entra.

Un serveur s'approcha, lui indiqua un siège et lui apporta la carte. Il était vêtu d'un T-shirt loufoque sur lequel un renard à neuf queues, muni d'autant de paires de baguettes, s'attaquait à un gigantesque bol de nouilles. Sora étudia attentivement le menu, à la recherche d'un signe particulier, un détail incongru, un plat au nom alambiqué… mais elle ne remarqua rien de spécial. Elle se demanda si elle ne se racontait pas des histoires. Elle s'aventura à demander au serveur si, ici aussi, *Kitsune lui viendrait en aide*, tout en pointant du doigt le menu du Kitsune udon. Le serveur la détailla du coin de l'œil et répondit sobrement :

— Merci pour votre commande. Attendez un instant, s'il vous plaît.

Quelques minutes plus tard, son bol de nouilles arriva. Interdite, Sora reluqua le serveur en se demandant s'il avait bien saisi ce qu'elle avait essayé de lui dire. Elle jeta un coup d'œil autour d'elle, à la recherche d'un autre interlocuteur, puis, résignée, se leva, prête à quitter les lieux. Le cri de son estomac la retint. Honteuse, elle reprit place et mangea discrètement. Une fois ragaillardie, elle se dirigea vers le comptoir et fouilla dans son maigre portefeuille, pestant contre cette dépense imprévue. La caissière, vêtue du même T-shirt que son collègue, forma une croix avec ses mains.

— C'est offert par la maison.

Étonnée, Sora s'inclina pour la remercier. La caissière tapa un ordre sur sa machine, d'où sortit un ticket de caisse qu'elle lui tendit.

— On ne t'a jamais vue par ici, mais si tu connais notre adage, c'est que tu fais partie des nôtres.

Sur le reçu n'apparaissait qu'un renard imprimé, copie conforme de celui de l'entrée.

— Reviens après la fermeture, directement à l'arrière du magasin. Surtout, assure-toi de ne pas être suivie.

La nuit enveloppait Kobe, toujours drapée d'un voile de pluie. Sora n'était pas repassée par le netcafé pour éviter les questions de sa mère et avait tué le temps en errant dans le quartier, malgré l'humidité. L'heure venue, elle se rendit d'un pas décidé vers le point de rendez-vous en surveillant ses arrières.

Dans la pénombre, la caissière l'entraîna à travers un dédale de rues étroites et calmes, bordées de maisons individuelles. Arrivées devant un petit local en préfabriqué, l'employée s'assura qu'elles étaient seules et déverrouilla la porte. L'endroit, bien qu'exigu, était doté du même tableau blanc qu'à Osaka. Un tas de cartons et des canettes vides gisaient au sol, aux pieds d'une femme à la silhouette carrée et à la longue chevelure d'argent, qui demanda à Sora ce qu'elle voulait.

Cette fois, la jeune femme n'avait pas assez d'argent pour acheter des téléphones jetables. Ce qu'elle désirait pardessus tout, c'était entrer en contact avec Akiko, la gérante du café de Nishinari, qui l'avait introduite au Réseau. Sora fournit les informations nécessaires et décrivit sommairement la devanture.

— Inscris ton message sur le tableau blanc, je m'occupe du reste, ordonna la passeuse.

— Comment allez-vous le lui transmettre ?

— T'occupe. Ton message arrivera. C'est tout ce qui compte.

— Et comment je saurai si elle m'a répondu ?

— En revenant ici régulièrement. C'est un système lent,

archaïque mais totalement sous contrôle. C'est comme ça qu'on se protège. Autre chose ?

Sora prit son courage à deux mains. Quitte à revenir tous les jours, autant tenter sa chance.

— Vous n'auriez pas besoin de personnel supplémentaire au restaurant ? osa-t-elle. Je dois absolument trouver du travail.

26

Osaka
Août 2012

Dans son café presque vide, la vieille Akiko finissait le service. Les derniers clients se traînèrent dehors, assommés par la chaleur. La moiteur de Nishinari s'abattait sur tous ceux qui osaient braver ses rues.

Tout était trop calme depuis que Sora s'était volatilisée. Ce n'était pas la première désillusion pour Akiko, qui en avait vu d'autres. Les gens allaient et venaient, point. Le cycle de la vie. Un phénomène plus fréquent encore dans le monde des évaporés, où la vérité de la veille n'était jamais celle du lendemain. Pourtant, et malgré son expérience, Akiko craignait le pire. Sora était trop jeune et trop fragile, selon elle, pour mener une vie pareille. En tant que membre active du Réseau, Akiko avait tenté de savoir ce qu'était devenue sa protégée, dont la disparition coïncidait avec le meurtre commis dans le quartier, huit mois plus tôt. Bien que persuadée que ces faits étaient liés, la vieille dame restait impuissante.

Après avoir fermé boutique, elle couvrit ses bras et sa nuque, mit sa visière anti-UV fétiche et sortit balayer devant son enseigne, moins pour nettoyer que pour faire fonctionner ses sens, prendre le pouls de la rue et réfléchir.

Son activité favorite, celle qui alimentait ses anecdotes quotidiennes. Puis elle ouvrit sa boîte aux lettres et regarda l'intérieur du rabat, comme tous les jours.

Le petit aimant orange n'était plus là.

Elle savait ce que cela signifiait.

Le soleil était masqué par une chape de nuages noirs lorsqu'elle se présenta devant le magasin de souvenirs. Elle entra et salua le propriétaire, qui lui ouvrit la voie jusqu'à la salle du tableau blanc. Là, elle repéra une enveloppe blanche à son nom. Comme elle l'espérait, il s'agissait d'un message de Sora.

Chère Akiko,

Comment vas-tu ?

Je tenais à te rassurer : je vais bien. Je suis désolée d'avoir disparu si brutalement et de ne pas avoir donné de nouvelles plus tôt. Je ne voulais pas t'inquiéter, et je suis désolée si je t'ai causé des frayeurs.

Je ne peux pas te donner beaucoup de détails pour l'instant, mais sache que je suis en sécurité. Si je reste en retrait, c'est pour éviter d'attirer l'attention.

Je te suis tellement reconnaissante pour tout ce que tu as fait pour moi. Je ne sais pas encore quand, ni comment, mais j'espère vraiment te revoir un jour. En attendant, prends soin de toi.

Avec toute mon affection,

Sora

Des sentiments contradictoires envahirent la septuagénaire. Elle répondit être soulagée de la savoir en vie, mais également inquiète de la menace qui pesait sur elle.

Peu de temps après son départ précipité, un homme était venu dans son café. Tout de noir vêtu, le visage dissimulé sous une casquette et des lunettes de soleil, il écumait le quartier à la recherche de deux femmes, photos à l'appui. Pour une raison qu'Akiko ignorait, il n'avait fait mention d'aucun nom, mais en voyant les clichés, elle avait tout de suite reconnu Sora, avec quelques années en moins. Bien que surprise, elle n'avait rien laissé paraître. Elle espérait, en vertu de la loi implicite des évaporés, code moral entre ces gens qui, au nom de leur liberté, se protégeaient mutuellement en toutes circonstances, que la majorité des habitants du quartier en avait fait de même.

Akiko ordonna à Sora de rester prudente. De toute sa longue existence, c'était la première fois qu'elle était témoin d'une telle chose, et tous ne se montreraient pas aussi bienveillants. Cet homme savait peut-être comment persuader les gens de l'aider. Et pour avoir débarqué aussi vite ici, il était sans nul doute, d'une façon ou d'une autre, lié à l'individu qui avait été retrouvé mort.

Akiko termina son message en assurant que, pour elle, quel que soit le degré d'implication de Sora dans tout cela, le plus important était de la savoir en vie. Elle ajouta qu'à partir de maintenant, pour des raisons évidentes, elles ne devaient plus se contacter, tout en espérant qu'elles se reverraient un jour.

À aucun moment la vieille dame ne mentionna la deuxième photo sur l'avis de recherche. Même si elle avait noté la ressemblance entre les deux femmes et se doutait du lien qui les unissait.

27

Vendredi 7 juin 2024

Une petite voix monocorde s'éleva dans le Shinkansen, annonçant la gare d'Osaka.

Recroquevillé sur son siège, Hayato s'extirpa de son demi-sommeil en grognant. Ses genoux cognèrent la tablette baissée devant lui, envoyant valser une poignée d'emballages multicolores, vestiges de ses grignotages itinérants. Noémie se pencha pour les ramasser, puis les déposa sans un mot devant lui. Hayato marmonna un « merci ». Il s'améliorait, petit à petit, dans ses relations humaines, bien que le chemin restât encore long.

Le train ralentit, avant de s'immobiliser en douceur. Bagages en main, les deux flics se dirigèrent vers la sortie. Juste avant de descendre, Hayato jeta ses détritus dans la poubelle prévue à cet effet, fixée près de la porte. Comme lui, chaque passager mettait un point d'honneur à respecter cette règle de bonne conduite, qui contribuait à la propreté légendaire des trains à grande vitesse de l'archipel.

Ils étaient enfin arrivés dans le Kansai[1], sur les traces de Kudo, évaporé depuis déjà huit jours.

1. Cette région du Japon comprend les préfectures de Kyoto, Osaka, Hyōgo, Nara, Shiga et Wakayama.

Le détective avait-il trouvé ce qu'il était venu chercher ?

Cela avait été un véritable défi de s'organiser en si peu de temps. Comme souvent, la police tokyoïte n'avait pas brillé par son humanité. Les abrutis du budget, plus précisément, étaient capables de tenir tête au surintendant en personne s'ils estimaient des dépenses superflues. Pour eux, la cellule Sakura n'était qu'un nourrisson dans les jupes du DPMT, trop jeune pour être légitime. Ses circuits de communication internes ressemblaient à des chemins boueux au travers d'une terre en friche, loin des autoroutes toutes tracées des protocoles de la police criminelle. Toute demande provenant de Hayato, que ce soit pour un voyage, un test ou un simple repas, générait donc son lot de complications. Alors une enquête sur le terrain de confrères d'une autre préfecture, à cinq cents kilomètres de la capitale ? On avait frôlé le tsunami administratif.

C'était sans compter la force de persuasion de Hayato, doublée de l'organisation millimétrée de Noémie, qui avait fourni arguments et pièces idoines en un temps record. Reconnaissant envers sa lieutenante, Hayato avait ouvertement évoqué le recrutement d'un responsable pour couler le ciment de leurs procédures internes et relier le tout au réseau de ces incapables de bureaucrates.

En pleine conversation téléphonique, Noémie suivait Hayato au milieu du flot de voyageurs lorsqu'elle lui tapota l'épaule avant de lui tendre son smartphone.

— Elle veut te dire un mot. Elle dit que c'est important, gloussa-t-elle.

— Qui ça ?

La voix haut perchée de Manon fit tressauter ses tympans.

— Salut, Hayato !

— Salut, gamine ! Qu'est-ce qu'il t'arrive ? Un souci avec tes tables de multiplication ?

— T'as intérêt à faire gaffe à ma maman, d'accord ?

— Elle n'a pas besoin de moi pour ça, tu sais.

— Oui, mais t'es le capitaine, non ?

— Et alors ?

— Donc t'es son supérieur hiér-ar-chi-que, articula Manon. T'es responsable d'elle.

— Ta mère est assez grande…

— Je m'en fiche ! L'âge n'a rien à voir là-dedans, Hayato ! Ce qui compte, c'est que tu fasses correctement ton boulot et que tu la protèges quand je suis pas là, t'as compris ?

Que je fasse correctement mon boulot ?

Hayato soupira.

— J'ignorais que les gamines de sept ans avaient des réflexions si profondes.

— J'ai presque huit ans ! Et j'suis pas une gamine !

— C'est pareil.

— *Tu m'énerves !*

— Quoi ?

— Rien, c'est du français. Bref, grouillez-vous de faire ce que vous avez à faire et revenez à Tokyo ! Et attention, s'il arrive quelque chose à maman, ce sera ta faute !

— Oui, chef, ironisa Hayato. Autre chose ?

— Rapportez-moi un souvenir.

— Tu verras ça avec ta mère, OK ? Allez, à plus, fit Hayato avant de raccrocher.

Puis, en rendant son bien à sa lieutenante :

— Décidément, cette petite n'est pas comme les autres.

— Et tu n'as encore rien vu, sourit Noémie.

Hayato remarqua que Manon se sentirait comme un poisson dans l'eau à Osaka, réputée pour l'humour et le franc-parler de ses habitants, à l'inverse de Tokyo, où les interactions étaient plus réservées et polies.

À la sortie de la station, ils furent accueillis par Yu Fujita, membre de la criminelle d'Osaka et issu de la même promotion que Hayato à l'académie de police. Des retrouvailles chaleureuses en dépit de la situation. Grièvement blessé plusieurs années auparavant lors d'une enquête à haut risque, sa toute première[1], Fuji, grande tige au visage rond et aux cernes creusés, ne put cacher son émotion au moment de serrer la poigne de son ami. Avec sa courtoisie habituelle, il salua ensuite Noémie, en français dans le texte.

— On peut dire que vous tombez à point nommé, lança-t-il en débouchant dans le parking où son véhicule était stationné.

— Pourquoi ? s'étonna Hayato.

— On est sur les dents. On a découvert un cadavre dans le quartier de Nishinari.

— Le quartier des évaporés…

— Oui. Et le corps présente une particularité.

— Laquelle ?

— La victime a été torturée. Le timing me laisse perplexe… Et si c'était lié à ton affaire ?

1. Cf. *Le Glas de l'innocence*, du même auteur.

Hayato ragea intérieurement. Apprendre une telle nouvelle aussi tardivement était typique des ratés de la coopération entre services du pays.

Il regarda sa montre : déjà 18 heures.

— Je vous emmène directement sur place, le rassura Fuji, qui connaissait son collègue par cœur.

Le lendemain

Hayato se tenait devant la porte d'un petit appartement délabré de Minami-Tsumori, au sud de Nishinari. Osaka se distinguait de Tokyo par ses quartiers populaires et l'abondance de bâtiments anciens, son ambiance plus authentique, moins aseptisée. La veille, le capitaine de la cellule Sakura avait intégré le corps d'enquête local et assisté au bouclage de la scène de crime avant de se rendre à la morgue. La vision de la dépouille restait gravée dans son esprit, un tableau horrifique qui refusait de disparaître. La victime, un homme de soixante-cinq ans, propriétaire d'un magasin de souvenirs, avait été mutilée pendant de longues heures avant d'être tuée. Chaque coup de couteau, chaque entaille démontrait une violence froide et calculée.

Hayato avait insisté pour interroger son fils. Les autres enquêteurs ne voyait pas l'utilité de revenir sur ce témoignage, mais il comptait s'y prendre différemment. Certaines réponses se cachaient souvent entre les lignes, dans des détails que les interrogatoires standards ne sondaient jamais. Hayato détenait une clé inconnue de ses confrères. Un sésame répondant au nom de Kudo.

L'atmosphère de l'appartement était lourde, saturée de silence et de douleur. Le fils, un homme d'une trentaine d'années, le regard fatigué et les épaules affaissées, attendait l'enquêteur. Ils s'assirent face à face dans une pièce étroite, où un vieux ventilateur brassait mollement l'air chaud de ce début d'après-midi.

Comme à son habitude, Hayato ne perdit pas de temps en politesses inutiles et dégaina un cliché de Kudo, qu'il fit glisser sur la table, sans un mot.

Le fils de la victime fronça les sourcils.

— D'où est-ce que vous sortez ça ? demanda-t-il avec un accent prononcé, typique de la région.

— Vous reconnaissez l'homme sur la photo ?

— Oui, ce mec est venu au magasin. Mon père l'a reçu, il lui a posé quelques questions. Il paraissait nerveux. Comme s'il était pressé ou qu'il cherchait quelque chose.

— Comment votre père a-t-il réagi ?

— Il était calme, comme d'habitude. Le gars a fini par se détendre. J'sais pas s'il a obtenu ce qu'il voulait. Et c'est le lendemain que mon père a été assassiné.

— On m'a rapporté que vous étiez de repos ?

— Oui. D'habitude, je passe quand même au magasin, mais ce jour-là, j'avais mal au crâne. J'ai préféré rester sous la couette. Si seulement j'étais passé, peut-être que…

La voix de son hôte se brisa, mais Hayato ne laissa pas l'émotion s'installer.

— Vous n'avez donc rien vu, rien entendu d'inhabituel les jours précédant cette tragédie ?

Le fils secoua la tête, visiblement déçu de ne pouvoir l'aider davantage.

— Quand je suis arrivé, la police était déjà sur place, et… mon père était…

Il n'acheva pas sa phrase, mais Hayato n'avait pas besoin d'entendre la suite. Le rapport du légiste, glaçant, permettait à lui seul de s'imaginer l'horreur de la scène.

— Vous souvenez-vous d'autre chose ? N'importe quoi ? C'est très important.

— Non, et j'en suis désolé.

Contrarié, Hayato espérait que Noémie, qui avait insisté pour partir seule en reconnaissance dans le quartier, pourrait lui apporter des éléments complémentaires.

Comme pour Aoyama, l'indic de Kudo, tout portait à croire que ce crime atroce était consécutif au passage du détective. Mais Hayato se refusait toujours à considérer Kudo comme suspect. Le désir de vengeance pouvait-il changer les gens au point de les pousser à commettre de telles atrocités ? Ou, comme il le présageait depuis le début, quelqu'un faisait-il le ménage dans son sillage ?

— Attendez, il y a peut-être quelque chose, dit le fils en se levant pour aller dans la pièce voisine.

Il en revint avec un minuscule pendentif à l'effigie d'un renard, assis, le museau pointant vers le ciel, façonné dans le style de l'*ukiyo-e*, cette fameuse mouvance d'estampes de l'époque Edo.

— J'ai vu mon père en donner un à votre homme. Je ne sais pas si ça pourra vous aider, mais au cas où…

— Je peux ? s'assura Hayato, intrigué, en tendant la main.

— Bien sûr. Il est à vous.

28

Samedi 8 juin 2024

Pendant que Hayato était aux prises avec le présent, et interrogeait le fils de la victime, Noémie se plongeait dans le passé, son élément, elle qui autrefois appartenait à l'unité des *cold cases*.

Elle profitait de sa première fois à Osaka pour se confronter à la réalité de la fameuse enclave de Nishinari. Voir, sentir, toucher du doigt cette zone marquée par la pauvreté et l'ombre des yakuzas. Cet endroit célèbre pour abriter des évaporés venus de tout le pays. Si la Veuve blanche avait disparu volontairement, si l'homicide dans une *doya* fin 2011, signalé par l'internaute KaitoYamashita23, était vraiment de son fait, alors il était plus que probable qu'elle y ait transité, voire résidé un jour. Il devait rester des témoins en vie, capables de se rappeler d'elle. Il y avait fort à parier que Kudo ait tenu le même raisonnement.

Noémie savait qu'en vertu des lois implicites des zones défavorisées l'omerta régnait dans ces rues. Sous la surface du monde, les habitants se protégeaient les uns les autres, et toute personne extérieure était perçue comme une menace. Le quartier lui-même semblait bâti pour perdre les intrus, les empêcher d'accéder à son cœur battant. Peut-être était-ce la raison pour laquelle le crime de 2011 n'avait jamais été résolu. Il fallait croiser les doigts pour que cette loi du silence n'empêche pas la résolution du meurtre du gérant de la boutique de souvenirs.

Alors qu'elle déambulait dans le quartier, Hayato l'appela pour lui annoncer que le passage de Kudo à Osaka n'était plus une théorie, mais un fait établi. Forte de cette confirmation, Noémie écuma les ruelles, les parcs, les taudis et les minuscules *izakaya* avec une attention et un aplomb nouveaux. Elle prit le temps de s'asseoir, de discuter, d'écouter les résidents. Son métissage et sa double culture lui offraient une porte d'entrée inédite. Sa manière directe et sincère d'aborder les gens désarmait ses interlocuteurs. Et puis, c'était une femme. Ici, on les regardait d'un œil plus singulier. Son allure, sa prestance interpellaient, et on lui demandait constamment pourquoi une beauté comme elle se promenait dans un endroit pareil. Elle riait aux éclats, répondait par quelques anecdotes pour alimenter la conversation et, sans en avoir l'air, soutirer des confidences.

À sa grande surprise, elle se fondait parfaitement dans ce décor, portée par la convivialité de ses habitants, bien plus chaleureux que ceux de la capitale.

Pour ce qui était de la sécurité, comparé à certains quartiers français, Nishinari faisait presque figure de zone résidentielle paisible. Du moins en apparence. Ici, la menace venait de l'intérieur, comme de l'arrière-salle d'un casino dans un film de gangsters.

Certains résidents, touchés par l'empathie naturelle de la lieutenante, se montrèrent particulièrement bavards. Ils l'invitèrent à s'asseoir dans un minuscule bar où elle commanda un thé. Selon eux, Kudo avait discuté avec beaucoup de monde et, jusqu'à son départ, logeait dans un petit hôtel du coin. Il semblait être à la recherche d'une femme. Rien que Noémie ne sache déjà.

Sur leurs conseils, la lieutenante se rendit aux abords de Tennōji, jusqu'à un café à la devanture ornée de livres. À travers la vitre poussiéreuse, elle aperçut la vieille dame dont ils lui avaient parlé, le dos voûté, affairée derrière le comptoir. La salle était déserte. Les personnes âgées détenaient souvent des souvenirs précieux. Celle-ci lui avait été décrite comme la mémoire vivante du quartier, ce qui avait attisé sa curiosité. Noémie entra et commanda un café.

Akiko – ainsi s'était présentée l'octogénaire – en savait peu sur le meurtre commis fin 2011, du moins le pensait-elle. Depuis un léger AVC, quelques années plus tôt, sa mémoire s'étiolait, comme une terre sans cesse grignotée par la montée irrémédiable du niveau de la mer. Elle avait la fâcheuse tendance à tout égarer, voire à oublier l'existence même de ses possessions. Mais s'il y avait bien une chose dont elle se souvenait, à laquelle elle s'accrochait de toutes ses forces pour rester lucide, c'étaient les liens très forts noués avec certaines personnes passées par son enseigne. Notamment une adolescente qui avait travaillé ici à l'époque. Une certaine Sora. Une brave gamine, férue de lecture, qui avait disparu juste après le meurtre.

Noémie fronça les sourcils. Ce nom ne lui disait rien, mais elle ne pouvait écarter une coïncidence aussi intrigante.

La Veuve blanche n'était peut-être pas impliquée, finalement. Peut-être s'agissait-il de cette fameuse Sora ? Malheureusement, le rapport de l'époque, bâclé, trop avare en informations, l'empêchait d'y voir clair.

— Que s'est-il passé, les jours suivant le départ de Sora ? demanda la lieutenante. Avez-vous remarqué quelque chose ou quelqu'un de particulier, d'anormal ?

— Maintenant que vous le dites, ça me revient. Il y avait un homme qui interrogeait tout le monde et leur montrait les photos de Sora et de la femme qui l'accompagnait.

— La femme qui l'accompagnait ? Vous pourriez me la décrire ?

— Pas du tout. Et même si vous me montriez sa photo, je serais incapable de la reconnaître. Je sais juste qu'elle était plus âgée que Sora.

— Et cet homme dont vous parlez, c'était qui ?

— Aucune idée. Tout ce que je peux vous dire, c'est que ce n'était pas un policier.

D'un geste lent et calculé, Akiko porta la tasse de thé à ses lèvres.

— Pourquoi est-ce que vous cherchez la p'tite ?

— Dans le cadre d'une enquête. Vous savez où elle est partie ?

— La dernière fois que j'ai eu de ses nouvelles, Sora était à Kobe. Un an ou deux après, il me semble. Ou peut-être plus… Mon Dieu, tout ça date d'il y a tellement longtemps.

Noémie savait que c'était peine perdue, mais elle tint à montrer une photo de Kudo à la vieille dame.

— Est-ce que cet homme est venu vous voir récemment ?

Akiko considéra longuement la photo.

— Non, ça ne me dit rien. Désolée.

— Ne le soyez pas, vous m'avez été d'une grande aide.

Avant de partir, Noémie, intriguée, lui demanda pourquoi elle avait consenti à lui répondre avec tant de franchise.

Akiko sourit tristement.

— Parce que c'est la première fois qu'on me reparle de tout ça, confessa-t-elle. Et puis, avec mes soucis de santé, je n'aurai peut-être plus jamais l'occasion d'aider Sora.

— Comment ça ?

— Cette histoire d'homicide ne sentait vraiment pas bon, à l'époque. Et voir la police remuer l'affaire aujourd'hui ne fait que le confirmer. Elle m'a marquée, cette petite, vous savez. Je l'aimais bien. Je pense souvent à elle, en me demandant ce qu'elle est devenue. J'espère qu'il ne lui est pas arrivé malheur.

Akiko posa sa main sur celle de la lieutenante.

— Et puis, j'ai beau être une vieille peau, j'ai le don de sentir les belles âmes. Vous en êtes une, ma chère. Comme Sora.

29

Samedi 8 juin 2024

Rongé par son inaction forcée dans la recherche de son ami et frustré par les absences répétées d'Akane, que sa présence nécessaire aux côtés de Yuta Komano absorbait entièrement, Gaku avait tout envoyé valser. Il avait passé les trois derniers jours à mettre en œuvre une approche aussi simple qu'audacieuse : mobiliser son réseau pour diffuser au sein des milieux criminels où il baignait autrefois une fausse info qui, il l'espérait, finirait par atteindre les oreilles de ceux qui en avaient après Jun.

Afin de les attirer à lui.

Il avait donc orchestré des entretiens discrets avec chacun de ses contacts, comme s'il bossait sur un dossier ordinaire. Il leur avait assuré être en possession d'une clé USB contenant un fichier chiffré, un héritage laissé par Jun lui-même, accompagné d'un message justifiant son départ et lui demandant de ne pas alerter la police. Gaku sollicitait leur aide afin de déverrouiller le fichier. L'objectif était qu'un poisson morde à l'hameçon, avide de s'emparer de la clé avant qu'elle ne soit exploitée.

Les yeux rivés sur son ordinateur, dans l'antre de l'agence, Gaku, satisfait de lui-même, se réjouissait par avance du succès de sa stratégie.

Mais lorsque son téléphone vibra sur son bureau, alors qu'il triait ses e-mails, séparant les requêtes de clients potentiels des mails d'insultes de fans de la famille Komano, il comprit que les résultats dépassaient ses attentes. Mais pas dans le bon sens.

La *starlette* en faisait les frais.

Akane sortait d'un énième rendez-vous avec Yuta Komano et son avocat. Elle s'accrochait, autant pour légitimer la manière dont ils avaient prélevé l'ADN de leur cible que pour soigner l'image de l'agence. Jun tenait à sa devise : une « assistance tout au long de l'existence », et elle s'efforçait d'être à la hauteur. Le contrat initial ne couvrait que l'opération menée au *kyabakura*. Il avait fallu en négocier un nouveau pour cette phase. Une première pour elle.

Contrairement à ses collègues, Akane préférait l'agitation des transports en commun à la moto, le rythme organique de la capitale, se fondre parmi les millions d'hématies humaines qui irriguaient ses artères.

Elle ne s'attendait pas à être interpellée à la sortie de la station Ikebukuro par une ancienne collègue hôtesse.

Encore moins à ce que ce soit un piège.

Elles avaient marché côte à côte, refaisant le monde, s'éloignant des grands axes pour s'enfoncer dans les ruelles

30

Kobe

Janvier 2013

Voilà plus d'un an que Sora et sa mère avaient fui Osaka pour Kobe. Quatorze mois exactement qu'elles avaient enfin trouvé une forme de stabilité dans cette ville discrète, à forte influence occidentale, où personne ne les connaissait et où elles ne laissaient aucune trace. Une période précieuse pour Sora, nécessaire pour rebâtir les liens avec sa mère. Progressivement, la jeune femme s'était montrée plus ouverte, plus conciliante.

Bien sûr, elle avait tenu compte de la réponse d'Akiko. Recevoir son message avait été un soulagement, bien qu'il marquât une coupure à long terme, sinon définitive. Il lui avait fallu du temps pour repartir de l'avant.

Sur les conseils de sa mère, elle avait consenti à changer d'apparence. Ses longs cheveux noir de jais étaient maintenant tressés serrés. Elle portait de fausses lunettes de vue aux larges montures qui rendaient son regard plus difficile à cerner. Et, comme si ce n'était pas suffisant, elle portait constamment des gants fins couleur chair, même dans la chaleur suffocante de l'été, pour couvrir la tache de naissance sur le dos de sa main droite. Sora se sentait parfois ridicule, prisonnière de cette fausse identité, mais c'était nécessaire. Le moindre faux pas pouvait la trahir.

Un soir comme tant d'autres, Sora approchait de la fin de son service. La fatigue pesait sur ses épaules. Alors qu'elle débarrassait une table tout juste laissée vacante, la porte du restaurant s'ouvrit brusquement.

Une femme entra, la vingtaine, les cheveux très courts, presque rasés, mettant en valeur son visage fin et ses grands yeux noirs. Elle fit quelques pas, hésitante, comme si elle doutait d'être au bon endroit. Après quelques secondes d'observation, elle s'assit à une table près de la fenêtre et s'empara du menu.

Lorsque Sora vint prendre la commande, elle eut l'impression de se voir, sept mois plus tôt, dans le même lieu.

La jeune femme leva les yeux vers elle et murmura d'une voix presque imperceptible :

— Kitsune me viendra en aide.

Sora eut toutes les peines du monde à masquer son étonnement. Depuis son embauche, elle avait gagné la confiance de ses patrons. Et grâce à la missive d'Akiko – un ultime cadeau qui lui avait permis de s'intégrer –, elle était désormais une membre à part entière du Réseau, chargée de réceptionner les demandes codées, comme celle-ci.

C'était la première fois qu'elle en faisait l'expérience.

À l'issue du repas, Sora imprima le ticket de caisse à l'effigie du renard et prononça les mots qu'on lui avait un jour adressés :

— Si tu connais notre adage, c'est que tu fais partie des nôtres.

Elle communiqua ensuite à la jeune femme les instructions pour rencontrer le Réseau après la fermeture. La cliente la remercia, son regard brillant d'une lueur troublante. Sora se sentait jaugée, testée. Son instinct lui dicta de réajuster la monture de ses lunettes pour couvrir le grain de beauté sous son œil. Elle pesta longuement contre elle-même une fois l'étrangère partie.

Mais qu'est-ce que tu crois, imbécile ! Elle est juste paumée, comme toi ! Elle a simplement besoin d'aide. Tu ne vas pas commencer à être parano comme ta mère !

Le reste de la soirée se déroula sans encombre, mais l'image de cette femme ne quitta pas son esprit. Un drôle de sentiment venait de naître en elle, sans qu'elle l'identifie précisément.

31

Kobe
Janvier 2013

Alice termina sa journée comme elle les finissait depuis des mois : épuisée. Assise en tailleur dans son box au Nomads, elle se laissait envelopper par la quiétude de l'endroit. Devant elle, une assiette de curry à moitié entamée, la télévision allumée diffusant les nouvelles du jour. Son esprit vagabondait, incapable de se fixer sur le flux d'informations qui défilait devant ses yeux secs et rougis.

Ces derniers temps, elle peinait à se concentrer. Était-ce la fatigue accumulée ? Le poids des responsabilités qui l'écrasait ? Ses inquiétudes au sujet de Sora qui sapaient son énergie ? Ou bien la peur sourde, stigmate de l'agression de Nishinari, qui continuait de la réveiller la nuit, le cœur battant à tout rompre ?

Cela faisait plusieurs mois qu'elle avait lu le message d'Akiko. Pas un jour ne s'écoulait sans qu'elle y pense.

Quelqu'un les recherchait.

Depuis ce jour, elle guettait les signes d'une reprise de l'enquête à son sujet. Elle imaginait des scénarios sordides où son passé les rattrapait. Pourtant, les nouvelles du soir, qu'elle ne manquait presque jamais, n'avaient pas une seule fois évoqué son histoire. Cela ne la rassurait pas pour autant.

Alice se redressa d'un coup en découvrant un visage familier à l'écran. Toru Aragaki, figure montante du parti au pouvoir, s'exprimait face aux médias, à la sortie d'une réunion interne. Hormis ses cheveux cendrés ramenés vers l'arrière, l'âge semblait n'avoir aucune prise sur lui. Muscles saillants sous son costume impeccable, le regard vif et l'air assuré, il n'avait pas pris une ride depuis la dernière fois qu'Alice l'avait croisé. Les Aragaki se doutaient-ils de quelque chose ? Poursuivaient-ils leur propre enquête, silencieuse, en sous-marin, sans faire de vagues ? Une hypothèse tirée par les cheveux, compte tenu du fait qu'ils n'avaient aucune raison de douter de leur décès, et encore moins de leur courir après.

Non, la menace venait d'ailleurs. Quelque chose, quelque part, leur échappait, Alice en était certaine. Un détail crucial lui glissait entre les doigts, un élément qui pourrait tout expliquer.

Peut-être la *yonigeya* qui lui avait permis de fuir ? Elle ne les avait pas choisis, c'était eux qui l'avaient approchée, alors que la police resserrait autour d'elle son étau. Elle ne comprenait même pas comment ils avaient su. Devant la pénurie de solutions, elle avait accepté cette porte de sortie inespérée. Tout quitter. Retrouver sa fille et tout recommencer.

Sora n'était pas au courant. Elle devait à tout prix vivre, avoir un avenir, des rêves, sans être accablée par ce passé. Pour la protéger, Alice s'était fait une raison : si la situation s'aggravait à nouveau, elle n'hésiterait pas une seconde à redevenir le monstre au sang-froid qu'elle avait été. À tuer, encore et encore. Pour sauver leur peau.

La conversation qu'elles avaient eue toutes les deux, assises sur un banc glacé, un soir de décembre neigeux, lui revint à l'esprit.

Sora lui avait demandé si elle avait un rêve à elle. Dans ce moment de faiblesse, Alice avait répondu, un sourire presque mélancolique aux lèvres.

— Mon rêve ?

Elle avait levé la tête, comme si la réponse se trouvait au-delà des cieux.

— Un jour, j'aimerais qu'on s'installe tout au nord, à Hokkaidō. Au milieu de nulle part. Pourquoi pas près de Furano, là d'où est originaire notre famille ? On pourrait vivre paisiblement, dans une ferme, entourées d'animaux, non loin des immenses champs de lavande. Juste toi et moi.

Sora avait souri.

Ces aspirations étaient si simples, presque ridicules comparées à l'ampleur des drames qu'elles traversaient. Alice s'était un temps accrochée à cette vie fantasmée, loin de la violence, loin de la peur. Mais elle avait fini par abandonner. Rien ne garantissait qu'on ne les traque pas jusque-là. Aujourd'hui, elle s'était résignée à leur réalité, celle de deux femmes en cavale. Celle d'une mère prête à tout pour protéger sa fille.

Elle éteignit la télévision. Le visage de Toru Aragaki s'évanouit dans le noir de l'écran. Alice s'enfonça dans son fauteuil, tourmentée par des sentiments qu'elle aurait préféré ignorer. Il n'y avait plus de place pour les chimères. Il ne restait que les plans, les stratégies, les coups à jouer pour ne pas être acculée.

Ses paupières cédèrent lentement sous le poids de la fatigue.

Pour l'heure, il n'y avait rien d'autre à faire que de vivre. Vivre, et espérer que le calme dure encore un peu.

32

Kobe

Février 2013

Sora fit coulisser la porte du restaurant avec son entrain habituel et fut assaillie par l'odeur familière des plats en préparation, le tintement des casseroles et les voix perçantes des cuisiniers qui lançaient les premières commandes. Elle aimait cette atmosphère. Son travail ici représentait plus qu'un simple emploi : une échappatoire, une bulle protectrice qui maintenait l'angoisse de sa vie personnelle à distance.

Ce matin-là, une nouveauté s'invita dans cette routine bien huilée.

— Sora, tu vas devoir former une nouvelle recrue aujourd'hui, lui annonça son supérieur.

Elle acquiesça sans grande surprise. Le turnover était élevé. Il y avait toujours de nouvelles têtes, souvent des étudiants ou des jeunes cherchant à arrondir leurs fins de mois avec des *baito*, ces petits boulots qui ne demandaient ni expérience ni engagement sur le long terme, souvent payés en cash. Elle s'apprêtait à s'atteler à la tâche comme elle l'avait fait tant de fois auparavant. Mais quand la recrue franchit la porte du restaurant, Sora se figea sur place.

C'était *elle*.

La nouvelle arrivante qui s'inclinait respectueusement n'était autre que celle qui, une semaine plus tôt, avait fait appel au Réseau.

— Bonjour, je m'appelle Mayu. J'ai vingt-cinq ans. Enchantée et merci de m'accueillir.

Sora lui en donnait bien plus, mais elle garda cette réflexion pour elle. Sa coupe à la garçonne et son look décontracté lui plaisaient. Ravie de voir débarquer une potentielle compagne de galère, elle s'avança et décocha son plus beau sourire.

— Bienvenue.

Mayu s'occupa d'abord des attributions les moins glamours : ravitaillement, ménage avant et après service. Sora remarqua leurs nombreux points communs. Deux jeunes femmes, façonnées par les épreuves de la vie, dynamiques et avenantes, qui ne reculaient devant rien pour s'en sortir.

Mars 2013

Les semaines défilèrent. Sous son égide, Mayu s'était parfaitement intégrée. Depuis, bien que leurs horaires ne coïncident pas toujours, leurs chemins se croisaient lors des relèves, ou des pauses-repas dans la cuisine du restaurant.

Sora se relaxait dans la petite cour à l'arrière de l'établissement, une tasse de thé fumante entre les mains, lorsque Mayu fit son apparition. La jeune fille venait tout juste de terminer son service. Elles se saluèrent timidement. Quelque chose dans l'air semblait différent. Une tension, une attirance, une attente non exprimée, comme si chacune savait que l'autre hésitait à faire le premier pas.

Finalement, Mayu brisa le silence.

— Tu en veux une ? proposa-t-elle en tendant un paquet de cigarettes.

Sora ne fumait pas mais, sentant que ce moment se muerait peut-être en plus qu'un simple break entre collègues, elle accepta. Après s'être assise sur un rebord de béton, l'air frais de mars s'insinuant jusque dans ses os, Mayu sortit un briquet de sa poche en souriant.

— Je t'ai jamais raconté pourquoi je suis ici, commença-t-elle en allumant sa cigarette.

Sora la regarda, intriguée mais silencieuse, et attendit la suite.

Mayu inspira profondément avant de laisser la fumée s'échapper lentement de ses lèvres, puis s'approcha d'elle. Le bout de sa cigarette toucha celle de Sora.

— Vas-y, tire.

Sora obéit et, après plusieurs aspirations, le rougeoiement du feu se transmit à sa clope. Elle toussa comme une gamine qui crapotait pour la première fois. Mayu gloussa.

— T'es mignonne, tu sais.

Le compliment happa tout l'air de ses poumons. Elle détourna le regard, embarrassée, avant de répondre :

— Je croyais que t'allais me dire comment t'avais atterri ici ?

Mayu regardait droit devant elle, à présent.

— Mon père avait une énorme dette. Il s'est fait arnaquer dans une affaire immobilière. Une somme colossale, une montagne de thunes qu'il aurait jamais pu rembourser.

Elle tira une nouvelle taffe.

— Au lieu d'affronter ses problèmes, une nuit, il a mis le feu à notre baraque. Toute la famille dormait. Moi, par miracle, j'ai survécu… mais mes parents et mon petit frère…

Sa voix se brisa.

— Ils n'ont pas eu cette chance.

La poitrine de Sora se serra. L'histoire de Mayu résonnait étrangement en elle.

— Je suis désolée…

— Ne t'en fais pas. Je me doute qu'on a tous des histoires très difficiles, sinon on serait pas là. Bref, j'ai préféré laisser tomber le reste de ma famille. Je m'entendais pas du tout avec eux, de toute façon.

— Ça fait longtemps ?

— Bientôt un an. Et toi alors, tu viens d'où ?

— Tokyo. Je me suis enfuie pour échapper à une situation qui me pourrissait la vie, à tel point que j'ai même laissé derrière moi ma cousine, la seule amie que j'aie jamais eue. Rien qui ressemble à ce que tu as vécu, mais la finalité est la même. Je suis toute seule dans une ville que je connais pas.

Ce n'était pas un mensonge, du moins pas tout à fait. Sora n'était pas prête à livrer tous ses secrets.

Pas encore.

Les deux jeunes femmes restèrent là encore quelques minutes, à échanger des banalités, puis retournèrent à leurs tâches respectives.

Le service terminé, Mayu aida Sora à ranger la salle. La conversation dévia vers leurs centres d'intérêt. Très vite, elles se découvrirent une passion commune : la littérature. Pour Sora, les livres étaient un moyen d'évasion, de vivre mille vies, loin d'un quotidien oppressant. Mayu partageait cet amour des mots. Elles n'aimaient pas tout à fait les mêmes auteurs, ni les mêmes genres littéraires, mais la perspective de découvrir de nouveaux horizons piquait l'intérêt de Sora. Portée par l'euphorie du moment, Mayu proposa de passer un après-midi ensemble, le temps d'une virée en librairie. Sora, qui en mourait d'envie, déclina pourtant l'invitation, prétextant un planning chargé. Malgré l'attirance qu'elle éprouvait, il valait mieux maintenir une certaine distance entre elles, le temps d'y voir plus clair.

La situation devint pesante les jours suivants. Mayu, vexée par ce rejet, se montrait plus froide, moins loquace.

Sora, elle, s'interrogeait. Depuis quand n'avait-elle pas eu de véritable amie et, même, de relation amoureuse ? La seule personne à qui elle se confiait dans ces moments-là était sa cousine Minami. Sa grande sœur de cœur devait être à l'université désormais, à celle des Arts de Tokyo probablement, entourée d'amis, vivant cette vie insouciante que Sora lui enviait tant.

Il lui fallait une confidente. Alors, elle décida de jouer cartes sur table et d'exposer la situation à sa mère. Cela faisait presque deux mois qu'elle connaissait Mayu, et elle était convaincue qu'elle ne représentait aucune menace.

Après le travail, elle rentra tranquillement. Rien ne semblait vouloir troubler le calme de cette soirée. Elle pénétra dans le netcafé, ignorant l'ombre qui la suivait depuis le restaurant.

Elle frappa à la porte du box d'Alice et, sans attendre de réponse, passa la tête à l'intérieur. Sa mère était allongée, un sourire fatigué mais sincère aux lèvres.

— Tu fais quoi ? demanda Sora.

Alice dévisagea sa fille.

— Tu as meilleure mine, ces temps-ci. Tu es amoureuse ou quoi ?

— N'importe quoi ! Et tu ne m'as pas répondu, je te signale.

— Je t'attendais pour dîner, dit Alice en sortant l'ordinateur de sa veille pour naviguer dans le menu numérique du Nomads.

Devant un riz au curry, Sora lui parla de Mayu, avec qui elle voulait vivre un après-midi normal, entre amies. Sa mère écouta, attentive, posant çà et là des questions sur la jeune femme. Sora lui décrivit les épreuves qu'elle avait traversées.

Devant l'enthousiasme de sa fille, Alice accepta d'y réfléchir. Il fut convenu qu'elle prendrait quelques jours pour se faire sa propre idée sur Mayu avant de se prononcer.

33

Lundi 10 juin 2024

Noémie et Hayato firent le point avant que ce dernier ne retourne épauler la police d'Osaka. Cette configuration « passé-présent » restait la plus efficace pour traiter simultanément les deux homicides et leur connexion potentielle. D'un côté, l'affaire non résolue de la *doya*, vieille de quasiment treize ans, qui accaparait Noémie. De l'autre, le meurtre du gérant de magasin de souvenirs, sur lequel Hayato se concentrait.

Avant de s'en aller, le capitaine de la cellule Sakura lui avait indiqué quel élément creuser, selon lui, pour donner du corps aux théories qu'ils avançaient.

Une fois seule dans sa chambre d'hôtel, qu'elle avait transformée en annexe du Sakuragawa, Noémie se replongea dans ses notes éparpillées sur le lit. Les photos de scènes de crime, les rapports d'autopsie, les déclarations des témoins… tout ce qui touchait à la Veuve blanche était là. En revanche, elle ne disposait d'aucune information sur sa famille. Ses pensées parasitées par le devenir de sa fille, elle peina à se concentrer pendant près d'une heure, jusqu'à ce que son intuition la pousse à attraper son téléphone et à composer le numéro de son surintendant.

Après les formules d'usage, elle entra dans le vif du sujet.

Un long soupir résonna au bout du fil.

— Ce n'est pas vraiment manquant, grogna Kuraki. Disons qu'on n'a pas pu tout consigner, à l'époque.

— Pourquoi ?

— Tu sais ce que c'est, la politique, les hautes sphères du pouvoir… Nous, on n'était que les petites souris en train de s'agiter dans le labyrinthe de l'enquête. Ça manquait de clarté niveau communication. Et c'est ça, entre autres, que je combats maintenant que je suis à la tête des forces de police du pays.

Contrariée, Noémie s'était mise à faire les cent pas dans la chambre. Elle ne comptait plus le nombre d'affaires étouffées par les élites. Un nombre non négligeable d'entre elles finissait dans les cartons du département des *cold cases*, quand elles n'étaient pas simplement classées sans suite.

— Est-ce que tu te souviens si la Veuve blanche avait une fille ?

— Oui. Elle s'appelait Mari.

— Et qu'est-ce qu'elle est devenue ?

— Elle est décédée, quelques semaines après sa mère. Elle s'est jetée du haut du Rainbow Bridge.

— On sait pourquoi ?

— D'après la note qu'elle a laissée, elle ne supportait plus les moqueries et la violence de ses camarades, après les révélations sur sa mère.

— Et on n'a jamais retrouvé le corps, c'est ça ? coupa Noémie.

— Exact.

— Un truc m'échappe. Tu disais bien que les informations sur la famille de Ayumi Inoue avaient été censurées ? Alors comment des gens ont-ils pu établir un lien avec sa fille ?

— On n'a rien pu faire contre ceux qui connaissaient déjà sa fille et qui ont fait le rapprochement. La rumeur s'est propagée pendant quelque temps, avant de s'éteindre. J'imagine que c'est ce que voulait le surintendant de l'époque.

Noémie resta immobile après avoir raccroché, perdue dans ses pensées. Le suicide de Mari était concevable, mais l'absence de corps suspecte.

Les mots de la vieille Akiko résonnèrent dans son esprit.

Je l'aimais bien, cette petite.

Un puzzle de verre prenait forme. Un assemblage fragile, qui reposait sur une théorie folle, et susceptible de voler en éclats à la première contradiction.

Se pourrait-il que mère et fille aient échappé à leur destin, et passé toutes ces années ensemble, en cavale ?

Dans ce cas, Mari pourrait être cette Sora évoquée par la gérante du petit café. La jeune femme, qui en plus de cela avait quitté Osaka juste après le meurtre de la *doya*, aurait facilement pu mentir sur son prénom. Néanmoins, si elle avait vraiment orchestré sa mort afin de s'évaporer, cela impliquait, comme pour sa mère, l'intervention d'une *yonigeya*. Avec à la clé, un changement d'identité.

Noémie ne savait pas sur quel pied danser. D'un côté, cela venait appuyer leurs hypothèses. De l'autre, cela compliquait sérieusement leurs recherches. Après tout, si elle avait raison, ils se heurtaient à l'instinct protecteur d'une mère envers sa fille. Un sentiment qu'elle comprenait mieux que personne.

Elle remettait de l'ordre dans sa chambre lorsque son téléphone sonna sur la table de chevet. Noémie haussa un sourcil en découvrant le nom affiché à l'écran. Elle décrocha aussitôt.

— Akane ? Comment ça va ?

— Pour être franche avec toi, j'ai connu mieux. Je sors tout juste de l'hôpital.

Noémie se laissa tomber sur le lit.

— L'hôpital ?

— C'est une longue histoire.

Akane lui raconta tout. L'enlèvement. Le rendez-vous dans l'entrepôt désaffecté. Le passage à tabac de Gaku, salement amoché et toujours alité. Puis les explications qu'il lui avait données sur son plan foireux pour attirer l'attention de ceux qui traquaient Jun.

— Pourquoi il ne nous a pas écoutés ! éructa Noémie. Ces types ont tué Shigeo Aoyama, et on a toutes les raisons de croire qu'ils continuent à semer la mort sur leur passage !

Une fois l'adrénaline retombée, la lieutenante ajouta, d'une voix plus grave :

— Hayato est au courant ?

— Non, répondit Akane. J'ai pensé que tu devais être la première à savoir.

Noémie soupira en massant son front du bout des doigts.

— C'est plus sage, oui. Écoute, je vais gérer, mais il va falloir vous placer sous protection. On ne sait jamais.

Silence à l'autre bout du fil.

— Rassure-toi, ce sera discret, promit la lieutenante. Trouve juste une couverture au cas où la presse mettrait son nez là-dedans.

— C'est tout vu, répliqua Akane. L'affaire Komano déchaîne tellement les passions qu'on reçoit des menaces. Insultes, accusations de salir son image, de cracher sur sa tombe… Certains fans sont complètement barrés. Ça fera un prétexte parfait.

— OK. Et toi, ça va aller ?

— T'inquiète, assura Akane. Pour rien au monde je lâcherais TLS. On va tenir bon. Et si jamais tu as besoin d'aide de ton côté, surtout n'hésite pas.

— Ne te sens pas obligée, tu sais.

— J'y tiens.

34

Mardi 11 juin 2024

Hayato faisait le point avec Noémie et Fujita dans un petit restaurant d'*okonomiyaki*[1], non loin des néons vibrants de Dōtonbori. Dehors, la foule s'agitait, ignorant totalement le drame qui se déroulait à quelques kilomètres de là. À l'intérieur, les trois enquêteurs, eux, déjeunaient dans une atmosphère lourde.

Tandis que Noémie et Fujita se contentaient de picorer dans leur assiette, Hayato démontrait, si besoin était, que rien ne pouvait entamer son appétit. Pas même la nouvelle de ce qui était arrivé à Gaku et Akane. Il maniait avec dextérité les spatules en inox sur la plaque chauffante, tout en débriefant sur la mort du commerçant. Aucun témoin, pas de traces. Le tueur avait agi avec une efficacité glaçante. L'enquête s'annonçait chronophage, et insoluble dans l'immédiat. Mieux valait laisser les rênes à la police locale et suivre les traces de Kudo.

— Vous pensez vraiment qu'il est à Kobe ? demanda Fujita.

1. Plat poêlé populaire composé de pâtes et de chou, agrémenté de garnitures variées.

— Je ne pense pas. J'en suis sûr, appuya Hayato. En tout cas, si j'étais lui, c'est là que j'irais.

— C'est un sacré pari, quand même.

— Ce n'est pas si loin d'ici. Ça vaut le coup de vérifier.

— On doit faire mieux, coupa Noémie.

— Qu'est-ce que tu entends par là ? s'enquit Fujita.

— J'attends toujours les réponses d'autres internautes qui ont commenté la vidéo de Genji. Surtout Reno-chan et HiroWasabi77. Il faut qu'on se bouge pour les localiser. Ça permettrait peut-être, dans l'idéal, d'anticiper les mouvements de Kudo.

— Je suis d'accord, abonda Hayato. Mais c'est insuffisant. Il nous faut du concret, comme ici à Osaka, pour donner du poids à ces théories avant qu'on ne se déplace. C'est pour ça qu'avec la Criminelle d'ici, on a contacté la police de Kobe. On est systématiquement en retard sur Kudo, et les cadavres s'accumulent derrière lui. Le schéma s'est peut-être répété.

Noémie referma le dossier avec fracas.

— Quoi ? Tu m'as caché ça ? s'empourpra-t-elle.

— Je voulais être sûr avant de te dire quoi que ce soit. Histoire que tu restes concentrée sur la Veuve blanche.

— On est censés tout se dire. Bosser en équipe ! Je sais gérer plusieurs choses à la fois, tu sais !

— J'aurais mieux fait de me taire.

— De te taire ? Tu t'entends parler, au moins ?

Elle se tourna vers Fujita, espérant sans doute trouver en lui un allié.

— Et toi ? Tu étais au courant de ses manigances, tu aurais pu me le dire !

— Je croyais que tu le savais !
— Est-ce que j'en ai l'air ?
— Désolé. Tu sais comment il est…
Fujita fut sauvé par son smartphone qui vibrait sur la banquette. Il s'empressa de décrocher. Si Noémie, quelques instants plus tôt, avait adopté une teinte écarlate, Fujita opta pour celle, blanchâtre, de la stupéfaction. Il raccrocha et posa doucement son portable à côté de lui.
— Alors ? s'enquit Hayato.
— Tu avais raison. La Criminelle de Kobe a répondu. Il y a un autre homicide. Tout frais. Et le type a été torturé, comme ici.

35

Kobe
Avril 2013

Méfiante, Alice observa Mayu à distance raisonnable, dans la rue et sur son lieu de travail, pendant quinze jours avant d'autoriser Sora à sortir avec elle. Elle imposa néanmoins ses conditions à sa fille : rester entre Sannomiya et le port, à quelques kilomètres au sud, et rentrer au plus tard à 17 heures.

Sora et Mayu se rendirent à Nankinmachi, le Chinatown de la ville. Les pavés, encore humides de la pluie du matin, luisaient sous un ciel parsemé de nuages blancs laissant filtrer des rayons de soleil qui réchauffaient l'atmosphère. En pleine semaine, les rues étaient clairsemées. Dans ce secteur se trouvaient plusieurs librairies, autant de sanctuaires pour les férues de lecture qu'elles étaient. Animate, Melon Books, Akatsuki Shobo, Junku, Book Off… Un terrain de jeu qu'elles étaient avides d'explorer.

— Tu sais quoi ? J'ai entendu dire qu'il y avait une nouvelle sélection de mangas à Melon Books ! s'exclama Mayu, les yeux pétillants d'enthousiasme.

Dans son sillage, Sora laissait son esprit vagabonder. Les derniers jours avaient été éreintants. La fatigue pesait et, malgré l'excitation de cette journée, elle avait l'impression de flotter, un peu à côté de ses pompes.

Mayu, d'excellente humeur, ne tarda pas à le remarquer. Elle la prit par la main. Leurs doigts s'entrelacèrent.

— Qu'est-ce qui ne va pas ?

— Rien, tenta de la rassurer Sora, des papillons dans le ventre. Bon, on y va ?

Après leur virée littéraire, elles se dirigèrent plus au sud, vers les quais et la fameuse Port Tower, à la silhouette élancée et incurvée, semblable à celle d'un tambour japonais, qui s'élevait à cent huit mètres et offrait une vue panoramique sur la baie, le mont Rokkō et la ville elle-même. Lorsque la pluie commença à tomber, d'abord en gouttes éparses, puis en une bruine légère, elles s'arrêtèrent au pied levé dans un petit restaurant. Dans un cadre simple et chaleureux, elles se régalèrent de yakitori en partageant leurs meilleurs souvenirs de leur vie d'avant. Un moment hors du temps qui raffermit leurs liens et fit naître chez Sora l'angoisse de voir cette journée s'achever.

Main dans la main, elles regagnèrent finalement Sannomiya, au milieu des touristes, alors que la lumière du jour déclinait déjà. Elles empruntèrent le même itinéraire qu'à l'aller, qui coupait au cœur d'un maillage de ruelles.

Dans l'une d'elles, un bruit sourd attira leur attention.

Un cycliste venait de glisser sur les pavés rendus humides par la bruine. Sora se figea, observant avec horreur l'homme à terre se tordre de douleur. Il semblait blessé à l'épaule et à la jambe droite. Mayu, instinctivement, se précipita vers lui.

— Est-ce que tout va bien ?

Sora, d'abord hésitante, la rejoignit. Grimaçant, l'homme se redressa avec peine. Mais aussitôt, il enroula son bras autour du cou de Sora.

— Qu'est-ce que vous faites ! Lâchez-moi ! s'écria-t-elle d'une voix rendue aiguë par la panique.

Son agresseur l'étranglait, étouffant progressivement ses cris. Elle se débattit, de plus en plus désespérée à mesure que le vertige la saisissait.

— Mayu ! Aide-moi ! siffla-t-elle sans qu'un mot ne fût audible.

Son amie, à quelques pas seulement, la contemplait avec tristesse. La vision de Sora se brouilla. Une spirale de noir l'engloutit. Les échos de la rue s'évanouirent.

Elle sombra, inconsciente.

La nuit s'installait lorsqu'Alice quitta son box, partagée entre anxiété et résignation. Elle jeta un œil par la fenêtre de la bibliothèque.

La pluie tombait avec une douceur trompeuse, formant des gouttes perlées qui glissaient le long des vitres. À l'extérieur, le vent s'était levé, balayant les rues d'un souffle puissant. Les passants se hâtaient sous leurs parapluies. Alice, le cœur serré, regardait avec inquiétude le ciel assombri. Sora aurait dû rentrer depuis une demi-heure déjà. Jamais sa fille ne se permettrait un tel retard.

Elle se dirigea vers l'entrée du Nomads, espérant naïvement que sa fille en franchirait le seuil à tout instant. Dans le hall, un papier plié en deux, glissé sous ses chaussures rangées là, attira son attention. Elle le ramassa et à sa lecture, son sang se glaça.

Elle tenait dans sa main l'avis de recherche dont parlait la vieille Akiko.

Une croix noire au marqueur barrait le visage juvénile de Sora, sous lequel un message, sombre et menaçant, précédait une adresse.

20 h. Venez seule.

Alice lut ces mots en apnée, horrifiée. On lui imposait de sortir de sa tanière, de briser la bulle protectrice patiemment forgée avec sa fille pendant deux ans. Manifestement, elle avait fait le mauvais choix en laissant Sora se rendre à ce rendez-vous. Une part d'elle souhaitait se tromper, que tout cela n'était qu'une mauvaise blague. Mais la réalité piétinait sans ménagement cet espoir.

Elle avait été dupée.

Alice retourna dans son box et se laissa tomber sur la chaise, les mains tremblantes. Elle alluma son ordinateur, se connecta à Internet, cherchant à associer l'adresse indiquée à quelque chose de tangible, à une solution, un espoir. Ses doigts couraient sur le clavier, la frénésie prenant le pas sur la peur. Elle trouva enfin : il s'agissait d'un parking privé souterrain, situé au sud de la ville.

Plus de temps à perdre. Sur l'étagère au-dessus du PC, Alice s'empara du petit sac qui renfermait son *wakizashi*. Puis elle sortit en trombe du netcafé. La pluie s'intensifiait et tombait à présent en un rideau de gouttes glacées qui enveloppaient la ville d'un voile morose. Les sons de la rue se mêlaient à son angoisse. Les voitures fusaient, les klaxons retentissaient comme des cris désespérés. Les lumières fluorescentes des enseignes se reflétaient dans les flaques d'eau, créant une mosaïque de couleurs psychédéliques. Tout lui semblait exacerbé, étranger, et pourtant, Alice courait, sans se soucier des stimuli qui la mitraillaient. Comme si sa propre vie en dépendait.

36

Alice se précipitait sous la pluie battante. Ses vêtements trempés collaient à sa peau. La peur se muait en une force brute. Elle n'avait aucune idée de ce qui l'attendait, juste une certitude : Sora était en danger. Elle s'arrêta, haletante, à proximité de l'adresse indiquée sur le papier. Ses poumons brûlaient, ses jambes tremblaient sous l'effort, mais elle n'avait qu'une idée en tête : sauver sa fille.

Elle analysa les environs, scruta chaque recoin en quête de la moindre trace de ses ennemis. La rue était déserte, éclairée par quelques lampadaires défaillants. Le vent faisait claquer les volets d'un immeuble abandonné à proximité.

Elle repéra une benne à ordures, parfaite pour cacher son sac, et glissa le *wakizashi* sous son jean, la garde dépassant légèrement au niveau de sa taille, camouflée par son sweat détrempé.

L'entrée du souterrain s'ouvrait devant elle comme la gueule béante d'un monstre prêt à l'avaler.

L'endroit était immense, plongé dans la pénombre. Seules quelques ampoules clignotantes diffusaient une lumière glauque. Un silence sépulcral régnait. Le son de chacun des pas d'Alice résonnait comme un avertissement. Elle avançait désormais avec prudence, prenant appui sur les voitures garées, progressant à couvert, de pylône en pylône, son regard rivé sur l'extrémité du parking.

Au bout d'une allée, elle aperçut une camionnette à la teinte blanche écaillée, stationnée à l'écart, portes coulissantes grandes ouvertes. L'angoisse monta lorsqu'elle distingua la silhouette de Sora, debout devant le véhicule. Entravée et bâillonnée. Une femme au visage froid la tenait en respect sous la menace d'une lame crantée et un bras passé autour de son cou. Cette femme, Alice la reconnut immédiatement.

Mayu, qui utilisait sa fille comme appât, cria d'une voix retentissante.

— Je sais que tu es là ! Sors de ta cachette si tu ne veux pas qu'il arrive malheur à Sora.

Tapie derrière une voiture, Alice resta figée. Son instinct, aiguisé par des années de fuite et de violence, lui dictait d'attendre. Mais cette fois, elle n'était pas seule à mettre sa vie en jeu.

— Je ne te le dirai pas une deuxième fois, menaça Mayu.

Sora éclata en sanglots, sa complainte étouffée par son bâillon.

— Désolée, désolée…

La voix de sa fille, déformée par la peur, déchirait le cœur d'Alice. Elle essuya d'un revers de manche les larmes qui menaçaient de rouler sur ses joues. À bout, elle prit une profonde inspiration et sortit finalement de l'ombre.

— C'est bon, ne fais rien de stupide. Je suis là.

Sa voix était ferme, même si tout en elle tremblait. Elle s'avança lentement, gardant son regard fixé sur la ravisseuse, à l'affut d'une faille, d'un instant de faiblesse.

Mayu resserra l'étreinte autour du cou de Sora, qui émit un râle de souffrance. Les yeux exorbités de sa fille suppliaient Alice. Elle tenta de résister à la colère aveugle qui la gagnait.

— Ne lui fais pas de mal. C'est moi que tu veux, non ?

— Je vous veux toutes les deux, répondit Mayu avec un sourire sadique. Je n'ai rien contre vous, mais Shaun m'a promis de l'argent. Beaucoup d'argent.

Alice fronça les sourcils.

— Shaun ? Je ne connais personne de ce nom.

— Arrête de me prendre pour une idiote. Shaun sait tout de toi, de ta fille. En échange de votre capture, il m'offre une nouvelle vie.

Alice secoua la tête.

— Je ne vois vraiment pas de qui tu parles. Je te le jure !

Une lueur de rage traversa le regard de Mayu. Elle pressa la lame contre la gorge de Sora, au risque de l'entailler.

— Ça suffit ! Je me fous de ton avis. Vous deux, vous êtes à moi. Maintenant.

Sora cessa soudain de se débattre. Son regard, fixé sur un point derrière elle, devint vitreux. La peur déforma son visage.

Alice comprit que le danger fondait sur elle.

Elle se retourna juste à temps pour éviter l'attaque de l'homme qui s'était rué sur elle. Elle dégaina la lame de son *wakizashi*.

Sora profita de la confusion pour plier légèrement les jambes et se projeter en arrière, forçant Mayu à reculer d'un pas. Puis, avec une agilité surprenante, elle la faucha d'un coup de pied circulaire.

Déséquilibrée, Mayu tomba à la renverse. La base de son crâne heurta violemment la carrosserie de la camionnette. Son corps inerte glissa vers le sol.

Galvanisée, Alice attaqua son agresseur. Chauve, bâti comme un athlète, il esquiva son premier coup d'un pas de côté, puis la frappa durement à l'épaule. Alice tituba, mais tint bon, lame en main. L'inconnu ne lui laissa aucun répit, jusqu'à réussir à la projeter au sol. Il la domina de son poids, se positionnant à califourchon sur elle, prêt à lui briser le bras.

Sora, libérée de ses liens, intervint juste à temps pour planter l'arme qui la menaçait plus tôt dans le biceps de l'assaillant, qui hurla de douleur et lâcha sa proie. Sa mère profita de l'ouverture pour enfoncer la pointe de son *wakizashi* dans son plexus solaire. L'homme brava la douleur, son regard halluciné tourné vers elle. Des deux bras, il tenta de repousser Alice, mais son arme ravagea la poitrine du malheureux jusqu'à ce que son corps s'affaisse, raide mort. Le *wakizashi* s'enfonça jusqu'à la garde.

Alice se dégagea en faisant rouler l'homme sur le côté et resta allongée, pantelante.

— C'était moins une. Merci.

— Tu n'as rien de cassé ? s'inquiéta Sora.

— Où est l'autre ?

Sora désigna avec fébrilité la masse sombre contre la camionnette.

— Elle est inconsciente. Qu'est-ce qu'on fait ?

— On va commencer par charger celui-ci dans la bagnole. Aide-moi.

Mère et fille traînèrent péniblement le corps de l'inconnu à l'arrière de l'utilitaire. Puis Alice entrava Mayu et lui administra une série de claques pour la réveiller.

— Qu'est-ce que tu fais ! s'indigna Sora.

— C'est une occasion en or d'en apprendre plus.

Mayu allait tout lui avouer au sujet de ce Shaun dont elle parlait plus tôt.

— C'est un pseudo, crachota la ravisseuse. Celui de l'homme qui m'a donné l'avis de recherche.

— À quoi il ressemblait ?

— Très costaud, classe, lunettes fumées, casquette…

— Sois plus précise !

— J'en sais rien, moi ! Il ressemblait à tout le monde ! Je le jure !

— Bon, on va changer de braquet : d'où tu viens ? l'interrogea Alice.

— Sendai.

— C'est là-bas que tu as vu ce Shaun ?

— Non, c'était à Tokyo. À Tokyo !

— Quand ?

Mayu hésita.

— Je sais plus, moi, des années ! Je vous en supplie. Ne me tuez pas. Je n'ai plus de famille. Plus rien. À ma place, vous auriez fait pareil, pas vrai ? Sora, dis-lui ! Dis-lui ce qui m'est arrivé !

Ne me tuez pas.

Les supplications de Mayu résonnèrent comme un écho lointain et renvoyèrent Alice dans ce parc, des années auparavant… Elle vacilla.

Sentant la faille, Mayu s'y engouffra :

— J'aurais pu tout recommencer à zéro ! Comment refuser ?

Alice hyperventilait. Elle ne voulait pas, ne devait pas céder à la violence devant sa fille. Mais laisser Mayu en vie était impensable. Il en allait de leur sécurité.

Sora sentit la tension, la colère de sa mère, et la supplia :

— Ne fais pas ça ! Mayu, elle… elle a un bon fond. Elle nous a dit la vérité sur sa famille. C'est aussi une victime, il doit y avoir un autre moyen !

Alice secoua la tête.

— On ne doit laisser aucune trace derrière nous.

— S'il te plaît… Ce Shaun dont elle parle, ça me revient… Je crois que je me souviens de lui.

— Raison de plus pour se débarrasser de cette fille, répliqua froidement Alice, totalement déconnectée, presque mécanique.

Les cris bestiaux de Mayu, son corps souillé se tortillant d'effroi n'y changèrent rien. Alice ne lui laissa aucune chance, ni à sa fille de réagir.

— Pardonne-moi, murmura-t-elle avant de l'achever d'un geste clinique, implacable.

Mayu s'effondra, son visage figé dans l'horreur, les yeux écarquillés, ses lèvres rougies par le sang. Sora hurla, tomba à genoux, vomit sur le sol. Dans un état second, Alice chargea avec difficulté le corps inerte à côté du premier, puis le fouilla, dénichant les clés de la camionnette.

Sans perdre une seconde, elle prit place au volant et se tourna vers Sora.

— Monte, ordonna-t-elle.

Sa fille, toujours au sol, nageait en plein cauchemar. Elle se redressa, hystérique, hurlant que ce n'était pas possible, après Osaka, que ça recommence.

— Monte, répéta Alice.

Sora devina le regret dans les yeux éteints de sa mère. Alice ajouta, la voix brisée :

— S'il te plaît… on doit partir.

Sora s'installa à contrecœur côté passager.

— Pour aller où ? ironisa-t-elle.

Alice jeta un œil à la jauge d'essence.

— Remonter vers Tokyo serait suicidaire. On n'a qu'à…

— T'es larguée, ma parole ! Je m'en fous d'où on va ! cria Sora. Réveille-toi, bon sang ! Si c'est toujours comme ça, notre place est en taule, et nulle part ailleurs. Tu comprends ça ?

QUATRIÈME PARTIE

« Effacer le passé, on le peut toujours : c'est une affaire de regret, de désaveu, d'oubli. Mais on n'évite pas l'avenir. »

Oscar Wilde

37

Jeudi 13 juin 2024

Après une journée dédiée à la paperasse, la cellule Sakura attendait l'autorisation de prendre ses quartiers chez ses homologues de Kobe. Ils étaient arrivés depuis deux jours et Hayato tournait en rond comme un lion en cage. Il avait besoin d'action, de concret, et cette attente l'exaspérait. Tandis qu'il essayait de comprendre en quoi la police de cette ville fonctionnait différemment de celle d'Osaka, il avait délégué à Noémie la responsabilité ingrate de recenser tous les homicides entre 2009 et 2014 dans une large zone autour de Kobe.

Assis à côté d'elle à l'accueil du QG de la police locale, Hayato suggéra à sa partenaire.

— Et si on contactait Genji ?

Noémie frémit à l'idée de revoir la trogne de ce youtubeur un peu lourd sur les bords.

— Pour quoi faire ?

— Il faut qu'on lui demande de mobiliser sa communauté. Ce gars a presque cinq cent mille *followers* et on ne s'en sert pas !

— Je croyais qu'on devait enquêter incognito ?

— Ce sera toujours le cas, rétorqua Hayato. L'idée, c'est qu'il nous aide à localiser ceux qui ont commenté sa vidéo et qui ne nous ont toujours pas répondu, sans que ça s'ébruite.

— T'as pas l'impression de demander la lune ? Surtout qu'il va se jeter sur l'occasion, crois-moi. Tout ce qui lui permet de faire grandir sa communauté l'intéresse.

— Je sais, mais c'est bien plus rapide que d'attendre que le département cyber se bouge. Avec leurs protocoles à rallonge, on n'en sortira jamais… On a besoin d'aller plus vite. Trouve un moyen pour que Genji nous aide sans que le monde entier l'apprenne.

— Sur le principe, je suis d'accord, capitula la lieutenante, mais que crois-tu que Kuraki dira quand il apprendra qu'on contourne la procédure, dans son dos en plus ?

— Rien. C'est justement pour ça que la cellule Sakura existe. On peut se permettre ce genre de choses. Ce qui compte, c'est de trouver les infos qui nous manquent. Elles sont cruciales.

Au sein de l'équipe de la Crim' de Kobe, Noémie fut assignée à un bureau tandis qu'Hayato intégrait l'enquête en cours : le meurtre d'un patron de restaurant d'*udon*, à deux pas de Sannomiya. Comme à Osaka, l'interrogatoire des proches avait déjà eu lieu, mais Hayato insista pour les questionner à nouveau, malgré la gêne que cela pourrait causer à la famille.

En arrivant sur la scène de crime, il remarqua le renard imprimé sur le *noren* à l'entrée. Que cet animal figure sur le rideau de ce type de commerce ne l'étonnait pas. En revanche, qu'il s'agisse du même canidé que celui du bijou qu'il possédait avait de quoi le surprendre. Style, posture, orientation du museau : tout concordait.

Une jeune femme les accueillit dans l'arrière-salle. Le restaurant était fermé pour une durée indéterminée. Contrairement à celui d'Osaka, le capitaine local mena l'entretien. Hayato apprit que le défunt avait été attaqué en pleine rue, non loin de son domicile, sur son trajet habituel.

— C'était mon grand-père, sanglota la gérante. Il m'a laissé le restaurant il y a sept ans. Il venait ici trois ou quatre fois par semaine, pour déjeuner ou dîner.

Hayato dégota dans son sac à dos le pendentif offert par le fils du patron de la boutique de souvenirs.

— Ça vous dit quelque chose ? lança-t-il, le balançant au bout de sa chaîne. On me l'a donné à Nishinari.

La jeune femme s'empourpra.

— Ça se peut…

— Voilà ma théorie : que ce symbole soit présent dans deux lieux aussi distincts n'a rien d'une coïncidence. Pour moi, ça témoigne de l'appartenance à un groupe. Peut-être une secte ? Un réseau ? Vous savez quelque chose là-dessus ?

Le capitaine de la Crim de Kobe écarquilla les yeux, désarçonné par la tournure de la discussion et la stratégie agressive d'Hayato. Mais il en reconnut l'efficacité lorsque la jeune femme lâcha enfin :

— Ce n'est ni une secte ni un culte. Juste un groupe d'entraide, pour les gens dans le besoin.

— Les sans-abri ? demanda le capitaine.

— Pas exactement.

— Les évaporés, tenta Hayato.

Leur hôte hocha silencieusement la tête.

Kudo connaissait-il l'existence de cet organisme accessible à ceux qui avaient abandonné leurs vies d'antan ? Que ses pas le mènent dans deux repaires de ce « groupe d'entraide » ne tenait en rien du hasard. La probabilité qu'il en ait entendu parler était élevée, étant donné qu'il disposait d'indics dans tout le pays, couvrant un large spectre de professions. Voilà pourquoi le détective avait décidé d'avoir recours au *jōhatsu*. Disparaître volontairement, pour mieux se fondre dans ce monde où se dissimulait la vérité au sujet de la Veuve blanche.

— Et ce réseau, il a un petit nom ? reprit Hayato.

— Aucun, juste *le Réseau*.

Vint le moment de poser la question qui lui brûlait les lèvres depuis plusieurs minutes.

— À tout hasard, est-ce qu'une personne du nom de Sora serait venue ici, vers… 2012, 2013 ?

— Je n'étais pas encore là, à l'époque. Mais mon grand-père avait l'habitude de tout consigner dans des registres. Il ne faisait pas confiance aux machines. Si vous me donnez quelques minutes, je peux y jeter un œil.

Cela rappela à Hayato le vieux qui lui avait légué le Sakuragawa. Comme beaucoup d'autres restaurateurs nés avant Internet, ce dernier abhorrait toute technologie.

La jeune femme revint avec la confirmation que Sora, nom de famille inconnu, avait bien officié ici dans le cadre d'un emploi journalier, payé cash.

— Dernière question, demanda Hayato en tendant à la jeune femme un cliché de Kudo. Est-ce que vous reconnaissez cet homme ?

La gérante n'eut besoin que d'un coup d'œil.

— Oui, il est venu parler à mon grand-père. Vous voulez dire que c'est lui qui… ?

— Je ne pense pas. Mais sa visite pourrait bien être liée à sa mort.

En sortant, Hayato reçut un coup de fil de Yu Fujita, depuis Osaka. Leur unité avait recueilli un témoignage intéressant, celui d'un poivrot qui aurait vu un homme quitter le magasin de souvenirs à l'heure approximative du meurtre. Une info peu fiable mais qui, au vu de ce qu'il savait, faisait sens.

Il repensa à son arène des liens. Darkshadow s'y tenait à l'opposé de Genji. L'inhibiteur, comme il le nommait, se mettait en travers de leur route. Il ne tuait pas Kudo, mais il faisait systématiquement le ménage derrière lui pour les empêcher de le retrouver. Dans quel but ?

Sur quel chemin morbide le détective privé s'était-il engagé ?

38

Takasago
Avril 2013

Alice roulait vers le sud, longeant la côte sans véritable destination. Taquine, la nuit brouillait les contours du monde extérieur, les entraînant toujours plus dans la perdition.

Elles s'arrêtèrent près de Takasago, dans une décharge anonyme, pour se débarrasser des deux corps. Un supplice pour Sora qui, une fois leur besogne accomplie, se laissa aller à sa douleur. À genoux, dévorée par la culpabilité, elle pleura longuement devant le monticule d'ordures dissimulant la dépouille de Mayu.

— C'est ma faute si on en est là, sanglota-t-elle.

— Tu te trompes, murmura Alice, mal à l'aise. Grâce à tes infos, et au délai d'observation que tu m'as laissé, j'ai eu tout le temps de la filer. De comprendre qu'elle ne vivait pas seule.

— Je ne le savais pas, moi. Pourquoi tu ne m'as rien dit ?

— Parce qu'il n'y avait rien de concret. Rien qui laisse présager qu'elle veuille s'en prendre à toi. À nous. Au fond de moi, je voulais croire qu'il ne s'agissait pas d'un piège. Que tu pouvais enfin profiter d'une vie normale.

— Donc tu m'as donné ton feu vert tout en ayant un doute ? C'est ce que tu veux dire ?

— Dans tous les cas, je ne t'aurais rien dit. Ça n'aurait fait qu'augmenter leurs chances de nous capturer.

Sora secoua la tête, amère.

— Non, si je l'avais su, je t'aurais harcelée pour qu'on s'en aille tout de suite. Et tu ne l'aurais pas tuée…

— Si tu dois me blâmer pour quelque chose, blâme-moi d'avoir été trop naïve. De t'avoir mise en danger. Et j'ai sous-estimé l'homme qui accompagnait Mayu. On a eu beaucoup de chance.

Le visage inondé de larmes, Sora eut un mouvement de recul lorsqu'Alice posa une main sur son épaule.

— Il faut qu'on bouge d'ici, dit-elle froidement.

Quelques kilomètres plus loin, sur un chemin désert, Alice s'excusa à nouveau. Mayu et cet homme étaient, comme elles, des fantômes qui essayaient de s'en sortir. Elles n'avaient fait que se défendre.

Dévastée, Sora lui lança un ultimatum.

— Promets-moi de ne plus jamais tuer personne. Sinon, je te jure que je m'en vais.

— C'est promis.

Concentrée sur la route, Alice semblait être redevenue elle-même.

— Ce Shaun, alors, c'est qui ? demanda-t-elle soudain.

— Comme Mayu te l'a dit. C'est le pseudo d'un type qui dirige un forum en ligne.

Alice fronça les sourcils.

— Et ce forum, c'est quoi exactement ?

— Je ne sais plus, avoua Sora. Ça remonte à l'époque où je vivais chez oncle Toru, après la mort de Grand'Pa

Take. La dernière fois que j'en ai entendu parler, c'était il y a quoi… cinq ou six ans ? Je sais juste qu'on m'interdisait de m'y connecter, contrairement à mes cousins. La seule chose dont je me souviens, c'est qu'ils ne voyaient pas du tout les choses de la même manière.

— Qu'est-ce que tu veux dire ?

— C'est Minami qui m'en a parlé. Elle trouvait ce site illégal et choquant, mais refusait de m'expliquer pourquoi. Je me souviens que ça l'a secouée au point d'envisager de quitter la famille.

— De s'émanciper, carrément ? Et ton cousin en pensait quoi ?

— Niko ? Il trouvait la plateforme géniale. Il a arrêté de traîner avec nous et restait scotché à oncle Toru.

Alice resta un long moment silencieuse, assommée par ce flot d'informations.

— On doit savoir à quoi servait ce forum, lâcha-t-elle enfin. Tu ne te rappelles rien d'autre ? Son nom, par exemple ? Je suis convaincue que c'est la clé de nos problèmes.

Alice était en train de comprendre que ce n'était pas elle la cible, mais Sora, qui avait vu ou savait quelque chose de précieux pour le clan Aragaki.

Toru avait toujours voulu récupérer sa fille. Il comptait certainement en faire une mercenaire à sa solde, comme il avait tenté de le faire avec Ryo. S'il leur courait après, c'est qu'il n'avait jamais cru en leur mort, du moins en avait suffisamment douté pour exiger qu'on la lui confirme. Sora, même si elle ne s'en souvenait pas pour le moment, avait engrangé des connaissances sur ce forum secret. Elle pouvait donc lui nuire, si les détails enfouis dans sa mémoire remontaient à la surface.

Voilà ce qu'était sa fille : une bombe à retardement.

Comme si elle devinait les déductions de sa mère, Sora murmura, la voix brisée :

— C'est moi qu'ils veulent, c'est ça ?

Un long moment s'écoula avant qu'Alice ne réponde.

— C'est ma faute. Si j'avais été une bonne mère, tu n'aurais pas eu à vivre là-bas. Mais je te promets qu'ils ne te reprendront jamais.

39

Mardi 18 juin 2024

En trois jours passés avec Zacharie Fortier, alias Genji, Noémie lui avait trouvé un nouveau surnom : Casanova. Entre ses avances à peine voilées, ses blagues graveleuses et ses messages enflammés, il avait le don de rendre toute interaction ambiguë. La preuve d'un ego démesuré. À moins que ce ne soit l'inverse : un manque abyssal de confiance en soi.

Malgré cette comédie, les choses avaient progressé – surtout parce que des centaines de kilomètres les séparaient. À chaque fois que la lieutenante calmait les ardeurs de Genji, il se mettait enfin à bosser. Au fond, lui aussi avait intérêt à ce que la situation évolue. Il ne possédait aucune compétence technique, mais l'un de ses fans lui filait un coup de main en échange de son amitié. Un pauvre type qui n'avait sûrement aucune idée de ce dans quoi il se fourrait, s'était dit Noémie.

Dans le petit bureau mis à disposition par la police de Kobe, composée de types tellement plus ouverts et moins sexistes que le youtubeur, elle se connecta à l'application de visioconférences. La trogne de Genji apparut à l'écran après quelques secondes. L'imbécile avait fait un effort absurde : chemise blanche, nœud papillon, rasé de près, cheveux laqués. On aurait dit un clown de gala, et Noémie crut même distinguer une couche de fond de teint sur son visage d'ordinaire pâle.

— Salut, Noémie.

— Salut, Zac. Dis-moi que tu ne l'as pas fait exprès, que tu dois sortir ensuite pour, je sais pas, moi, un rendez-vous galant ?

— Non, c'est pour toi, j'ai voulu marquer le coup. Ça te plaît pas ?

Noémie se retint de l'envoyer balader. Elle avait besoin de lui, même si cette réunion tenait davantage de l'*omiai*[1] numérique. Est-ce que ce concept existait, d'ailleurs ?

— Parle-moi plutôt de ce que vous avez trouvé.

— C'est simple, on a tout.

— Tout ?

— On a réussi à mettre la main sur Reno-chan et HiroWasabi77. À eux deux, ils évoquent trois localités dans les commentaires dont tu m'as parlé. Takasago, pas loin de ta position actuelle. Les deux autres sont Hiroshima et sa banlieue.

Noémie griffonna dans son calepin.

— Merci.

— À ton service, ma belle. Ah, et dernier point.

— Je t'écoute.

1. Coutume traditionnelle japonaise analogue au mariage arrangé occidental, dans lequel une femme et un homme sont présentés l'un à l'autre pour envisager la possibilité d'une union.

— Méfie-toi de Darkshadow. J'ai essayé d'en savoir plus. Tu as affaire à du lourd.

— Quoi ?! Je t'avais dit de ne rien tenter ! Vous avez tous décidé de n'en faire qu'à votre tête, c'est ça ?

— De quoi tu parles ?

Noémie repensa à Gaku, qui s'était mis en danger et avait entraîné Akane dans son sillage, et à Hayato qui, à Osaka, lui avait caché une importante initiative.

— Laisse tomber. Qu'est-ce que t'as découvert sur ce type ?

— Mon contact est un as de l'informatique, et non seulement on n'a rien trouvé, mais on s'est pris un nouvel avertissement dans la tronche en retour. Et j'ai pas trop envie qu'on hacke ma chaîne…

La visio se termina sur la centième invitation de Genji à sortir avec elle à son retour à Tokyo. Noémie parvint à noyer le poisson sans le froisser. Il fallait entretenir la flamme, au cas où elle aurait encore besoin de lui.

Grâce aux infos de ce Casanova de pacotille, et une étude méticuleuse des affaires d'homicides (notamment leur mode opératoire), elle mit la main sur un double meurtre sordide à Takasago, en avril 2013. Les victimes avaient été retrouvées dans une décharge, exécutées à l'arme blanche, avec des lésions nettes au plexus solaire. Noémie fut surprise de la précision des rapports d'autopsie. Contrairement à celle de la *doya* de Nishinari, l'affaire avait connu un épilogue.

L'une des victimes, Mayuko Nakamura, était une évaporée. La pauvre était partie rejoindre ses parents et son frère cadet dans l'au-delà de la plus atroce des façons. Sa tante l'avait retrouvée après sa mort grâce à un service au nom aussi étrange que ce qu'il proposait : la « recherche de tombe ».

Au téléphone, Gaku et Akane confirmèrent à Noémie l'existence de cette prestation dans plusieurs agences de détectives privés, dont la leur. Cela permettait aux familles de retrouver un proche disparu *post mortem*.

Après avoir raccroché, il lui fallut quelques minutes pour digérer l'information. Sur bien des aspects, le Japon se situait à la marge des valeurs morales dans lesquelles elle se retrouvait. Tout, dans l'univers des évaporés, lui semblait disproportionné. Ces départs provoqués par des broutilles (un échec scolaire, une rupture sentimentale, vraiment ?). Les *yonigeya*, ces agences spécialisées prêtes à tout effacer contre un joli pactole. Les détectives privés qui remuaient ciel et terre pour ramener ces ombres à la lumière. Et au milieu de tout ça, la police, figée, immobile, comme si ces disparitions étaient trop complexes, ou pire, sans importance. La Française en elle lui hurlait que ses amis occidentaux la prendraient pour une folle si un jour elle leur racontait ça.

Après avoir épluché l'ensemble des dossiers, elle appela Hayato pour lui présenter ses trouvailles.

— Je me répète, mais si on doit prendre des risques pour rattraper Kudo, c'est maintenant. Pour le double crime de Takasago, si on est au courant, on peut imaginer qu'il l'est aussi. Tout comme ceux de Hiroshima, commis des années plus tard.

— Qu'est-ce que tu proposes ?

— On va mettre le paquet sur Hiroshima, dont parle HiroWasabi77, et élargir notre fenêtre de recherche à tous les crimes recensés là-bas entre 2013 et aujourd'hui. C'est la meilleure piste. C'est le dernier commentaire digne d'intérêt sous la vidéo de Genji. Après ça, il n'y a plus rien.

— Parfait. Grâce à toi, on va gagner un temps précieux.

— Oui, mais c'est un gros travail. Je vais demander à Akane de me filer un coup de main, lança Noémie.

— Pourquoi elle ?

— Elle culpabilise pour la bourde de Gaku. Et puis je la trouve très mature et compétente pour son âge.

La lieutenante repensa à la fin d'adolescence difficile de cette jeune hôtesse de *kyabakura* devenue détective privée. C'était l'occasion de lui faire profiter de son expérience de flic chevronnée. Et sa façon de la soutenir dans son objectif : devenir enquêtrice et femme de loi pour prouver l'innocence de son père.

40

Kurashiki
Mai 2014

La camionnette filait entre les collines. Alice gardait les yeux rivés sur la route sinueuse qui s'étirait devant elle, dépourvue de glissières de sécurité. À ses côtés, muette, Sora fixait le paysage. Les fenêtres grandes ouvertes laissaient entrer l'air frais de la campagne, dissipant un peu la chaleur étouffante de l'habitacle.

Sora arborait désormais une coupe très courte, presque identique à celle de Mayu. Elle portait toujours ses lunettes, mais avait abandonné ses gants, qui lui rappelaient trop le restaurant et leur vie à Kobe. Quatorze mois s'étaient écoulés depuis leur fuite, depuis le jour où elles avaient pris la route sans se retourner, à bord de cette camionnette volée.

Après avoir repeint le véhicule, mère et fille avaient fini par vivre dedans, stationnées au milieu de nulle part, près de Yakage, une bourgade paisible perdue dans les montagnes. Elles dépensaient leurs économies avec parcimonie, rationnaient la nourriture et l'essence. Il leur arrivait aussi de partir en escapade à Okayama, la ville voisine, où elles pouvaient, en plus de se mêler anonymement à la foule, se connecter à Internet et se laver au *sento*.

Alice gardait un œil sur l'actualité. Osaka, Kobe, Takasago : elle scrutait chaque article de presse, à l'affût du moindre indice. Pour l'instant, rien ne les concernait. L'affaire des corps retrouvés à Takasago était au point mort. L'identité des victimes n'avait même pas été rendue publique. À Osaka, le Réseau avait certainement contribué à effacer toute trace de leur passage.

Tout indiquait que les polices départementales communiquaient peu entre elles, sauf en cas de crise majeure. Le système judiciaire japonais, bien que puissant, était un monstre archaïque, lent et désorganisé. La chance était de leur côté.

Elles étaient libres.

Mais cette liberté avait un prix. Alice en payait le tribut chaque jour. Son corps, usé par des mois de cavale, de stress et de fatigue, commençait à accuser le coup. Les rhumes récurrents, les douleurs musculaires et la rudesse de la vie nomade la malmenaient. Ses nuits n'étaient pas en reste. Peuplées de cauchemars, elles la ramenaient sans cesse aux atrocités qu'elle avait commises. Elle refusait de faire appel à un médecin. Trop risqué. Il fallait juste faire bonne figure devant Sora, même si, à l'intérieur, elle flanchait.

Quand l'été était arrivé, avec ses vagues de chaleur suffocantes et ses orages d'une violence inédite, elles avaient trouvé refuge dans une vieille maison d'hôtes de Yakage, tenue par une octogénaire solitaire, ravie d'avoir un peu de compagnie. Elles y étaient restées six mois, une parenthèse bienvenue, qui leur avait permis de célébrer le quarante-cinquième anniversaire d'Alice dans une étrange quiétude. Mais cette tranquillité n'avait pas duré. L'argent s'amenuisait et la réalité, implacable, avait fini par les rattraper.

Elles avaient repris la route pour retourner à leur vie d'errance, cette existence précaire qui convenait à Alice, mais dont Sora commençait sérieusement à se lasser.

Alice n'était pas dupe. Sa fille ne tiendrait pas indéfiniment à ce rythme. Il fallait trouver un endroit où s'installer, reprendre une vie normale. Sans commettre de faux pas.

Plus de meurtres. Quoi qu'il arrive.

Elle l'avait promis.

Alors qu'elles approchaient de Kurashiki, Sora, qui n'avait plus la force de prétendre que tout irait mieux, se posait des questions existentielles.

— Est-ce qu'on pourra à nouveau vivre normalement un jour ?

— La normalité… c'est subjectif, expliqua Alice. Ça dépend de ce que l'on souhaite, mais pas seulement.

Elle marqua une pause, cherchant ses mots.

— Ça dépend aussi du lieu. De son contexte. Des gens. De l'argent, aussi, on ne va pas se mentir. À nous d'essayer de nous rapprocher le plus possible de notre idéal de vie.

— Notre idéal de vie…

Sora répéta ces mots comme un mantra, pour leur donner un sens. Au fond d'elle demeurait un espoir qu'elle se risqua à formuler à voix haute.

— Peut-être qu'ils finiront par laisser tomber…

Alice secoua doucement la tête, un sourire triste aux lèvres.

— Ça m'étonnerait. Si c'est bien ton oncle, ce n'est pas le genre de la maison. Son parti a le vent en poupe. Sa cote de popularité augmente. S'il compte occuper des responsabilités de premier plan un jour, ce dont je ne doute pas une seconde, il doit se montrer irréprochable. Pour ça, il doit se débarrasser de ses casseroles. Ou plutôt, il lui faut déléguer cette sale besogne.

Sora se mordit la lèvre, l'esprit en ébullition.

— Mais si on reste dans notre coin…

— Ça ne changera rien. Si j'ai raison, il te pense capable de mettre en péril son avenir et celui de son clan tout entier.

Sora eut un rire amer.

— Si encore je savais de quoi il a si peur…

— Pourvu que ça te revienne… murmura Alice, plus pour elle-même que pour sa fille.

L'habitacle plongea dans le silence, bercé par le bruit du moteur. La camionnette longeait un énième pâturage, et le regard de Sora se perdit dans les dégradés de vert.

— Si seulement… souffla-t-elle, à peine audible.

Kurashiki apparut bientôt à l'horizon, enclave naturelle cernée par les bois d'un côté et la mer de l'autre. Un cadre presque désuet, comme figé dans une autre époque. Loin des grandes villes et des réseaux de transport tentaculaires, il correspondait exactement à ce qu'Alice recherchait.

L'emploi constituait un autre critère décisif. Et dans cette cité côtière, surnommée « la petite Kyoto aux canaux », les opportunités ne manquaient pas. Alice et Sora optèrent pour un travail manuel dans une entreprise textile. Un job discret, à l'abri des regards. Pour la deuxième fois, elles firent usage de leurs faux papiers sans être inquiétées.

Ce fut le début d'une période de calme, une ère plus stable. Trois ans durant, elles vivotèrent sans attirer l'attention, contentes d'avoir enfin trouvé une certaine forme de paix.

Avant que le destin, cruel et impitoyable, ne décide de s'en mêler.

41

Octobre 2017

Le ciel, d'un gris acier menaçant, pesait lourdement sur la ville depuis plusieurs heures. Annoncée comme l'une des plus violentes de la décennie, la dépression approchait inexorablement.

Rues désertes. Commerces et écoles fermés. Zones côtières évacuées. Les habitants, préparés depuis des jours, avaient barricadé leurs fenêtres, calfeutré leurs portes du mieux qu'ils pouvaient. Mais rien ne laissait présager la violence du phénomène qui allait s'abattre.

D'abord vint le vent. La brise se mua progressivement en bourrasques hurlantes, déchiquetant tout sur leur passage. Les arbres, secoués comme de vulgaires jouets, ployaient sous la force colossale des rafales. Leurs branches se détachaient, arrachées sans effort, pour venir s'écraser sur le bitume et contre les façades des bâtiments. Des panneaux de signalisation émettaient des grincements stridents avant de se décrocher. Des morceaux de charpente, des tuiles, et même des objets métalliques s'envolaient dans les airs, emportés dans une danse macabre.

Puis vint la pluie. D'énormes gouttes s'écrasaient au sol dans un grondement assourdissant, comme si elles tentaient de percer la terre elle-même. En quelques minutes, le déluge changea les rues en rivières boueuses. Les égouts débordaient, transformant les quartiers les plus bas en véritables lacs. Les berges du canal sillonnant la ville, d'ordinaire si paisibles et pittoresques, furent submergées en un temps record. Les flots impétueux recouvraient les quais, infiltraient les rues adjacentes, charriant des débris et emportant tout sur leur passage.

Au loin, l'océan s'était déchaîné bien avant que la furie des éléments n'atteigne la côte. Des vagues gigantesques, de plusieurs mètres de haut, s'écrasaient à présent sur le port, propulsant des geysers d'eau salée dans les airs. Bien que solidement amarrés, les bateaux furent ballottés comme des coquilles de noix avant de s'échouer contre les quais. Les plus frêles se disloquèrent dans une série de craquements sinistres. Impuissants depuis leurs abris surélevés, marins et pêcheurs ne purent qu'assister à la perte de leur outil de travail, englouti par la mer hostile, quand les digues, pourtant construites pour résister aux plus terribles intempéries, cédèrent, laissant les eaux tout envahir.

L'épreuve la plus brutale survint après l'œil du typhon. D'abord s'installa un calme paradoxal, comme une rémission lumineuse au milieu du chaos. Les habitants savaient que cette accalmie n'était qu'un répit trompeur[1]. Après son

1. L'œil d'un typhon est, paradoxalement, une zone de vents calmes et de temps clément.

passage, le cataclysme redoubla de fureur. Les rafales, aux pointes de plus de deux cents kilomètres par heure, faisaient trembler les fondations des bâtiments. Les vitres qui avaient résisté jusque-là éclatèrent sous la pression, projetant des éclats de verre à l'intérieur des maisons et transformant les objets du quotidien en armes mortelles.

De nombreux toits furent arrachés comme des couvercles, exposant l'intérieur des habitations à la pluie et au vent. Certains immeubles, fragilisés par l'érosion et des années de mauvais entretien, s'effondrèrent dans un fracas assourdissant. Leurs débris se mêlèrent au torrent boueux qui dictait sa loi, charriant, tels des fétus de paille, les voitures incapables de résister au courant. Dans des nuages d'étincelles, les arbres déracinés s'effondraient sur les lignes électriques et, bientôt, la ville entière plongea dans les ténèbres.

Les équipes de pompiers, bloquées dans leurs casernes, attendaient que les éléments s'apaisent pour s'aventurer dehors. Leurs radios crépitaient de rapports désespérés. Bâtiments détruits, familles piégées par les eaux, personnes blessées, disparues ou tuées.

Le quartier historique de Bikan, avec ses rues pavées et ses maisons traditionnelles blanchies à la chaux, n'échappa pas à ce triste sort. Ses tuiles noires caractéristiques, emblèmes du patrimoine local, étaient éparpillées au sol, brisées comme de vulgaires coquillages. Les arbres bordant les rues avaient cédé et les canaux avaient débordé, inondant les allées piétonnes.

Pour ceux qui, comme Alice et Sora, avaient trouvé refuge dans des centres d'évacuation, la nuit s'annonçait longue et éprouvante. Le déchaînement de la tempête combiné à la promiscuité empêchait le moindre repos. Entassées dans des salles sombres, tentant de réconforter leurs enfants terrifiés, les familles écoutaient avec une angoisse sourde le rugissement de la nature au-dessus de leurs têtes.

Lorsqu'enfin le typhon daigna s'éloigner, il laissa derrière lui une ville dévastée. Les habitants, hébétés, commencèrent à sortir de leurs abris pour constater l'ampleur des dégâts dans un mélange de stupeur et de résignation.

Kurashiki mettrait des semaines, voire des mois à retrouver un semblant de normalité. Les cicatrices laissées par la catastrophe, matérielles et psychologiques, mettraient bien plus longtemps à se refermer.

Comme beaucoup d'autres, Alice et Sora se retrouvèrent sans emploi. Le textile, principale industrie de la région, ne s'était pas relevé des inondations et leur employeur, en proie à d'importantes difficultés financières, cessa de faire appel à elles. Pourtant, Sora s'accrochait à cette vie, la plus tranquille à ce jour, et conservait l'espoir de rebondir en dépit du sinistre. Mais Alice, pragmatique et désabusée, prit une décision radicale. Elles devaient partir. Hiroshima serait leur nouvelle destination.

Et, malgré son désarroi, Sora n'eut d'autre choix que de suivre sa mère, une fois encore.

Malgré sa taille, Hiroshima jouissait d'une atmosphère plus calme et apaisée que tout ce qu'elles avaient connu jusque-là. Loin du chaos d'Osaka, exubérante, et de la densité de Kobe, nichée entre mer et montagne. Plus aérée, et malgré les vestiges, cicatrices à ciel ouvert d'un passé traumatique, la ville offrait un véritable florilège d'architecture moderne, de larges boulevards, de grands parcs et une atmosphère paisible, qui leur permettait de se fondre dans la masse.

Après un début d'hiver particulièrement rude, durant lequel les deux femmes luttèrent, seulement pourvues de couvertures trop fines, contre le froid et l'humidité qui s'immisçaient à travers les fenêtres mal isolées de l'auberge de jeunesse où elles s'étaient réfugiées, Alice trouva un emploi de nuit, à l'ouest de la ville, à la signalisation de chantier. Elle appréciait les horaires décalés et l'anonymat procuré par l'obscurité. Son corps, quoique affaibli par la fatigue et les douleurs constantes qui la rongeaient depuis des mois, tenait bon. Sora, quant à elle, travaillait la journée à la plonge dans un restaurant de quartier.

Une nuit glaciale de février, Alice luttait contre l'épuisement, un gilet fluorescent sur le dos, une lampe télescopique à la main. Le vent sifflait entre les grues métalliques du chantier, soulevant des nuages de poussière que la lumière des projecteurs peinait à transpercer. Les couches de vêtements qu'elle portait ne suffisaient pas à la protéger du froid.

Depuis plusieurs semaines, elle mangeait à peine. Dès qu'elle avalait un quelconque aliment, son ventre devenait le berceau d'une douleur à peine soutenable. Les crises avaient commencé peu après la catastrophe de Kurashiki. Au début, elle croyait à de simples crampes d'estomac, qu'elle mettait sur le compte du stress et du manque de sommeil. Mais avec le temps, la douleur s'était aggravée, au point parfois de la plier en deux et de l'obliger à s'isoler pour ne pas alarmer Sora. Jusqu'à présent, elle avait réussi à lui cacher ces épisodes, mais elle savait que son corps finirait par la trahir.

En réalité, c'est son état général qui l'avait décidée à s'installer dans une grande ville. Elle devait trouver un médecin qui accepte de l'examiner sans poser de questions ni exiger une somme d'argent trop importante.

Une voix l'extirpa de ses pensées. Un homme équipé d'une lampe s'approchait d'elle. Il lui serra la main et l'informa qu'il prenait la relève. Soulagée, Alice lui sourit faiblement avant d'entrer dans le préfabriqué où les travailleurs prenaient leurs pauses. Une chaleur bienvenue lui arracha un frisson. Elle se versa une tasse de thé brûlant et s'assit sur une chaise en plastique, face à la fenêtre.

Dehors, la livraison de matériaux se poursuivait, des camions s'alignaient les uns derrière les autres, déchargeant des tonnes de béton et d'acier sous l'œil attentif des caméras. Le système de sécurité surveillait la machinerie coûteuse, pas les petites mains qui gravitaient autour. Comme ses collègues, Alice n'était qu'une ombre, une marginale qui évoluait sur un fil ténu, entre l'existence et l'oubli.

À des kilomètres de là, dans un appartement de standing de la banlieue proche de Hiroshima, un homme menait une tout autre vie, affalé dans un fauteuil de *gamer*, entouré de douze écrans high-tech qui baignaient son visage d'une lumière bleue artificielle. Devant lui, des images défilaient. Des séquences de vidéosurveillance en noir et blanc capturées par des caméras disséminées à travers la ville. Sur son bureau, une tablette affichait un avis de recherche. Les visages d'Alice et Sora, tirés de vieilles photos, précédaient un court texte détaillant leur évolution physique et la récompense pour toute information qui mènerait à leur capture. Une somme en cryptomonnaie. Colossale.

L'homme engloutit une canette de soda. C'était cette prime qui l'avait poussé à se mettre en chasse. Membre actif d'un forum obscur, pendant des semaines il avait passé au crible les villes de son département, son terrain de jeu, via les caméras qu'il pouvait pirater. Ce soir, il terminait de s'approprier celles de sept domiciles privés et plusieurs entrepôts d'une grande chaîne de magasins.

Les dernières informations communiquées par la plateforme dataient de cinq ans. Les deux femmes avaient été aperçues à Osaka et Kobe en 2013, puis plus rien. Leur trace s'était perdue. Il était persuadé qu'elles n'étaient pas remontées vers Tokyo. Elles se cachaient peut-être quelque part ici, dans la préfecture de Hiroshima. Pour lui, c'était comme une partie de pêche. Il avait lancé sa ligne numérique et attendait sagement que ça morde, sans bouger de son siège. Cela pouvait prendre du temps, mais il savait que sa patience finirait par payer.

Il n'était pas le seul à leurs trousses. Sur le forum qu'il fréquentait assidûment, l'effervescence était à son comble. Les membres voulaient tous décrocher le gros lot. Et comme chacun d'entre eux, il était prêt à tout pour gagner un maximum de fric.

42

Hiroshima
Mars 2019

Alice et Sora avaient réussi, pour une bouchée de pain, à échanger leur vieille camionnette contre un van plus ancien, mais suffisamment spacieux pour qu'elles y entassent leurs maigres possessions.

Alice se gara non loin du chantier de Kure, près de la base navale, à vingt minutes d'Hiroshima, où elle travaillait depuis le début des travaux. Sa silhouette filiforme se découpa dans l'ombre du soleil couchant tandis qu'elle descendait du véhicule avant d'en claquer la portière. Les dernières fleurs de cerisier de la saison tourbillonnaient au gré du vent. Alice avait perdu beaucoup de poids. Ses crises, de plus en plus fréquentes, la rongeaient de l'intérieur et les médicaments qu'elle se procurait sans ordonnance ne calmaient plus ses accès de douleur.

Elle traversa la zone balisée du chantier et se dirigea, comme chaque soir, vers le préfabriqué réservé au personnel. À l'intérieur, elle enfila son gilet fluorescent et se força à avaler l'onigiri acheté sur la route. Le goût fade de l'algue et du riz froid encore en bouche, elle releva son collègue et commença son quart.

Plusieurs heures plus tard, elle constata que la relève était une fois de plus en retard. Elle récupéra ses affaires dans le local et se posta légèrement à l'écart, adossée à une pile de matériaux.

Une ombre émergea alors de l'obscurité.

— Hé, toi là ! lança une voix masculine, d'un ton autoritaire.

Alice se retourna et se retrouva nez à nez avec un pistolet.

— Pas d'esclandre, je veux juste te parler.

L'homme, vêtu de noir et le visage perclus de cicatrices, ne lui rappelait personne. Sans doute un sbire des Aragaki. Ces sangsues n'avaient jamais lâché prise.

— Comment m'as-tu retrouvée ?

— Grâce à un petit mouton assez doué et bien informé, répondit-il en désignant d'un mouvement de tête une des caméras de surveillance du chantier.

Pirater des caméras privées n'était pas anodin et Alice comprit que les moyens mis en œuvre pour les traquer étaient bien plus importants qu'elle ne l'avait imaginé.

— Le clan ne souhaite ni ta mort ni celle de ta fille, reprit l'inconnu. Au contraire.

— Ah bon, et pourquoi ? s'étonna Alice.

— Tu as prouvé ta valeur. Tu as de la méthode, du sang-froid. Tes compétences pourraient nous être utiles. Ta fille est encore un peu tendre, mais c'est pas un souci.

— On est libres ! s'exclama-t-elle. On ne sera jamais vos pantins. Plutôt crever.

— Réfléchis bien, Ayumi…

Entendre son véritable prénom fit à Alice l'effet d'un uppercut en plein estomac.

— Où que tu ailles, on te retrouvera. Tu n'as nulle part où te cacher. Tu n'as qu'une seule solution, te rendre.

— Qui est Shaun ? coupa Alice, désespérée de comprendre. Toru, ou un autre de vos salopards ?

L'homme resta de marbre.

— Dis-moi où est ta fille, et tu sauras tout.

Alice ne céda pas à la panique. Ils n'avaient pas retrouvé Sora. Tout n'était donc pas perdu.

— Va te faire foutre, asséna-t-elle.

Le regard de l'inconnu se durcit. Il tapota doucement la crosse de son arme.

— Il n'y a aucun avenir pour vous ici. Et tu le sais. Bientôt, vous n'aurez plus aucun endroit où aller.

C'est alors que le remplaçant d'Alice se décida à arriver.

— Alice ! Désolé pour le retard… lança son collègue, visiblement exténué.

L'homme en noir se retourna et braqua son arme sur le malheureux.

— Un pas de plus, et je te fais sauter le caisson.

Le pauvre type leva les mains, terrorisé. Alice sentit son sang se glacer.

— Alice, hein ? Joli prénom. On n'est plus au pays des merveilles, ma belle. Arrête tes enfantillages et rends-toi, maintenant.

Alice réfléchit à toute vitesse. Convaincue que l'homme n'oserait pas tirer en pleine rue, elle fit volte-face et s'élança vers les barrières du chantier, en se faufilant entre les panneaux et les tas de matériaux. Derrière elle, elle entendit l'homme en noir jurer.

Elle courut, le cœur battant à tout rompre, consciente qu'abandonner un innocent derrière elle n'était pas l'idée du siècle. Mais elle n'avait pas d'autre choix. Au mieux, l'homme de main des Aragaki la poursuivrait, laissant la vie sauve à son collègue.

Voyant Alice disparaître dans la nuit, l'inconnu poussa un long soupir de lassitude.

Tu peux courir, Ayumi. Rien ne presse. On finira par t'avoir. Et si tu refuses de te rendre sans résistance, on fera tout pour que tu n'aies plus d'autre option que de nous rejoindre.

Puis, se tournant vers son otage terrorisé, il l'entraîna à l'abri des regards, dans un recoin du chantier.

— Je n'ai rien contre toi, mais je suis obligé, marmonna-t-il en sortant un couteau effilé.

Malgré ses supplications, il empala le pauvre surveillant d'un coup sec et précis, juste en dessous du plexus solaire, et garda sa lame ainsi, en veillant à la faire jouer dans ses entrailles, jusqu'à ce que le malheureux rende son dernier souffle.

Enfin, il accompagna la dépouille jusqu'au sol et, calmement, téléphona à son complice.

— C'est moi. Comment va le gentil petit mouton qui nous a rencardés ? Mal, j'espère ?

— Je lui ai déjà réglé son compte. Tu me prends pour qui, connard ? cracha la voix à l'autre bout du fil.

— Dommage, il aurait pu nous être utile. Mais les ordres sont les ordres.

43

Mercredi 19 juin 2024

Installée dans un coin du café, Noémie observait distraitement la grande tour qui se dressait à quelques mètres à peine, de l'autre côté de la rue. Le béton lisse et les reflets métalliques du gratte-ciel projetaient une ombre imposante sur leur table, située près de la baie vitrée.

En face d'elle, Hayato, les bras croisés et les traits tirés, s'agaçait du brouhaha ambiant et du cliquetis des couverts des clients autour d'eux.

— Franchement, c'est à désespérer, lâcha-t-il enfin. Comment tu veux qu'on avance avec une communication aussi merdique entre services ? À croire qu'ils vivent chacun sur une planète différente.

Noémie hocha la tête sans rien dire. Juste après leur arrivée à Hiroshima, le chef de la police locale, un homme affable mais peu loquace, leur avait proposé d'émettre un avis de recherche pour Kudo. Furibond, Hayato l'avait envoyé promener. Cet officier, aux antipodes de celui de Kobe, lui avait semblé si mou, si déconnecté ! *Sérieusement, un avis de recherche ?* C'était la meilleure façon d'alarmer le détective.

Hayato tapotait nerveusement la table du bout des doigts. Non seulement sa commande n'arrivait pas, mais ici, contrairement à Kobe et à Osaka, aucun homicide récent ne venait étayer leur enquête. Rien. Le vide total.

Noémie interrompit ses ressassements en posant un rapport sur la table.

— Voilà nos notes, sur la fouille faite avec Akane de la base de données des homicides de la préfecture, commença-t-elle en attrapant son café encore chaud. On a bossé en ligne pendant des heures. C'est d'ailleurs elle qui a trouvé le dossier qui nous intéresse.

Elle jeta un coup d'œil à la structure imposante à travers la baie vitrée.

— Cette tour correspond à l'emplacement où l'assassinat a eu lieu. Le meurtre d'un employé de chantier, en avril 2019.

— Six ans après le double homicide de Takasago, murmura Hayato. Tu ne trouves pas ça étrange ?

— Si, bien sûr, mais regarde, répondit-elle en pointant du doigt une des feuilles du dossier. Il s'agit du même mode opératoire que celui de la Veuve blanche.

Contre toute attente, Hayato fixa sa collègue, un sourire en coin.

— Ça te dirait d'entrer dans mon arène cognitive ?

Noémie se demanda s'il ne couvait pas quelque chose. L'arène cognitive était une sorte de sanctuaire mental où Hayato s'enfermait pour faire le point sur les enquêtes complexes. Il n'y conviait jamais personne.

— On a assez d'infos pour tenter l'expérience, ajouta-t-il, mais il nous manque un élément essentiel, et je n'arrive pas à mettre le doigt dessus. J'ai du mal à cerner la psychologie d'Ayumi Inoue. Si c'est bien elle qui se cache derrière ces meurtres depuis 2009, il y a forcément un lien entre eux ou avec son passé qu'on ne voit pas, ou qu'on sous-estime.

— Ce délai de six ans entre les meurtres, tu penses que ça pourrait être une phase de latence dans son parcours criminel ?

— C'est possible, concéda Hayato. À moins qu'on en ait loupé d'autres entre-temps. Non, ce que j'aimerais comprendre, c'est pourquoi elle recommencerait à tuer alors qu'elle s'est donné tant de mal pour qu'on la croie morte.

— Tu sais ce qu'on dit : les tueurs en série sont incapables de s'arrêter. Elle a sûrement été rattrapée par ses pulsions.

— Je n'imagine pas Ayumi correspondre à ce profil. Sa psychologie est plus complexe que ça. Ça n'aurait aucun sens, à moins qu'elle ait été en danger… Elle ou sa fille, qui pourrait être cette Sora, dont on a déjà croisé le nom à deux reprises.

Hayato acquiesça.

— C'est pour ça que je voulais tenter l'expérience avec toi. Alors, de quel danger parle-t-on ? Qui les poursuivait ?

Noémie haussa les épaules.

— On va devoir réfléchir à toutes les explications possibles, même les plus improbables.

— *Surtout* les plus improbables, rectifia Hayato. Les criminels ne pensent pas comme nous. Il faut se mettre à leur niveau pour les comprendre.

— Il faut tout envisager. La Veuve blanche a tué beaucoup de monde, mais au risque de te choquer, je ne suis pas certaine qu'elle soit une criminelle dans l'âme. Je suis bien placée pour te dire qu'une mère est capable du pire pour défendre son enfant. Il n'y a rien de plus humain.

Noémie reporta à nouveau son attention sur ses notes.

— Le meurtre de 2019… Selon la déposition d'un ouvrier, un homme a fait irruption sur le chantier, en accusant une employée, une certaine Alice, du meurtre de leur collègue.

— On sait qui est cet homme ? demanda Hayato.

— Il faisait nuit, et il a disparu aussi vite qu'il était arrivé. Personne n'a pu le décrire avec précision.

— Qui était cette Alice ?

— Une employée à la journée. Elle n'est plus réapparue après l'incident. La police n'a pas retrouvé sa trace. Ça pourrait être Ayumi Inoue. Tout comme Sora pourrait être sa fille, Mari.

— Si on pousse ce raisonnement plus loin, relança Hayato, cet homme qui a accusé Alice pourrait l'avoir menacée directement. L'a-t-il rattrapée ? Dans le cas contraire, où a-t-elle fui ?

— J'imagine qu'elle s'est échappée, et notre piste s'arrête ici. Sous la vidéo, personne d'autre n'a fait état de crimes imputables à la Veuve blanche après celui de Hiroshima. Mais ça ne veut pas dire qu'il n'y en a pas eu…

— Je suis d'accord avec toi. Pour avoir le fin mot de cette histoire, il va falloir trouver un moyen de relancer cette enquête. J'ai un plan, et pour le mettre en œuvre, il faudrait que tu rentres à Tokyo.

— Tu vas rester seul ici ?

— La police locale est là en cas de besoin. Par contre, dans la capitale, il n'y a qu'à toi que je peux faire confiance.

— Je ne comprends pas. Tu ne pourrais pas être un peu plus explicite ?

Gêné, Hayato se mit à scruter la salle à la recherche d'un serveur. Pourquoi diable sa commande tardait-elle autant ?

— Je t'expliquerai ça en temps et en heure. En attendant, profite de ta fille. Et n'oublie surtout pas de lui ramener un petit souvenir, sinon c'est moi qui vais trinquer.

44

Iinan
Mars 2019

— Le Japon n'est pas si grand. À ce rythme, on n'aura plus aucun endroit où aller, tempêta Sora en frappant l'eau sulfureuse de son bain du plat de la main.

Puis, en contemplant sa tache de naissance :

— On va devoir se tenir à l'écart des grandes villes. Pour de bon, cette fois.

Alice ne réagit pas tout de suite. Elle était allongée à côté, le regard fixé vers le plafond couvert de bois patiné, comme si y étaient inscrites les réponses à toutes ses questions. Le *super sento*[1] où elles avaient trouvé refuge était une vieille bâtisse perchée sur les hauteurs d'un village de la préfecture de Shimane, la moins peuplée du Japon. Les touristes ne s'y aventuraient presque jamais et les habitants eux-mêmes avaient peu à peu déserté les lieux. Ce cadre leur offrait une sécurité temporaire, un endroit où souffler depuis leur fuite précipitée d'Hiroshima.

Elles avaient roulé pendant des jours, de village en village, toujours plus loin vers l'ouest pour semer leurs éventuels

1. Bains publics indépendants dotés de nombreux services (sauna, hammam, restaurants...).

poursuivants. Alice était parvenue à intérioriser sa peur, à ne pas craquer. Mais ici, dans la chaleur humide des sources thermales, son corps lâchait prise. Ses muscles semblaient se liquéfier. Son esprit vacillait. Les paroles de l'homme en noir tournaient en boucle dans sa tête.

Tu as prouvé ta valeur.

Elle grimaça intérieurement. De quelle valeur parlait-il ? Elle n'était qu'une lâche. Elle avait fui, abandonnant son collègue à une mort certaine. Sa culpabilité l'étouffait. Depuis son départ de Tokyo, à chacune de leurs étapes, son âme se morcelait davantage. Et maintenant, elle se trouvait là, immergée dans cette eau brûlante censée la purifier, mais qui ne faisait qu'ouvrir la porte à ses démons. Son corps était un récipient vide et son esprit, un désert. Si Sora n'avait pas été là…

— Hé, tu m'écoutes ?

Sa fille la dévisageait avec insistance, agacée par son silence.

— Je te demande si tu as une idée de la suite.

Alice se redressa, attrapa sa serviette et épongea son front ruisselant.

— Oui. J'ai un endroit en tête. Après ça, je ne sais pas.

Sora secoua la tête, exaspérée.

— Ces enfoirés s'amusent avec nous. Peu importe qu'ils échouent, ils savent qu'à la longue, ils nous auront.

Le constat de Sora était d'une lucidité implacable. Les hommes de main des Aragaki jouaient avec elles comme des chats avec des souris, leur donnant l'illusion de s'échapper pour mieux resserrer l'étau autour d'elles. À Hiroshima,

Alice avait eu un avant-goût de ce qui les attendait. Le clan s'était arrangé pour lui faire porter le chapeau sans pour autant révéler son identité. Pour le grand public, une certaine Alice avait tué un collègue de travail. Sa disparition l'incriminait de façon évidente. En somme, les faux papiers fournis par la *yonigeya* étaient cramés.

Elles ne pouvaient que fuir en avant, toujours plus loin des grandes villes. Toujours plus proches de l'oubli.

Jusqu'où cela continuerait-il ?

— Tu veux y retourner ? lança-t-elle soudain, sans trop savoir pourquoi. Ou si tu préfères t'en aller de ton côté, je comprendrais…

Sora, plongée dans l'eau jusqu'au cou, tourna la tête vers elle, une serviette en équilibre précaire sur son crâne.

— Ça va pas ou quoi ? Si j'avais voulu me barrer, ce serait fait depuis longtemps. Quoi qu'on dise, quoi que tu aies fait… Tu es ma mère. Je te l'ai déjà dit. On va traverser ça ensemble, et sans…

Elle laissa la phrase en suspens, et Alice la termina pour elle.

— Sans tuer qui que ce soit. J'ai compris.

Alice s'enfonça à son tour dans l'eau brûlante et ferma les yeux un instant, incapable d'apaiser son esprit tourmenté.

— Je voulais juste être sûre, murmura-t-elle pour elle-même. Tu sais, ils ne veulent pas notre mort. Ils veulent qu'on rejoigne le clan.

Sora bondit presque hors de l'eau.

— Plutôt crever !

Alice ne put s'empêcher de sourire. Sa fille venait d'employer les mêmes mots qu'elle avait elle-même crachés à la face de l'homme en noir.

Oui, plutôt mourir que de devenir leurs marionnettes.

Elle était prête à tout, même à sacrifier sa vie pour que Sora trouve la paix.

45

Vendredi 21 juin 2024

La semaine de Noémie avait été un tourbillon. De retour à Tokyo, elle avait reçu, trois semaines après sa visite, un courrier de son ex-conjoint Naoki, assorti d'une note officielle de son avocat. Une nouvelle guerre pour la garde de Manon était officiellement déclarée. Pour ne rien arranger, ses journées éraient surchargées de travail : à peine le temps de serrer sa fille dans ses bras, d'échanger quelques mots furtifs avec ses parents, et déjà le devoir l'arrachait à eux.

Ce jour-là, elle passa à l'agence prendre des nouvelles de Gaku, sorti depuis peu de l'hôpital, et en profita pour solliciter une nouvelle fois Akane, avec l'assentiment de l'ancien yakuza et de Maki. L'affaire Komano entrait dans une phase où TLS devenait spectatrice, suspendue aux audiences du tribunal.

Plus tard, dans l'antre du Sakuragawa, Noémie et Akane, qui découvrait le repaire de la cellule Sakura pour la première fois, passèrent le reste de la journée à écrire le script français et japonais de la prochaine vidéo de Genji.

Une idée de Hayato pour donner un coup de fouet à l'enquête qui s'enlisait.

Samedi 22 juin 2024

Le lendemain se tint le tournage dans le studio – ou plutôt la garçonnière – du vidéaste. Pour l'occasion, à la demande de Noémie, Tetsuya se joignit à eux. Fan absolu des *Dossiers noirs*, doué pour la création de contenu, il participa aux derniers réglages. Déco, lumières d'ambiance, son, prompteur. Juché sur un marchepied, il filma Genji, sous un angle différent de celui dont ce dernier avait l'habitude : frontal, en légère plongée. Sur son trente-et-un, le français se tenait debout, dos à son bureau, et arborait un sourire niais. Fidèle à lui-même, Zac Fortier, que la présence de Tetsuya n'intimidait pas le moins du monde, redoublait de mièvreries et les deux femmes étaient coincées à bord de son manège de séduction pathétique.

La lieutenante dut élever la voix pour qu'il retrouve un semblant de sérieux, avant de donner le signal. Akane démarra le prompteur et le youtubeur se lança.

Ossu la *team* ! Comment ça va chez vous ? Me revoilà avec une courte vidéo un peu spéciale. Aujourd'hui, il n'est nullement question d'un nouveau *Dossier noir*. Non. Aujourd'hui, j'ai besoin de vous. De la puissance de la relation qui nous unit.

Genji fronça les sourcils en prononçant ces derniers mots, à mille lieues de ceux qu'il choisirait et qui le faisaient passer pour un vieux politicard à la noix, mais le regard que lui lança Noémie éteignit toute velléité de contestation.

En fin d'année dernière, je vous ai concocté le *Dossier noir* n° 4, au sujet de la Veuve blanche. Vous vous en souvenez sans doute. Cette vidéo est l'une des plus visionnées de ma chaîne, et je vous en remercie !

Genji marqua une pause et joignit les mains en signe de reconnaissance.

Il y a une piste que je souhaite creuser et pour ça, j'ai besoin de votre aide. Je m'adresse à l'ensemble de ma communauté, mais surtout à ceux qui vivent ici, au Japon. Pourriez-vous me communiquer toute information au sujet de crimes commis dans le sud du pays depuis 2019 ? Selon ce qu'on trouvera, je monterai peut-être une suite au « Crépuscule de la Veuve blanche »...

La vidéo fut tournée en une prise. Genji invita Tetsuya à l'aider pour le montage, qui leur prit toute la journée du lendemain, avant de publier le contenu en ligne.

Jeudi 27 juin 2024

Une semaine s'était écoulée. Une éternité pour Hayato, qui revenait d'une énième ronde infructueuse. Hiroshima lui paraissait plus hermétique que jamais.

Épaulé par la police locale, elle-même assistée de ses indics, il avait gratté la surface, dans l'idée de dénicher une antenne du Réseau. En vain. Pourtant, elle devait bien exister.

C'est sur ses ordres que Noémie avait regagné Tokyo (pour le plus grand bonheur de Manon) et poussé Genji à mobiliser une nouvelle fois ses abonnés par le biais d'une nouvelle vidéo. Le but était de récolter la moindre information, le moindre détail concernant une ou plusieurs affaires passées inaperçues. De quoi trouver un indice les menant à leur prochaine destination.

En opérant de la sorte, Hayato espérait également provoquer *quelqu'un*. Suffisamment pour faire basculer l'enquête.

À peine rentré au poste, dégoulinant de sueur, il attendit l'heure de se connecter en faisant un sort à une dizaine de brochettes de poulet. Noémie l'avait convié à une réunion urgente en ligne. La vidéo avait fait des milliers de vues et des centaines de commentaires. Malgré cette effervescence, 99 % des contributions des internautes, entre théories fumeuses et remarques désinvoltes, furent difficiles à vérifier.

Mais l'initiative avait porté ses fruits.

Le poisson avait mordu à l'hameçon.

La porte du QG de la cellule Sakura coulissa et un agent en uniforme invita Genji à entrer. Le Français, tout guilleret, était fasciné par ce quartier général, décentralisé dans un lieu si atypique.

— Ça serait canon de tourner ici ! dit-il en guise de salutations.

— Qui sait, ça pourrait se faire, à certaines conditions, répondit Noémie. Allez, dépêche-toi, Casanova, on est en retard.

Ils rejoignirent Hayato en ligne, que la lieutenante trouva inhabituellement tendu, certainement du fait de voir autant de monde dans sa tanière en son absence. Noémie lui exposa la situation. Parmi le flot de visiteurs, Darkshadow avait adressé un étrange message crypté par e-mail à Genji.

— Je m'attendais à ce que Darkshadow réagisse, mais pas de cette manière, concéda le capitaine, dubitatif.

— C'est peut-être un piège, répondit la lieutenante après avoir traduit sa remarque en français pour Genji, qui donnait l'impression de nager en plein rêve.

Akane, quant à elle, ne perdait pas une miette de l'interaction entre les deux flics.

— Je ne pense pas, répondit Hayato. D'après ce que tu me dis, le message ne comporte ni ultimatum ni menace déguisée. Le code semble n'être là que pour sécuriser l'échange. Autrement dit, s'assurer qu'il soit transmis sans tomber entre les mains d'un tiers. Pour agir de la sorte, Darkshadow est au courant de notre implication et de notre lien avec Genji, ça ne fait aucun doute.

— Je suis très étonnée qu'il ne s'en prenne pas à lui, comme il a pu le faire avec nous, rebondit Akane.

Hayato marqua son assentiment d'un bref hochement de tête.

— Je partage ton avis. C'est quelqu'un de précautionneux, qui ne laisse rien au hasard. À mon avis, il sait que la cryptographie est l'une de mes spécialités. Voilà qui est décidément bien troublant…

Noémie ouvrit une fenêtre de conversation, y colla le code et, d'un clic, l'envoya à Hayato.

Quand n vaudra deux, accepterez-vous, le cas échéant, et avec les honneurs, d'imaginer une issue différente à tout cela ? Émettrez-vous la bonne hypothèse ? Obligé par la présente, le choix marquera le début d'un voyage plus difficile, éclairant à lui seul vos sentiments. Ville après ville, île après île. Mer après mer. Adulé par tous ceux que vous croiserez, ce pèlerinage effilera votre âme qui, poursuivant l'accomplissement de son destin, sur les flots déchaînés, cinglera inexorablement vers son but, en ne perdant rien de sa substance dorée. De son côté, nu, érodé, le corps, assemblage de chair, éteindra pour un temps l'immense appétit de la Terre.

Quand n vaudra un, à l'épicentre des souvenirs, kaléidoscope hypnotique, une Vérité vous attendra, menaçante, absolue, mortelle. Oserez-vous l'approcher, tapi dans l'ombre, ou subirez-vous sa loi sans équivoque ? Le risque 0 n'existe pas. En dépit des apparences, 7 vaut mieux que 8. 7 vaut aussi mieux que 2. Il se pourrait que ce jour-là, létal, malheureux, où que vous soyez, un tournant ait lieu, rappelant à quel point le Destin peut être cruel. Revêtu de ses plus beaux atours. Annonciateur de la fin du monde.

— Je pige que dalle, s'exclama Genji, vite rabroué par Noémie.

— Qu'est-ce qu'il a dit ? grogna Hayato, concentré sur sa lecture.

— Comme moi, il ne comprend pas un traître mot à ce charabia. Et si Darkshadow cherchait à nous faire perdre du temps, encore une fois ?

— Je ne pense pas, intervint Akane. Si c'est aussi élaboré, c'est que doit être important.

Hayato n'écoutait qu'à moitié. Il était déjà en train d'éliminer mentalement la plupart des méthodes de déchiffrage de son inventaire, pour n'en garder que les plus logiques.

Les deux paragraphes distincts commençant par « Quand n vaut… » indiquaient clairement que la clé de chiffrement changeait en cours de route. Après plusieurs tentatives, Hayato testa le code de Trevanion, qui consistait à relever la énième lettre après chaque signe de ponctuation, en fonction de n, la clé.

— Par exemple, expliqua-t-il, si n vaut deux, alors il faut prendre note de la deuxième lettre de chaque mot qui suit un signe de ponctuation.

Il écrivit sur une feuille, qu'il tendit ensuite devant son écran.

A**c**cepterez-vous, l**e** cas échéant, e**t** avec… = **cet**

— Donnez-moi quinze minutes, ajouta-t-il. Je m'occupe du reste.

Pendant que, stupéfait, le trio assis au Sakuragawa se demandait d'où Hayato tirait sa maîtrise d'un domaine si ardu, ce dernier obtint le message suivant :

cet imbécile de fouineur est à kumamOto
LE 77 Il mourRA

— Kumamoto ? répéta Hayato pour lui-même. Le 77 est une date, c'est indiqué noir sur blanc par « il se pourrait, que ce jour-là ». 77, 7/7, soit le 7 juillet. Quant au *fouineur*, ça ne peut être que Kudo.

— C'est dans moins de deux semaines ! s'exclama Noémie, avant de tout expliquer au youtubeur.

— Peut-être que Darkshadow le retient prisonnier ? osa Genji dans un japonais hésitant. Qu'il faut le libérer avant le 7 juillet ?

— Mais alors, pourquoi le message n'indique-t-il pas clairement qu'il est prisonnier ? fit remarquer Akane, sceptique. *Cet imbécile de fouineur est à Kumamoto.* L'image que cela m'évoque, c'est celle de Jun furetant dans les rues de la ville, et non enfermé dans une pièce sombre…

— J'irais même jusqu'à dire que ton patron n'a pas la moindre idée de la menace qui plane sur lui, ajouta Hayato en se redressant légèrement sur son siège.

— C'est étrange, admit Noémie. Pourquoi nous prévenir et nous offrir une chance de le sauver, si son but est de nous ralentir ? Ça n'a pas de sens. À moins que…

— À moins qu'il cherche à nous aider, termina Hayato. La question mérite d'être posée. Et dans ce cas, qu'est-ce qui a pu lui arriver pour qu'il change d'avis à ce point ?

— Il ne reste que dix jours, nota Akane. C'est peu et beaucoup à la fois.

— C'est un autre mystère à résoudre, dit Hayato. Pourquoi cette date du 7 juillet et pas une autre ?

Que se passerait-il, ce jour-là ?

En cela, la fin du texte leur apparut particulièrement porteuse de sens.

Il se pourrait que ce jour-là, létal, malheureux, où que vous soyez, un tournant ait lieu, rappelant à quel point le Destin peut être cruel. Revêtu de ses plus beaux atours. Annonciateur de la fin du monde.

Il mourRA.

— Je m'arrange pour revenir dans les meilleurs délais, annonça Noémie.

— Ce n'est pas la peine, contra Hayato.

— Pardon ?

— J'aimerais que tu profites de ces prochains jours pour te pencher sur l'une des grosses zones d'ombre de cette affaire. La supposée mort de Mari, la fille de la Veuve blanche.

— Tu penses que c'est elle, Darkshadow ?

— Je n'exclus rien.

Son regard se posa sur la détective privée.

— Akane, je n'ai pas eu l'occasion de te remercier pour ton aide pendant qu'on était à Hiroshima. Si tu as le temps de filer un nouveau coup de main à Noémie, ça nous serait très utile, sourit-il.

— Je suis partante. Et je pense que Gaku ne s'y opposera pas, au contraire. Merci pour ta confiance.

Hayato marqua un court silence avant de reprendre.

— Ah, Noémie, autre chose…

— Quoi donc ?

— Essaie de te ménager, si tu le peux. Et de passer davantage de temps avec ta fille. Vous en avez besoin, toutes les deux.

46

Nishihara
Mai 2019

Après avoir passé la préfecture de Yamaguchi, Alice serra un peu plus fort le volant du vieux van. Le pont Kanmon se dressait devant elles, immense structure de métal surélevée reliant Honshū à l'île de Kyūshū. Sora, assise à ses côtés, ne put retenir un sifflement admiratif. Elles n'étaient jamais allées aussi loin. Tokyo était maintenant à mille kilomètres derrière elles, un souvenir lointain, presque irréel, dans cette fuite éperdue à travers le pays.

— C'est magnifique… murmura la jeune femme, son regard rivé sur l'océan étincelant en contrebas.

Le soleil de midi projetait ses rayons sur la surface de l'eau, transformée en une étendue miroitante. Un chalutier fendait les vagues, indifférent aux drames qui se jouaient au-dessus de lui. Les collines de Kitakyūshū se découpaient à l'horizon, leur verdure éclatante contrastant avec le bleu intense du ciel. Le décor était digne d'une carte postale, si bien que, pendant un instant, Alice et Sora s'autorisèrent à se perdre dans la beauté du paysage.

Après plusieurs heures de route, elles atteignirent une petite ville endormie au bord de l'océan. Le vieux van avait besoin de carburant. Quelques pêcheurs déchargeaient leurs filets remplis de poissons frais, des mouettes tournaient dans le ciel en piaillant. Alice en profita pour se dégourdir les jambes. Elle s'étira, observant les maisons de bois gris qui bordaient la petite rue principale. Cet endroit respirait la tranquillité, mais elles ne pouvaient pas rester ici trop longtemps. Après une courte pause, elles s'éloignèrent, abandonnant le littoral et ses promesses de liberté inaccessibles.

Elles se dirigeaient vers le mont Aso, dans la préfecture de Kumamoto. Une zone isolée, difficile d'accès, loin des grandes routes et des villes animées. Exactement ce dont elles avaient besoin. Alice opta pour un itinéraire plus long, mais aussi plus discret. Les routes sinueuses et les cols escarpés les mèneraient au cœur de la campagne, où personne ne penserait à les chercher, du moins pas tout de suite.

Le van peinait à gravir les pentes abruptes. Le paysage défilait lentement, succession de montagnes verdoyantes et de vallées encaissées. À chaque virage, le véhicule tanguait dangereusement ce qui ne troublait aucunement Alice, concentrée sur leur destination.

Sora, quant à elle, observait silencieusement le panorama. La fatigue du voyage l'accablait, mais elle n'en laissait rien paraître. Elle partageait la détermination silencieuse de sa mère. Se retrouver ici, sur ces routes perdues, loin de tout, lui paraissait à la fois irréel et apaisant. Pour la première fois depuis leurs années à Kurashiki, elle avait le sentiment qu'un semblant de paix se profilait à l'horizon.

Elles arrivèrent le lendemain.

La campagne qui s'étendait à perte de vue était d'une beauté à couper le souffle. Les pâturages étaient parsemés de vaches paissant tranquillement. Le temps semblait s'être arrêté. Au loin, le volcan se dressait majestueusement, ses flancs recouverts de végétation dense. Alice gara le van près d'une vieille cabane en bois, située non loin d'un relais de montagne.

Leur hôte, contacté via l'un des netcafés où elles s'étaient arrêtées avant de traverser le pont Kanmon, les attendait. Un homme d'un certain âge, coiffé d'un chapeau de paille, le visage buriné par des années passées au grand air. Il les salua chaleureusement et les invita à entrer dans la cabane, avant de leur proposer un thé vert assorti d'indications sur le village où elles venaient de poser le pied.

— Nishihara, c'est tout petit, expliqua-t-il en versant le thé dans des tasses en céramique. On est à peine six mille dans le coin. La majorité des gens travaillent dans les champs ou avec les bêtes. C'est l'endroit idéal pour ceux qui cherchent la tranquillité.

Un endroit reculé, où elles disparaîtraient des radars, du moins pour un temps.

Au prix d'une vie austère.

47

Nishihara
Avril 2020

Mère et fille gravissaient le sentier qui serpentait à travers les collines du mont Aso, leurs pas écrasant les hautes herbes encore humides de rosée matinale. Le vent qui caressait leurs visages chassait les derniers nuages accrochant le sommet en contre-haut. Depuis leur arrivée dans la région, Sora avait senti un changement s'opérer. Sa mère, d'ordinaire si inflexible, s'était adoucie, ouverte à elle. Une complicité nouvelle s'était peu à peu installée. Une relation plus tendre, plus spontanée.

Alice fatiguait plus vite. Son teint, autrefois éclatant, s'était terni. Certaines nuits, elle gémissait dans son sommeil en s'agrippant l'estomac comme s'il menaçait de se détacher de son abdomen. Des signes qu'elle s'efforçait de dissimuler sous un sourire bravache et des excuses toujours à point nommé.

Loin d'être dupe, Sora savait sa mère malade et trop fière pour le reconnaître. La voir décliner ainsi la désespérait. Refusant de rester les bras croisés, elle se lança discrètement à la recherche d'un professionnel de santé. La cruelle réalité la rattrapa alors : ce coin paumé était un vrai désert médical. Une situation aggravée par la situation sanitaire du pays, tétanisé par la pandémie de covid-19 et dont les hôpitaux saturaient. Elle se jura cependant de ne pas renoncer.

Aujourd'hui, Sora prévoyait une petite surprise pour les cinquante ans d'Alice. Rien de grandiose, bien sûr. Sa mère ne souhaitait pas de grandes célébrations. Alors Sora avait opté pour la simplicité : une balade dans la montagne suivie d'un bain chaud dans une source thermale repérée quelques jours plus tôt. Un programme simple, qui suffirait à marquer le coup.

À mi-chemin, le sentier se rétrécit, les menant à une petite clairière où l'herbe était plus dense, signe que personne n'avait marché ici depuis des lustres. La tête haute, Alice avançait d'un pas assuré, comme si rien ne pouvait l'atteindre.

Elles firent une pause près d'un enclos à moutons.

Sora sourit en voyant sa mère observer les bêtes avec un intérêt qu'elle ne lui avait jamais vu. Elle choisit cet instant de quiétude pour lui offrir le cadeau qu'elle avait soigneusement choisi lors de l'une de leurs rares escapades en ville : un nouveau foulard, destiné à remplacer celui d'autrefois, qu'Alice portait depuis plus d'une décennie.

Lorsque sa mère déplia le tissu blanc, symbole de pureté, une vague d'émotion la submergea. Les larmes montèrent, silencieuses, et elle serra sa fille dans ses bras frêles. À cet instant, Alice se fit une promesse. Le serment de ne pas laisser la maladie l'emporter.

Alors que toutes deux séchaient leurs larmes, un berger, vêtu d'un vieux blouson usé, s'approcha. Un sourire chaleureux éclairait ses traits ridés par le soleil.

— C'est une belle journée pour une promenade, hein ?

Pour toute réponse, Sora hocha la tête.

— Vous êtes du coin ? demanda-t-il.

Alice répondit simplement qu'elles étaient de passage, sans s'attarder sur les détails.

Il leur désigna alors ses bêtes avec une fierté non dissimulée.

— J'ai commencé il y a deux ans. Moutons, brebis, agneaux… Et attention, tout est naturel ici. Pas de pesticides, pas d'engrais chimiques. On suit les traditions anciennes d'Aso. Il y a plus d'un millénaire, les habitants amenaient déjà leurs bêtes dans ces montagnes pour entretenir les plaines. Mon rêve, c'est qu'il y ait un jour plus de mille moutons dans ces collines.

Tandis qu'elle écoutait distraitement le discours passionné du vieil homme, un détail rejaillit dans l'esprit de Sora. Un logo, entrevu il y a plus de dix ans chez les Aragaki, s'y dessina avec une netteté troublante un mouton au sourire dément. Comme si une pièce orpheline venait enfin de trouver sa place dans la mosaïque de sa mémoire. Et, grâce à ce souvenir, lui revint le nom de la plateforme que sa cousine Minami avait autrefois mentionnée. Celle qui permettait de perpétrer toutes sortes d'actes illégaux. Et mêmes criminels.

Gérée par oncle Toru et la famille Aragaki.

La Bergerie.

48

Vendredi 28 juin 2024

— Kumamoto ? Vous en êtes sûrs ?

Gaku ne tenait plus en place. Le stress le faisait arpenter nerveusement la pièce, soufflant bruyamment, tel un animal acculé. Ses poings se crispaient à chaque pas, comme s'il affrontait un adversaire invisible.

Fidèle à elle-même, Akane observait la scène en sirotant calmement son café, adossée au mur. Son optimisme mesuré, comme toujours, contrastait avec la tension qui saturait la pièce.

— On le saura assez vite, répliqua Noémie en posant son gobelet.

— Laissez-moi y aller, dit Gaku.

— Que tu rappliques avec tes gros sabots serait la dernière chose à faire, rétorqua Akane. On ne sait pas où il est exactement, ni ce qu'il trame ou quel danger il court. Je sais que c'est difficile, mais il vaut mieux laisser Hayato gérer la situation là-bas jusqu'au bout.

Sa voix, quoique douce, ne laissait aucune place à la discussion. Elle savait comment tempérer les ardeurs de Gaku, surtout dans des moments comme celui-ci, où le stress de son associé menaçait de tout emporter sur son passage.

— Elle a raison, renchérit Maki depuis son bureau, sans quitter son écran des yeux.

La voix de la doyenne de l'agence avait un poids non négligeable.

Gaku soupira bruyamment en se laissant tomber sur sa chaise.

— Je reste moi-même à Tokyo, expliqua Noémie. J'ai besoin de l'aide de TLS sur un vieux dossier.

— Lequel ?

— Il me faut un maximum d'informations sur Mari Inoue, la fille de la Veuve blanche, poursuivit la lieutenante. Il est possible qu'elle se cache derrière le pseudonyme de Darkshadow.

Akane, qui avait assisté à la réunion en ligne avec Hayato, précisa la demande. Il fut finalement convenu que Gaku, encore convalescent et bien trop nerveux pour mener ce genre de tâche, resterait à l'agence pour en assurer la gestion, tandis qu'Akane aiderait Noémie dans ses recherches.

Il ne fallut pas longtemps aux deux femmes pour découvrir une information qui bouleversa complètement la donne : Mari Inoue ne s'appelait plus Inoue depuis 2006. Elle avait changé pour Mari Aragaki.

— Aragaki, Aragaki, répétait Akane, le regard perdu dans le vide. C'est loin d'être un nom de famille courant. Et j'en connais un, justement, de Aragaki…

Ses yeux se plantèrent dans ceux de Noémie.

— Toru Aragaki. Le politicien, continua-t-elle. Pour tout te dire, j'ai croisé ce type dans un bar où je bossais comme hôtesse. Je l'ai même fait picoler.

— T'es sérieuse ?

— Évidemment. Ce vieux porc n'arrêtait pas de poser ses pattes sur moi.

Abasourdie, Noémie relut le certificat d'état civil, pour être sûre.

— Ça ferait de la Veuve blanche sa belle-sœur, déduisit-elle.

— Tu imagines le scandale si on apportait la preuve que la Veuve blanche et sa fille sont encore en vie ? Ça provoquerait un tollé sans précédent. Selon la presse, ce type est favori pour devenir le nouveau Premier ministre en septembre prochain !

— Pas besoin d'être *profiler* pour comprendre que cette information joue contre lui... Mais de là à ce qu'il soit impliqué dans tout ça ?

— Il suffit qu'il délègue le sale boulot à ses hommes, supposa Akane en haussant les épaules. Il a toute une armée de cerveaux et de petites mains prête à tout pour satisfaire le moindre de ses désirs.

Noémie dressa un tableau hypothétique des faits :

— *La mort d'Ayumi Inoue, en juillet 2009.*

— *La mort de sa fille, six semaines plus tard.*

— *Leur vie à Nishinari, jusqu'à fin 2011.*
> *1 meurtre (*doya*).*

— *Leur vie à Kobe, jusqu'en 2013.*
> *2 meurtres (corps retrouvés à Takasago).*

— *Leur vie du côté de Hiroshima, presque six ans plus tard.*
  > 2 meurtres (1 dans un chantier, l'autre dans un appartement de la banlieue proche).

— *Possibilité d'un ou plusieurs autres homicides.*

Akane constata que cette chronologie avait tout d'une fuite en avant. Cette hypothèse rejoignait celle formulée par Noémie et Hayato à Hiroshima : Ayumi Inoue aurait continué à tuer pendant des années pour protéger sa fille et les éloigner du danger.

Noémie brûlait d'envie de faire son rapport à Hayato. Mais avant cela, il lui restait un dernier boulot, histoire d'aller au fond des choses.

Dresser le profil des membres de la famille Aragaki.

49

Nishihara
Février 2022

Alice était allongée sur son futon, le visage pâle, marqué par la douleur désormais omniprésente. Assise en *seiza*, Sora se penchait sur elle avec une inquiétude qui lui dévorait le cœur. Cela faisait maintenant des mois que la santé de sa mère déclinait sans qu'elle puisse rien y faire. Alice semblait s'effacer chaque jour un peu plus. Sa toux s'accompagnait d'expectorations sanguines. Ses joues étaient creusées, son corps amaigri. La maladie grignotait le peu d'énergie qui lui restait. Elle n'arrivait plus à tenir debout sans soutien.

— Il faut que tu te fasses soigner à l'hôpital, maman, implora Sora. On doit aller à Kumamoto. C'est la plus grande ville de la région, ils pourront te soigner, là-bas. Ta vie vaut le risque de se faire attraper.

La vue d'Alice se brouilla. De mémoire, c'était la première fois que Sora l'appelait maman depuis leurs retrouvailles.

— Tu te trompes, ma chérie… murmura-t-elle. Je ne peux pas… on ne peut pas se le permettre. Plus de faux pas. Tu te souviens ?

Sora serra les poings. Se présenter dans un hôpital les exposerait, certes, mais face à la gravité de la situation, elles n'avaient pas le choix.

— Je ne mérite pas d'être soignée, ajouta Alice après un long silence.

Ses yeux, voilés de tristesse, se fixèrent sur le plafond en bois du petit logement qu'elles occupaient depuis des mois.

— Je ne mérite pas de vivre. Tout ce que j'ai fait… toutes les vies que j'ai prises… Je dois payer pour ça. J'ai déjà la chance immense de pouvoir choisir ma fin…

Sora sentit sa gorge se serrer. Alice portait un fardeau énorme, un poids qui l'écrasait depuis plus de vingt ans. Elle ne parvenait pas à se pardonner, à accepter son droit à une rédemption. Pour elle, la maladie était un châtiment, une punition pour tous les crimes abominables qu'elle avait commis.

Mars 2022

Sora avait finalement trouvé un médecin disposé à examiner Alice incognito. Un praticien à la retraite, qui vivait dans une maison isolée à l'autre bout de la presqu'île et se moquait de leur identité. Lors de leur premier rendez-vous, il avait ausculté Alice et effectué un prélèvement sanguin. Aujourd'hui, il revenait avec des résultats, une enveloppe qu'il sortit de sa sacoche. Il posa un regard grave sur Sora.

— Nous devrions l'hospitaliser le plus vite possible pour approfondir les examens et démarrer un protocole de soins.

— Quel type d'examens ?

— Ceux qui nécessitent un équipement coûteux et fixe. Un scanner, notamment. Je vais être franc avec vous : dans son état actuel, si rien n'est fait… l'issue ne fait aucun doute. On parle de jours, peut-être de semaines.

Ces mots s'abattirent sur Sora comme un coup de tonnerre. Elle tourna la tête vers Alice, à l'affût d'une réaction, une lueur d'espoir dans le regard. Mais sa mère restait de marbre, comme si elle avait déjà accepté son sort.

— Maman, écoute-le, s'il te plaît, supplia-t-elle. Tu ne peux pas continuer comme ça, pas sans te battre. Je t'en prie…

Mais Alice demeura inflexible.

— Je préfère mourir en paix ici, avec toi, que de retourner dans cette société qui ne veut plus de moi. Je ne veux plus fuir.

Avril 2022

Les jours suivants ne furent qu'un long calvaire. Chaque matin, Alice semblait s'éteindre davantage. Avare en paroles et en gestes, elle passait l'essentiel de son temps à préparer Sora à l'inévitable. Elle puisait dans ses maigres ressources pour lui parler de l'avenir, de ce qu'elle devait faire une fois qu'elle serait partie.

Puis, un soir, alors que la fin semblait proche, Alice rassembla ses forces pour lui donner un vieux sac en cuir. À l'intérieur, son *wakizashi*. L'arme qui avait jadis appartenu au père de Sora et avec laquelle Alice avait commis ses crimes. L'unique objet auquel elle tenait vraiment.

— Promets-moi de ne jamais t'en servir, même si ta vie en dépend, murmura Alice, à bout de souffle. Tu as vingt-huit ans et le droit de vivre une vie normale. Le droit de rêver, de trouver l'amour, de fonder une famille. Il n'est pas trop tard. Tu n'as jamais tué personne. Tu es innocente, et, sans moi, tu seras libre.

Sora sentait les larmes couler sur ses joues. C'était la première fois que sa mère lui parlait ainsi, avec tant de douceur, tant d'amour.

— Ne t'inquiète pas pour moi, maman. Je te promets de vivre ma vie du mieux possible.

— Grâce à Dieu, nous avons trouvé refuge dans un endroit merveilleux. Mari… Tant que tu feras profil bas, tu seras à l'abri de ta famille. Jusqu'au jour où tu seras prête à affronter le monde du dessus, sans peur et sans reproches.

Alice sourit faiblement en appelant sa fille par son véritable prénom. Elle s'éteignit paisiblement, au cœur de la nuit, sa main fermement ancrée dans celle de sa fille.

Le surlendemain, dans un ultime acte d'amour et de respect, Sora incinéra sa mère, à Kumamoto. Suivant ses dernières volontés, elle dispersa une partie de ses cendres sur les collines entourant le mont Aso, là où elles avaient trouvé refuge, et garda précieusement le reste dans une petite urne.

Elle la porterait jusqu'à l'emplacement de son ultime repos.

CINQUIÈME PARTIE

« Le destin n'est pas une question de chance. C'est une question de choix.
Il n'est pas quelque chose qu'on doit attendre, mais qu'on doit accomplir. »

William BRYAN

50

Juin 2024

La journée était caniculaire. Mari, qui venait de fêter ses trente ans dans la solitude la plus complète, sirotait un café glacé à une terrasse en étudiant une liasse de documents. Il y avait déjà plusieurs semaines qu'elle avait quitté Nishihara pour Kumamoto, la grande ville des environs, afin de finaliser son départ vers l'île d'Hokkaidō, là où sa mère aurait tant voulu finir ses jours.

Son apparence avait beaucoup changé en quinze ans. Elle n'était plus la gamine d'autrefois : elle avait mûri, gagné en expérience, et savait désormais se fondre dans la masse tout en anticipant le danger.

Ou presque.

La situation s'était tendue une semaine plus tôt, lorsqu'elle s'était retrouvée prise, avec une dizaine d'autres clients, au milieu d'une tentative de vol dans le centre commercial où elle effectuait des achats en prévision de son voyage, juste après avoir retrouvé la trace du Réseau à Kumamoto.

Des images amateurs, où elle apparaissait, avaient été largement relayées dans les médias. Malgré tout, il faudrait un miracle – l'utilisation de l'intelligence artificielle pour vieillir les traits plus juvéniles de l'avis de recherche émis par les Aragaki, couplée à des compétences physionomiques hors normes – pour l'identifier avant qu'elle ne disparaisse à nouveau. Aussi poursuivait-elle ses préparatifs sans s'en soucier. C'était la meilleure chose à faire.

Plongée dans son plan pour le jour J, elle fut soudain approchée par un homme. Grand, costaud, la quarantaine bien tassée, comme en témoignaient ses tempes grisonnantes, il lui fit remarquer sa forte ressemblance physique avec une personne de sa connaissance.

— Ah bon, qui donc ? demanda-t-elle sans se méfier.

L'homme brandit une photo d'Ayumi Inoue, datant de l'époque de l'affaire de la Veuve blanche. Mari contint sa surprise et feint l'ignorance, mais l'individu la perça facilement à jour.

— Je veux juste vous parler. Je peux ?

Elle comprit qu'elle n'avait pas affaire à quelqu'un d'ordinaire. Au vu de ses manières et de son accoutrement, il ne semblait pas appartenir à la clique de son oncle Toru. Ça l'intriguait.

— Vous êtes seul ? demanda-t-elle.

L'inconnu hocha la tête.

Il n'avait aucune raison de mentir, Mari n'avait rien fait de mal, et surtout, elle était en sécurité dans cet endroit grouillant de monde. C'est pourquoi, après une courte hésitation, elle l'invita à s'asseoir pour entendre ce qu'il avait à lui dire.

— Je m'appelle Junichi Kudo. Je viens de Tokyo. Vous êtes bien Mari, la fille d'Ayumi Inoue ?

— Tout dépend à qui je m'adresse. Comment m'avez-vous retrouvée ? C'est encore à cause de cette foutue Bergerie ?

— Foutue quoi ?

Mari le dévisagea.

— Vous êtes qui ?

Son interlocuteur se pencha en avant et lui confia :

— Je suis détective privé. Retrouver les gens, ça fait partie de mon travail. Je connais le phénomène du *jōhatsu* mieux que personne.

— Qui me dit que vous ne me mentez pas ? Que ce n'est pas eux qui vous ont envoyé ?

— Je ne vois pas de quoi ni de qui vous parlez. Je n'agis pour le compte d'aucun client. C'est une affaire personnelle. À vrai dire, la personne que je recherche, ce n'est pas vous, mais votre mère.

Le détective raconta longuement son passé et ce qui le reliait à Ayumi Inoue.

— Quand j'ai compris qu'il était possible qu'elle soit en vie, et qu'elle ait échappé à la police en simulant sa mort, je suis allé au plus près des évaporés, dans ce monde si différent du nôtre... J'y ai enquêté au sujet d'homicides commis après la mort supposée de votre mère. En retraçant la chronologie de ces affaires, j'ai remarqué que la piste s'évanouissait à Hiroshima, où un chef de chantier a fait un signalement correspondant à Ayumi Inoue. J'ai activé le réseau de mes informateurs plus au sud, y compris ici, à Kumamoto. L'un d'eux m'a contacté après avoir visionné les images du vol dans un centre commercial, il croyait avoir reconnu votre mère. Alors qu'en fait, c'était vous.

— C'est insensé ! s'exclama Mari.

— Rien ne l'est quand il s'agit de retrouver celle qui vous a pris l'amour de votre vie, rétorqua Kudo. Je ne regrette pas un instant d'avoir mis mon existence entre parenthèses pour en avoir le cœur net… Même si je courais après un fantôme. Je l'ai fait pour ma santé mentale, et pour la mémoire de Reiko. Ainsi que de notre enfant à naître…

— Votre enfant ? s'étonna Mari.

— Oui. Elle était enceinte quand votre… la Veuve blanche l'a assassinée. Ayumi Inoue a détruit notre avenir.

Kudo étaya ses propos de documents prouvant ce qu'il avançait. La révélation laissa Mari pantoise. L'assassinat d'une femme qui s'apprêtait à donner la vie… Était-ce l'élément déclencheur de la quête de rédemption de sa mère ?

— Laissez-moi vous poser *la* question, poursuivit Kudo. Est-ce que votre mère est vivante ? Si vous êtes là, c'est que vous vous êtes bel et bien toutes les deux échappées, il y a quinze ans.

Touchée en plein cœur, Mari décida de ne rien lui cacher.

— Vous avez raison. Nous nous sommes évaporées à cette époque-là en simulant notre mort. Mais depuis, ma mère est décédée. Je sais que ça ne changera rien pour vous, mais je suis sincèrement désolée, croyez-moi.

Le choc fut rude pour le détective. Il y avait tant de choses qu'il aurait voulu savoir ! Il ne cherchait pas à se venger. De l'eau avait coulé sous les ponts, emportant ses obsessions les plus viles. Les plus primaires. Ce qu'il voulait, c'était tourner la page en affrontant la cause de tous ses malheurs. Se sentir enfin en paix avec lui-même.

— Je sais que ma mère a fait des choses horribles, continua Mari en baissant les yeux. Et que rien de ce que je dirai ne pourra vous réconforter ou soulager votre peine. Mais la moindre des choses que je puisse faire, c'est de répondre à vos questions, si vous le souhaitez.

Passé la sidération, Kudo interrogea Mari sur leur itinéraire au cours des quinze dernières années. Et sur cette « Bergerie » qu'elle avait mentionnée au début de leur conversation.

Mari, qui avait toujours voulu se confier à quelqu'un, lui raconta tout ce qu'elle savait. L'évaporation. Leur lien avec les Aragaki et les multiples tentatives de ces derniers pour les attraper. La véritable nature de la Bergerie, ce forum niché sur le darknet qui offrait à quiconque la possibilité de commanditer ou de perpétrer les pires atrocités, du piratage au meurtre, en passant par l'extorsion ou la fraude. Ce site contrôlé par sa famille en toute illégalité. Certainement la source même du pouvoir de Toru Aragaki.

Kudo se rappela que l'existence de ce type de sites avait été révélée au grand jour l'année précédente, après une série de crimes ignobles, dont l'incendie de la Velvet Tower, dans le quartier de Shinjuku, qui avait fait des centaines de victimes[1]. Cette affaire avait eu des ramifications mondiales.

Ado, Mari avait eu vent du lien entre son oncle Toru et cette plateforme illégale, sans en comprendre la portée exacte. Ses souvenirs ne lui étaient revenus que bien plus tard, lorsqu'elle avait rallié le mont Aso avec sa mère, peu avant la mort de cette dernière. Véritable bombe

1. Cf. *La Colère d'Izanagi*.

à retardement pour le chef du clan Aragaki, Mari détenait le pouvoir de lui nuire ainsi qu'à ses ambitions politiques.

Kudo fut touché par la jeune femme, empêtrée malgré elle dans un épouvantable cauchemar. Il ressentit presque un peu de pitié pour Ayumi, celle qui lui avait tout pris.

Cet instant de faiblesse fut rapidement balayé par le doute insidieux qui le saisit soudain. Il se leva d'un bond, paniqué.

— Venez, il ne faut pas rester là…

— Pourquoi ? s'inquiéta Mari.

— Si les Aragaki sont au courant de votre cavale depuis toutes ces années et qu'ils ne laissent rien au hasard, comme vous le dites, il est probable qu'ils surveillent tous ceux qui, de près ou de loin, ont un lien avec votre mère et vous. Moi y compris.

Mari n'eut pas besoin de plus d'explications et rassembla ses affaires à la va-vite, tandis que le détective scrutait les alentours avec nervosité, honteux d'avoir potentiellement été suivi comme un débutant. Lui qui se targuait d'avoir toujours deux coups d'avance avait foncé sans se retourner, aveuglé par la perspective de retrouver la tueuse de Reiko.

Kudo pointa soudain du doigt les documents que Mari avait empilés sur la table.

— Vous avez un plan en tête, n'est-ce pas ? Dites-moi ce que c'est. Je vous protégerai.

51

Lundi 1er juillet 2024

Arrivé à Kumamoto quatre jours plus tôt, une ville de province très verte, traditionnelle, loin du tumulte et de la verticalité de Tokyo, Hayato avait aussitôt mis la pression sur Kuraki pour obtenir des moyens. L'affaire sur laquelle il travaillait présentait un enjeu capital et était bien plus complexe qu'elle ne le laissait paraître à première vue. La dernière vidéo du fameux Genji, un coup d'éclat, aurait pu faire basculer le dossier dans la lumière, c'est vrai, mais le surintendant avait réussi à garder la situation sous contrôle. Kuraki bouillonnait de colère. Cela dit, il ne voulait pas que ce cas se transforme en cirque médiatique. Il misa donc tout sur sa résolution rapide.

Seul flic du DPMT dépêché sur place, Hayato se retrouvait en terrain hostile, entouré de policiers préfectoraux trop peu souvent confrontés à la grande criminalité. Dès le début, il leur avait mené la vie dure. Il n'avait ni la patience ni le temps pour leurs méthodes lentes et bureaucratiques. Comme partout avant qu'il ne soit nommé à la tête de la cellule Sakura, sa manière de faire ne plaisait à personne. On le disait arrogant, nonchalant et méprisant. Mais peu lui importait.

Tout ce qui comptait pour lui, c'était de résoudre l'affaire.

Son objectif était double. D'un côté, ratisser la ville à la recherche de Kudo. De l'autre, retrouver Ayumi Inoue (alias Alice) et sa fille Mari (alias Sora).

Trois fantômes.

À cela s'ajoutait la traque de l'antenne locale du Réseau, cette organisation clandestine qui aidait les évaporés à survivre loin des radars.

Les caméras de surveillance de la ville avaient été réquisitionnées. Hayato, qui en dépit de ses manies ne pouvait pas tout analyser seul, avait confié la difficile tâche du visionnage des vidéos à des subordonnés, notamment de celles en lien avec les actes criminels récents commis dans la ville. Les policiers préfectoraux, agacés d'être réduits au rôle de simples opérateurs, n'eurent d'autre choix que d'obéir.

Disposant de photos d'Ayumi et Mari vieillies par l'intelligence artificielle, ils reconnurent cette dernière sur les images d'un incident au centre commercial Aeon, à l'ouest de la ville. Une tentative de vol. Cette piste orienta les recherches vers certains quartiers de la ville, bien que Hayato eût insisté pour ne négliger aucun autre secteur.

Lorsqu'il contacta Noémie pour lui faire part de sa trouvaille, celle-ci, assistée d'Akane, venait de finaliser son rapport sur le clan Aragaki.

À l'autre bout de la ligne, la voix de la lieutenante trahissait une certaine nervosité. Elle énuméra les membres de la famille du politicien et lut, pour chacun d'entre eux, une courte biographie. Toru, Azusa, Taiki, Niko, Minami…

— Minami ? répéta Hayato.

— Oui. C'est la cousine de Mari. Son aînée de trois ans. Pourquoi ?

Hayato ouvrit la bouche, mais aucun son n'en sortit.

Tout un pan de son passé venait de lui revenir à l'évocation de ce prénom. Minami avait étudié le violon à l'université des Arts de Tokyo, avec sa propre sœur, Suzuka, disparue tragiquement dix ans plus tôt. C'était sa meilleure amie.

L'idée que Minami puisse être celle qui traquait Ayumi et Mari redoubla sa détermination. Il devait absolument la retrouver.

Il avait des réponses à obtenir.

Et des comptes à régler.

52

Mercredi 3 juillet 2024

Mari occupait une petite chambre dans un bâtiment tombé en désuétude de l'ouest de la ville, récupéré et retapé par le Réseau après les tremblements de terre qui avaient ravagé la région en 2016. Oubliée par les promoteurs et ignorée des autorités, la structure servait désormais de refuge temporaire pour les évaporés. La pièce où Mari vivait, spartiate, dotée d'un sol en tatamis, d'un futon et d'une table basse, suffisait à ses besoins. Pas de confort superflu. Juste un toit, quatre murs, et le silence. De quoi reprendre son souffle une dernière fois avant de disparaître pour de bon.

Mari multipliait les entrevues avec Kudo depuis qu'il l'avait retrouvée à la terrasse de ce petit café qu'elle affectionnait. Amadouée par le détective, elle lui avait dévoilé sa planque et lui avait même montré la petite urne funéraire dans laquelle elle gardait les cendres de sa mère. Ils avaient longuement discuté, ce jour-là. Elle lui avait révélé sa volonté de s'exiler à l'autre bout du pays. Un projet mûrement réfléchi, en étroite collaboration avec la *yonigeya* qui l'avait assistée quinze ans plus tôt. Mais cette opération avait un prix, et pas seulement financier. Le danger l'attendait à chaque tournant.

Les jours s'égrenaient, et le grand départ approchait. L'après-midi était déjà bien avancé lorsque Kudo la revit, désireux de connaître les derniers détails de son évacuation, révélés au compte-gouttes par la *yonigeya.* Si Mari lui dévoilait autant d'informations, c'était parce qu'elle en avait appris davantage sur lui, sur ses propres traumatismes. Mais aussi parce qu'elle avait honte de ce que sa mère avait fait. Une part d'elle se méfiait, bien sûr, mais s'il lui avait vraiment voulu du mal, il s'en serait déjà pris à elle, d'une manière ou d'une autre.

— J'ai rendez-vous au port de Yatsushiro, au sud de la ville, près de la zone de fret international, lui confia-t-elle. C'est un endroit isolé, personne ne fait attention aux gens qui vont et viennent là-bas.

— Ils comptent vous extraire par voie maritime ?

— C'est ce qu'ils veulent faire croire. Le vrai trajet commencera en voiture, sur l'autoroute qui mène à Tokyo !

— Ça ne serait pas très malin de faire 1 200 bornes d'une seule traite.

— Ce n'est pas ce qui est prévu. Il y aura un changement, à un endroit que je ne connais pas encore. De là, le voyage se poursuivra par étapes, en empruntant différents moyens de transport. Chaque segment est soigneusement conçu pour brouiller les pistes. Je ne saurai jamais où se trouve le prochain arrêt avant d'y mettre les pieds.

Kudo avait vu de ses propres yeux l'efficacité des *yonigeya*, qui avaient le chic pour lui donner du fil à retordre. Mais il savait aussi que tout ne se passait pas toujours comme prévu. Les erreurs, les failles, les imprévus étaient légion dans ce genre d'opérations.

— Je me trompe peut-être, mais mon intuition me dit que les Aragaki vont tenter de vous coincer avant que vous ne rejoigniez l'île principale. Si j'étais eux, je vous arrêterais ici, dit-il après un silence en pointant du doigt la carte du port où Mari avait rendez-vous.

— Encore faut-il qu'ils sachent que j'y serai, rétorqua-t-elle.

— Ne les sous-estimez pas. Vous l'avez vu, ces gens-là ne reculent devant rien.

Le détective, comme tous les Japonais, connaissait cette famille influente à travers Toru Aragaki, personnage public. Leur clan représentait tout ce qu'il détestait : les passe-droits plutôt que la méritocratie, les polémiques plutôt que le dialogue constructif, sans parler des idées très controversées qu'ils véhiculaient sur le futur de la nation.

Kudo avait tiré au clair l'histoire de la Veuve blanche. Le feu de sa vengeance s'était éteint. Ne restaient que des braises rougeoyantes de colère contre lui-même. Se jeter corps et âme dans cette quête insensée n'avait en rien atténué la douleur qui lui rongeait le cœur.

Rien ne pouvait combler le vide laissé par son amour perdu.

La vidéo de Genji avait mis sa reconstruction à rude épreuve. Elle lui avait rappelé ses manquements, que ce cauchemar ne disparaîtrait jamais complètement. Kudo traînerait toujours cette fatalité, où qu'il aille. Quoi qu'il fasse.

Apprendre qu'Ayumi Inoue avait vécu toutes ces années, cachée, en compagnie de Mari, lui laissait un goût amer. La

Veuve blanche avait semble-t-il changé, tenté de protéger son enfant, de redevenir une mère.

Mais cette rédemption tardive suffisait-elle à pardonner ses actes ?

Au fond de lui, Kudo s'y refusait. Son cœur ne pouvait passer l'éponge sur tant d'horreurs, sur la perte déchirante de Reiko et de leur enfant à naître. Mais sa raison murmurait autre chose. Se montrer altruiste.

Aider Mari à s'enfuir.

Pour cela, ne devrait-il pas refaire surface et contacter ses associés, ou même la police ?

C'est ce qu'il proposa à la jeune femme.

— Votre implication a déjà forcé la *yonigeya* à réviser son protocole, répondit-elle. Si vous prévenez vos associés, à la dernière minute qui plus est, ils risquent de tout annuler. C'est hors de question. Quant à la police, ce n'est même pas envisageable !

— Si vous n'avez tué personne, vous n'avez rien à craindre.

— Je pensais que vous l'aviez compris. Ce n'est pas la police ni la justice que je crains, mais ma famille.

Kudo soupira. Selon lui, une réapparition publique la protégerait contre les Aragaki, mais son avis importait peu. Mari avait fait son choix et c'était tout ce qui comptait. Lui devait se contenter d'envisager toutes les éventualités. C'était son métier, après tout. Et même son credo. Ce qu'il enseignait à Akane.

Avoir toujours deux coups d'avance.

Mari le regardait fixement.

— Ça va ? Vous n'avez pas l'air dans votre assiette. Dites-le-moi, si vous ne le sentez pas. Je me débrouillerai toute seule.

— Tout va bien, je vous assure. Il y a quand même de quoi être tendu ! Vous prenez un très gros risque, et jusqu'à preuve du contraire, je suis un détective privé. Pas un super-héros.

53

Jeudi 4 juillet 2024

Kudo sortit de sa tanière pour faire quelques courses. Tête basse, épaules voûtées, le détective privé s'efforçait de passer inaperçu. Il portait un simple jean délavé et un *hoodie* gris, assez éloignés de son style habituel et soigneusement choisis pour se fondre dans le paysage. Il avait la désagréable impression d'être observé depuis plusieurs jours. Kumamoto, moins dense et plus calme que Tokyo, offrait moins de solutions de repli. Ceux qui cherchaient Mari étaient tenaces et lui n'était qu'un vulgaire obstacle sur leur chemin.

Il se faufila dans le magasin d'une grande enseigne, au milieu de la foule, sans baisser sa garde un seul instant, à l'affût du moindre geste trop assuré ou regard appuyé. Ses emplettes terminées, il emprunta un chemin détourné pour rejoindre la deuxième auberge de jeunesse où il séjournait depuis son arrivée à Kumamoto, un établissement niché dans une ruelle, impossible à repérer au premier coup d'œil.

Dégoulinant de sueur, son sac de courses à la main, Kudo entra dans le hall quasi désert. La réceptionniste interrompit la lecture de son magazine pour le saluer d'un bref signe de tête. Il se dirigeait vers l'ascenseur lorsqu'un jeune homme affalé dans un fauteuil l'interpella.

— Junichi Kudo, je présume.

Le détective se retourna pour découvrir un gamin au look punk et à la coiffure négligée. Ce dernier sortit un insigne de sa poche et l'inclina de façon qu'il ne soit vu que de lui.

— Capitaine Ishida, police métropolitaine de Tokyo. Je ne vous veux aucun mal.

Kudo resta immobile. Ses pensées filaient à toute vitesse. De par son apparence, ce gamin n'était pas un flic ordinaire. Mais surtout, il représentait le DPMT. Il s'attendait à ce que, à la suite de sa disparition, Gaku et Akane ne soient pas restés inactifs, mais jamais à ce que l'élite de la police nationale soit mobilisée pour lui ! Immédiatement, son cerveau intégra cette nouvelle donnée. La présence accrue des forces de l'ordre dans la ville changeait la donne, à trois jours seulement de l'extraction de Mari.

— Si je suis ici, c'est parce que vos collègues se font du souci pour vous, ajouta Hayato. Heureux de constater que vous êtes en un seul morceau.

Kudo se retrouva dans la peau de Mari, lorsqu'il l'avait abordée quelques jours plus tôt.

— Comment m'avez-vous retrouvé ?

Le flic évoqua avec nonchalance la surveillance vidéo du supermarché où il avait l'habitude de faire ses courses. Il connaissait son talon d'Achille, ce qui signifiait que la police avait engagé des moyens conséquents pour remonter jusqu'à lui.

— Alors votre mission s'arrête ici, intima Kudo.

Le policier se leva et le toisa.

— Avez-vous retrouvé la Veuve blanche ?

Sans surprise, ce gamin avait compris la raison de sa disparition volontaire.

— Oui et non, avoua-t-il.

Le capitaine désigna du bras les sièges derrière lui.

— Pourquoi ne pas discuter tranquillement ? Vous n'avez rien à craindre, j'ai des hommes en civil qui quadrillent discrètement le secteur.

Kudo regarda autour de lui, anxieux, avant de s'asseoir.

— En quoi ça vous intéresse ? lança-t-il, méfiant.

— Si Ayumi Inoue est toujours vivante, il ne faudrait pas que vous vous mettiez hors la loi en faisant quelque chose de stupide.

— Ça ne risque pas. Elle est morte il y a deux ans.

Le flic intégra l'information sans réagir outre mesure. Kudo n'eut même pas le temps de se demander s'il devait ou non lui révéler l'existence de la fille de la tueuse en série.

— C'est Mari Aragaki qui vous l'a dit, c'est ça ?

— Je vois que vous êtes très bien renseigné.

— Elle est ici, à Kumamoto ?

Après une courte hésitation, Kudo acquiesça.

Ishida sourit tout en secouant la tête.

— C'est fort, ce qu'elles ont réussi à faire. Se jouer de la police et disparaître pendant près de quinze ans.

Le policier lui raconta en détail comment ils avaient remonté sa trace après avoir été contactés par ses associés. Il lui parla de la vidéo de Genji et des commentaires au sujet des homicides perpétrés après 2009, l'année de la mort supposée de la Veuve blanche.

— Pour les meurtres, la petite m'a tout raconté, expliqua Kudo sur un ton grave. Sa mère a tué ceux qui tentaient de les capturer, à Osaka puis à Kobe.

— Et Hiroshima ?

— Apparemment, ce n'est pas de son fait.

— Nous verrons bien. Pour corroborer tout ça, il faut que vous me disiez où se trouve Mari.

Kudo déglutit. Il était à la croisée des chemins. S'il accédait à la requête du policier, Mari Aragaki pourrait dire adieu à ses rêves de grand Nord, à cette liberté qu'elle touchait du doigt après tant de souffrances. Ce type allait probablement l'interpeller et l'interroger pour faire toute la lumière sur sa cavale avec sa mère. Ses espoirs d'échapper à sa famille partiraient alors en fumée. Que son innocence soit établie ou qu'elle finisse derrière les barreaux, ils sauraient où elle se trouvait et n'auraient plus qu'à la cueillir.

Au fond de lui, sans pouvoir le prouver, Kudo ne doutait pas des dires de la jeune femme. Elle n'avait rien d'une meurtrière, c'était sa mère, la Veuve blanche, qui s'était rendue coupable de ces nouveaux homicides. Mari n'avait fait que survivre à ses côtés.

Ses doutes, exprimés lors de leur dernière discussion, remontèrent à la surface. Devait-il pour son bien prévenir la police des projets qu'elle nourrissait ?

Indécis, il opta pour une solution intermédiaire qui, espérait-il, laisserait à Mari le choix de sa destinée. Lentement, il sortit un téléphone jetable de sa poche et composa son numéro.

54

— Il y a quelqu'un ici qui souhaite vous parler.

— Comment ça ? répondit Mari d'une voix où perçait la panique. Personne ne sait que… Attendez, ne me dites pas qu'ils vous ont eu ?

— Non, ne vous inquiétez pas. Je veux juste que vous écoutiez ce qu'il a à vous dire. Et promettez-moi de ne pas raccrocher.

Hayato prit le relais. D'un ton neutre, il se présenta brièvement, avant d'entrer dans le vif du sujet :

— Je vais être honnête avec vous. Mon job consistait à retrouver le détective Kudo. C'est fait, mais ça a soulevé beaucoup de zones d'ombre. J'ai besoin que vous me racontiez ce qu'il s'est passé ces quinze dernières années. Sachez que je ne suis pas là pour vous accuser. Je veux juste comprendre.

Mari inspira profondément et, d'une voix tremblante, commença à faire le récit de sa cavale avec sa mère. Des bribes d'une vie passée à fuir, toujours sur le qui-vive. Hayato l'écouta en silence, analysant chaque mot, chaque intonation. À mesure qu'elle parlait, le puzzle prenait forme dans son esprit. Lorsqu'elle conclut sur sa peur d'être accusée à tort, il tenta d'expliquer les choses d'une voix posée, sans pour autant la rassurer :

— Ce n'est pas à moi d'en juger. Normalement, mes collègues vous arrêteraient pour tirer tout ça au clair. C'est probablement ce que je devrais faire aussi, en tant que capitaine de police. Mais ça reviendrait à vous jeter dans les griffes d'une famille que vous voulez fuir à tout prix.

Hayato savait exactement ce qu'il faisait. Suivre les règles à la lettre n'était pas son fort, particulièrement lorsqu'elles entraient en conflit avec son instinct. Ce qu'il voulait, c'était qu'elle parle. Qu'elle lui livre tout ce qu'elle savait sur les Aragaki. Mari resta silencieuse quelques secondes avant de craquer :

— Ils sont derrière un site douteux. Ça s'appelle la Bergerie.

Cette révélation fit à Hayato l'effet d'un coup de massue.

— La Bergerie ? Qu'est-ce que vous savez là-dessus ?

— Juste que ça n'a pas l'air très légal. Mais j'imagine qu'ils flippent que j'en parle. Ça pourrait ruiner la réputation de mon oncle. C'est pour ça qu'ils me traquent.

— Avez-vous une idée de qui pourrait se charger de la sale besogne pour Toru Aragaki ?

— Son fils, Niko. Sans hésiter. Il a toujours trempé dans les sales coups de ce genre.

— Et sa fille ?

— Minami ? Non, ça m'étonnerait… C'était comme une grande sœur pour moi. Elle ne ferait jamais ça…

— Vous êtes sûre ?

— Non, mais de toute façon, ils ne m'auront pas. Je serai bientôt partie.

Hayato l'interrogea sur ce dernier point, mais Mari se ferma aussitôt. Il garda pour lui ses soupçons, mais son instinct lui disait que tout cela était lié au message de Darkshadow et à la date du 7 juillet. En tout cas, ces confessions éliminaient Mari des suspects derrière ce pseudonyme.

— Pouvez-vous m'en dire plus au sujet de la *yonigeya* qui vous a aidées à disparaître, à l'époque ?

— Je ne sais pas grand-chose, vous savez. Ce n'est pas moi qui les ai sollicités, mais j'ai encore leur carte.

— Vous pourriez la prendre en photo et me l'envoyer ?

Mari accepta. Il la remercia et ils raccrochèrent.

Hayato se tourna vers Kudo.

— Elle compte disparaître à nouveau. Vous connaissez son plan ?

— Oui. Heure, lieu, transport, tout est prêt.

— J'ai besoin que vous me briefiez là-dessus. Ça me permettra d'intervenir et de garantir votre sécurité.

— Alors vous allez vraiment l'arrêter ?

— Nous verrons le moment venu.

— Qu'est-ce que vous avez en tête ?

— Je vous l'expliquerai une fois que vous m'aurez dit tout ce que vous savez.

La vibration du téléphone interrompit leur conversation. Lorsque Hayato découvrit la photo, stupéfait, il s'empressa d'extraire la carte qu'il gardait toujours avec lui et qui appartenait à sa sœur Suzuka.

C'était la même, à peu de chose près.

En plus du chat noir en équilibre sur un fil, logo de la compagnie, un nom était inscrit sur celle de Mari.

Lifeline

Son estomac se noua tandis qu'un formidable espoir le fit frissonner. Suzuka, décédée dix ans plus tôt dans des circonstances similaires à celles d'Ayumi Inoue, détenait donc la carte d'une *yonigeya*, au nom des plus évocateurs. Avait-elle eu recours à l'évaporation ? Était-elle en sécurité quelque part, loin de tout ? Saine et sauve ?

Il crevait d'envie de se lancer sur ses traces. Mais il fallait, sans tarder, informer Kuraki de la situation : la résurgence de la Bergerie et sa connexion avec Toru Aragaki, le cataclysme que Mari pouvait engendrer et la menace qui pesait sur elle. Cette affaire provoquerait des remous jusque dans les plus hautes sphères du pouvoir !

Il composa le numéro de Noémie. Il lui demanda de transmettre son rapport à leur chef et de lancer une nouvelle recherche sur la plateforme criminelle dirigée par Shaun, dont la localisation échappait à leurs équipes cyber depuis la fin de l'enquête sur Izanagi, sept mois plus tôt.

Lui avait un peu moins de trois jours pour préparer le coup suivant. Celui qui le mènerait dans l'arène où se jouerait le destin de Mari Aragaki et de sa famille.

55

Dimanche 7 juillet 2024

Jour J.

À 6 heures du matin, le soleil était déjà levé, le ciel clair, la température flirtait avec les vingt-cinq degrés. L'orée d'une banale journée d'été dans cette partie de l'archipel, sujette à la canicule.

Mari, flanquée de Kudo, descendit du taxi non loin du point de rendez-vous et parcourut d'un pas peu assuré le dernier kilomètre jusqu'au port encore endormi. Elle n'avait pas apprécié que le détective la mette en relation avec la police, même si le flic qui l'avait questionnée semblait comprendre ses enjeux. De peur de voir capoter le plan mis sur pied de longue haleine pour son départ, elle n'avait pas jugé bon de prévenir Lifeline de ce contretemps.

Visage fermé, casquette vissée sur le crâne, Kudo ouvrait la marche en se répétant à l'envi que, lorsque tout cela serait terminé, il rentrerait à Tokyo pour visiter la tombe de Reiko. Accroupi près de sa stèle funéraire, il lui raconterait son périple et se consacrerait ensuite pleinement à l'agence. Il se donnerait une chance de vivre à nouveau. Sans remords. C'est dans cet état d'esprit qu'il avait contribué aux derniers préparatifs de l'opération.

Le duo atteignit l'extrémité sud des docks. La zone tampon, comme l'appelait Lifeline, disposait d'une visibilité réduite, notamment en raison des containers entreposés sur une centaine de mètres carrés. Les immenses réceptacles en tôle projetaient çà et là des ombres bienvenues. L'une d'elles leur permit de se mettre à l'abri du soleil. Mari se désaltéra tandis que Kudo consultait sa montre.

— On est dans les temps.

— Il reste combien exactement ?

— Trente minutes.

Trente minutes, se répéta Mari intérieurement en jetant un regard inquiet à la ronde. Un compte à rebours insoutenable, à attendre à l'écart du véritable lieu de départ, sorte de sas de décompression à ciel ouvert en cas de menaces extérieures.

Cette attente prit tout son sens lorsque deux berlines noires aux vitres teintées déboulèrent tous moteurs hurlants. Elles se garèrent dans un crissement de pneus entre deux rangées de containers, empêchant toute retraite. Les portes du premier véhicule s'ouvrirent sur trois hommes de main. Celles du second sur deux autres sbires et un trentenaire basané, tout en muscles, au crâne rasé et au visage tordu par l'excitation.

Les liens de sang prévalaient sur les années passées et les évolutions physiques. Un frisson morbide parcourut Mari à la vue de son cousin.

Hilare, Niko Aragaki la dévisageait d'un œil mauvais.

— Ah… Mari, Mari… Tu croyais qu'on ne te retrouverait pas ? OK, on a mis du temps, je te l'accorde. Mais c'est pas l'essentiel, non ?

— Qu'est-ce que tu me veux ?

— Je vais commencer par remercier le gars qui t'accompagne, le génial détective Junichi Kudo, pour avoir fait tout le boulot à notre place. S'il avait pas été là, tu nous aurais encore filé entre les doigts, toutes ces années après !

— Je te jure que je ne sais pas ce qu'il raconte ! dit Kudo paniqué, à l'attention de la jeune femme.

— Cet imbécile se doute bien qu'on le suit depuis un bail… Depuis le tout début, en fait. Comme tous ceux qui sont liés à la Veuve blanche.

Kudo serra les poings. Obnubilé par sa quête de vérité, il avait été épié, utilisé par ce type et son clan.

— Tu sais Mari, reprit Niko, lorsque toi et ta mère vous êtes faites la malle, il y a cinq ans, à Hiroshima, on s'est vraiment retrouvés dans la merde. Mais on ne s'est pas affolés pour autant. En attendant de vous remettre la main dessus, on s'est juste assurés que vous puissiez pas nous nuire publiquement. En surveillant les médias, par exemple. Quand on a découvert que les flics s'étaient mis sur la disparition de Kudo, ici présent, il nous a suffi de le laisser mener l'enquête pour nous. Il nous restait juste à faire le ménage derrière pour compliquer la vie des poulets. Et nous voilà.

— Tu crois que tu me fais peur ? cracha Mari. Si vous ne me laissez pas tranquille, je balancerai tout au sujet de la Bergerie ! C'est ça que tu veux ? Je suis pas sûre que ton père apprécie !

— Tu rêves ! railla Niko. S'il le faut, famille ou pas, j'hésiterai pas à vous buter, toutes les deux.

Niko marqua un temps d'arrêt avant de poursuivre.

— D'ailleurs, où se cache ta psychopathe de mère ? Vous comptez encore foutre le camp en deux vagues, comme il y a quinze ans ?

Les bras de Mari se resserrèrent autour de son vieux sac orné de badges, qui contenait l'urne funéraire.

— Là où elle est, vous pourrez plus jamais l'atteindre, lança-t-elle d'une voix brisée. Elle a réussi à vous échapper toute sa vie. Je suis…

Elle contempla Kudo d'un air triste, hésitante à livrer le fond de sa pensée.

— Tout n'était pas rose, mais je suis fière de la femme qu'elle est devenue après toutes les atrocités qu'elle a commises ! articula-t-elle en levant la tête vers le ciel.

Niko comprit tout de suite. Sa rage se dirigea vers Kudo.

— Et toi t'es là, à l'aider alors que ta vie est foutue à cause d'elle ?

— J'ai mes raisons, se défendit le détective.

— Peu importe… Tant mieux même, ça nous facilite la tâche.

Galvanisé, il agita la main en direction de la seconde berline. Une grande femme svelte, à la peau mate et aux longs cheveux noirs ramenés en queue de cheval, en descendit. Son visage s'adoucit à la vue de Mari.

— Minami ! s'écria cette dernière en retenant ses larmes.

Kudo analysait la situation avec son calme habituel en dépit des circonstances. Il porta la main à son oreille droite.

— Tu bluffes, Niko Aragaki ! lança-t-il soudain. Tu la veux vivante, pas vrai ? Tu obéis aux ordres de papa, comme un bon chien-chien ?

— Toi, ta gueule ! hurla Niko.

— Elle a rien fait. Si tu veux te racheter une conduite, *c'est maintenant ou jamais !* répliqua Kudo.

C'était le signal.

De part et d'autre du dock, les portes des containers s'ouvrirent, d'où surgirent une douzaine de policiers déguisés en agents maritimes, armés et menés par Hayato Ishida. Ils se déployèrent en une fraction de seconde, occupant les moindres recoins du terrain pour sécuriser le passage vers le détective et l'évaporée.

Surpris, Niko, Minami et leurs hommes dégainèrent et se réfugièrent derrière les portières ouvertes de leurs véhicules. Pris de frénésie, Niko tirait à tout-va, enrageant d'avoir été à ce point dupés. Ces connards de flics devaient être en planque depuis des heures !

Sur ordre de Kudo, Mari s'élança à la faveur du chaos à l'opposé de la zone de tir, en direction du dédale de containers. Juste avant de disparaître, elle se tourna vers le détective, les yeux emplis d'un curieux mélange d'incompréhension et de reconnaissance. Avait-il collaboré avec la police dans son dos pour faciliter sa fuite ?

— Ne t'arrête pas ! s'époumona Kudo alors qu'une escouade policière le poussait à l'abri. Ne laisse pas passer cette chance !

Après une ultime hésitation, Mari se volatilisa.

Couvert par le feu nourri de ses hommes, Niko contourna discrètement le dock à la poursuite de sa cousine. Lorsque Kudo s'en aperçut, il se dégagea de l'étreinte policière pour se lancer à ses trousses, manquant de peu d'être touché par les balles qui sifflaient autour de lui. Face au danger, sa garde rapprochée, concentrée sur leurs assaillants, ne tenta pas de le rattraper.

Le labyrinthe portuaire devint le théâtre d'un jeu du chat et de la souris. À bout de souffle, Mari, qui regardait fréquemment par-dessus son épaule, paniquait à l'idée que son cousin ne la rattrape pour lui faire la peau. La peur finit par lui couper les jambes.

Elle trébucha et chuta lourdement sur le sol.

L'urne funéraire se brisa dans son sac. Affolée par ce bruit mat, Mari se releva avec peine.

Niko fondait sur elle.

Mais il n'était plus seul.

À une dizaine de mètres derrière lui, Kudo sprintait comme si sa vie en dépendait. Et, dans son sillage, un flic à la chevelure désordonnée et au look gothique courait comme un pantin désarticulé.

Peu enclin aux efforts physiques, Hayato tentait de reprendre son souffle, haletant, lorsqu'il vit Niko Aragaki faire volte-face, pistolet en main. Sa piètre endurance ne lui avait pas permis de rattraper Mari, Kudo et leur agresseur, mais l'épargna quand l'arme cracha le feu.

Fauché par une balle en plein ventre, le détective privé n'eut pas cette chance.

Bras tendu, canon pointé sur sa cible, Niko revenait lentement sur ses pas pour achever le détective lorsque, dans un hurlement désespéré, Mari l'attaqua par-derrière à l'aide du *wakizashi* maculé des cendres de sa mère. Tout son poids se transféra au sabre courbe, qui traversa l'abdomen de son cousin de part en part avec une aisance déconcertante. Niko étouffa un cri et lâcha son arme, qui échoua sur le sol.

Sortant de sa cachette, Hayato mit le malfrat en joue, tout en esquissant une moue de dégoût à la vue de l'horrible blessure vomissant un flot continu de sang. À genoux, cherchant désespérément de l'air, Niko avait plaqué ses mains sur l'orifice irrégulier béant dans son buste et, incrédule, finit par s'écrouler.

Choquée, le cœur battant à tout rompre, Mari jeta sa lame au loin, comme si son simple contact risquait de la contaminer, et se précipita auprès de Kudo. Elle tenta désespérément de le redresser, avant de le rallonger doucement sur le côté, les mains tremblantes et les joues baignées de larmes.

— Tout ira bien. Vous m'entendez ? Les secours vont arriver très vite, j'en suis sûre, le rassura-t-elle en faisant pression sur la plaie sanguinolente.

Hayato, lui, s'affairait auprès du cousin pour lui porter secours. Mais Niko se débattait avec l'énergie de la rage et du désespoir.

Alors, Mari réalisa qu'à l'entrée du dédale, au loin, les tirs s'étaient tus. Seuls les gémissements des blessés rompaient le silence, et le temps semblait arrêté.

Elle reconnut soudain avec stupéfaction l'ombre qui avançait lentement, les bras ballants, le visage figé dans une expression indéchiffrable. Minami.

— Je ne suis pas armée, déclara cette dernière d'une voix calme.

L'horreur imprégna son regard à la vue de son frère agonisant, mais elle ne fit pas un geste vers lui, comme si un gouffre invisible les séparait.

Hayato contemplait la scène, pétrifié. Il lui semblait qu'un fantôme avait surgi des décombres d'un passé révolu. Un temps où il n'était encore qu'un adolescent, et Minami, la meilleure amie de sa sœur, qui vivait encore.

Contre toute attente, alors que Niko continuait de grogner de douleur et de dépit, Minami s'accroupit aux côtés de Mari et l'enlaça de toutes ses forces.

— Pardonne-moi, sanglota-t-elle. Tu ne peux pas imaginer comme je regrette tout ce que tu as enduré.

Sidérée, la jeune femme continuait de comprimer la blessure de Kudo.

— Qu'est-ce que tu veux dire ?

Quelques mètres plus loin, son cousin mobilisa soudain ce qu'il lui restait d'énergie pour hurler à l'aide.

— Ils ne viendront pas, répliqua Minami d'un ton glacial, sans même détourner le regard.

Entre deux râles, Niko égrenait un chapelet d'insultes qui bientôt se mua en sanglots et supplications. Il implorait sa petite sœur de l'aider mais ses mots s'étranglaient dans sa gorge. Hayato tenta d'approcher de nouveau, mais le blessé le repoussa d'un regard noir, comme un animal acculé.

Toujours serrée contre sa cousine, Minami murmura

d'une voix brisée qu'elle avait attendu ce moment si longtemps. Elle savait. Elle avait toujours su que Mari et sa mère étaient en vie.

Depuis le début.

— C'est moi qui me suis arrangée pour que Lifeline vous vienne en aide, confessa-t-elle. Mais je n'avais pas imaginé que mon père deviendrait si parano. Il craint comme la peste que tu dévoiles l'existence du forum. Il a mobilisé sa communauté pour vous traquer, et j'ai fait semblant de les aider pour avoir une chance de te revoir. Et de te sauver.

— Tu parles de la Bergerie ?

— Donc tu t'en souvenais bel et bien…, souffla Minami en hochant la tête.

— Non. Enfin, ça m'est revenu petit à petit. Pendant des années, maman et moi étions perdues. On savait même pas qui nous en voulait, encore moins pourquoi. Mais… dis-moi…

— Oui ?

— Pourquoi tu ne t'es pas manifestée plus tôt ? Tu pouvais le faire par l'intermédiaire de Lifeline, non ?

Minami soupira.

— J'ai toujours rejeté les méthodes de mon père et de Niko. Mais je ne pouvais pas les trahir sans me mettre gravement en danger. Seule une urgence absolue, comme aujourd'hui, pouvait justifier que je m'expose… Quant à Lifeline, désolée de te décevoir. Ils protègent leurs clients à tout prix. Même moi, qui ai pourtant déclenché leur intervention, n'avais aucun moyen de te contacter.

Minami relâcha son étreinte et, sans hésiter, pressa ses mains sur la plaie de Kudo.

— Maintenant, va-t'en, ordonna-t-elle en poussant doucement Mari de l'épaule. Tu es en retard. Ton destin t'attend de l'autre côté du port.

— Mais je…

— Il faut que tu t'en ailles, Mari. Tu n'auras pas de deuxième chance.

— Et toi, alors ?

Les yeux de la benjamine des Aragaki brillaient d'une résolution douloureuse.

— Ne t'inquiète pas pour moi. Je vais gérer. On se reverra, je te le promets. Et encore une chose : je suis désolée pour ta mère, je sais à quel point tu tenais à elle malgré tout… J'espère que son âme est en paix, à présent.

L'esprit en alerte, Mari se tourna vers Hayato, scrutant le moindre geste, le moindre regard, à l'affût d'un indice trahissant ses intentions. Les mots du capitaine, prononcés d'une voix grave au téléphone quelques jours plus tôt, résonnaient encore en elle.

Normalement, mes collègues vous arrêteraient pour tirer tout ça au clair. C'est probablement ce que je devrais faire aussi, en tant que capitaine de police.

S'il en décidait ainsi, c'en était fini d'elle.

Le regard d'Hayato, inébranlable, croisa le sien. Son arme restait fermement braquée sur Niko Aragaki, mais Mari lut en cette immobilité une permission, tacite et silencieuse. Elle hocha la tête, le visage baigné de larmes. Puis elle susurra un ultime mot à sa cousine. Un souffle. Une promesse.

Ou peut-être un adieu.

Enfin, Mari se redressa, mue par une détermination nouvelle. Elle attrapa son sac et s'élança éperdument vers son destin. Elle ne se retourna pas.

Jusqu'à disparaître dans la lumière dorée du soleil levant.

— L'opération est un succès, capitaine. Tous les suspects ont été arrêtés… sauf un. Mortellement blessé, rapporta quelques minutes plus tard un des hommes de l'escouade de Hayato.

— Et les secours ?

— Ils sont en chemin, répondit un autre.

Au sol, Niko Aragaki gisait, le teint cireux, les yeux fixés sur un ciel immaculé. Le sang qui s'échappait de sa blessure dessinait sur le bitume un large ruisseau pourpre. Son corps fut pris d'un dernier spasme incontrôlé.

Puis, plus rien.

À quelques pas, les joues baignées de larmes, Minami faisait toujours pression sur la blessure de Kudo. Le détective, inconscient, respirait encore. Mais son état augurait du pire.

Les sirènes retentirent enfin, brisant cette atmosphère oppressante, et les secouristes s'empressèrent de prendre Kudo en charge. Alors, Minami, comme libérée d'un poids immense, leva les mains à hauteur de ses épaules en signe de reddition.

Hayato la regarda tendre ses poignets silencieusement aux policiers de Kumamoto et se laisser passer les menottes sans résistance. Tout, en elle, semblait désormais aligné.

ÉPILOGUE

Le même jour

En fin de journée, dans les locaux de la police, Hayato demanda à s'entretenir seul avec Minami Aragaki. Lorsqu'il entra dans la salle d'interrogatoire, le même frisson qui l'avait cloué sur place quelques heures plus tôt le saisit. Cette fois, il prit son courage à deux mains.

Minami le fixait d'un air ébahi, presque enjoué, malgré sa tristesse.

— J'aurais préféré te revoir dans d'autres circonstances, dit-elle.

— Et moi donc. Tu sais pourquoi je suis là…

Elle baissa la tête en soupirant.

— Je m'en doute, oui. J'imagine que tu as fait le rapprochement.

— Je veux l'entendre de ta bouche. Dis-moi que Suzuka est en vie. Dis-le-moi ! s'exclama-t-il en plaquant ses paumes sur la table.

— J'aimerais tant… Mais je ne peux pas te le certifier. J'ai aidé ta sœur à fuir une mort certaine il y a onze ans, tout comme pour Ayumi et Mari plusieurs années avant ça.

Je l'ai mise en contact avec Lifeline, ils se sont occupés de tout et je n'ai plus jamais eu aucune nouvelle. J'ignore où elle peut être.

— Elle était en danger ?

— C'est une longue histoire.

— J'ai tout mon temps. Dis-moi seulement si ma mère était au courant.

Minami acquiesça, l'air désolé.

— Elle était impliquée, oui. Mais comme moi, elle ne savait pas où Suzuka serait emmenée.

Hayato ferma les yeux un instant et réitéra intérieurement sa promesse de retrouver sa sœur. Il se doutait que sa mère l'avait tenu à l'écart de la vérité, mais l'entendre de la bouche de Minami le plongeait dans l'incrédulité.

— Tu n'as pas une idée d'où elle est allée ? reprit-il après avoir ravalé sa tristesse.

— Crois-moi, j'aurais vraiment aimé qu'on me le dise. Suzuka n'avait aucune préférence, alors la *yonigeya* s'est chargée de lui trouver la meilleure destination, d'elle seule connue.

— Tu travailles pour eux ?

— Ce n'est pas exactement ça…

— Alors c'est quoi ?

Minami fit la moue.

— C'est ma façon à moi d'user de l'influence de ma famille, répondit-elle au bout d'un instant. Au lieu de corrompre et de réduire les gens au silence, je leur viens en aide. Mon père n'en sait rien, évidemment. Mon frère non plus…

— C'est pour ça que tu n'as rien fait pour le sauver ?

Minami baissa la tête, accablée de chagrin.

— C'est compliqué. Niko aurait arrêté Mari, j'en suis certaine, et paradoxalement, c'est ton intervention et celle de la police qui a permis sa fuite. Quand j'ai vu mon frère et ce détective au sol, je n'ai pas réfléchi. J'ai laissé mon instinct prendre le dessus, c'est tout.

Hayato se redressa sur sa chaise et prit une grande inspiration.

— Il y a quelque chose que je dois clarifier…

— Je t'écoute.

— Darkshadow, c'est toi ?

Minami soutint le regard du capitaine.

— Qu'est-ce qui te fait dire ça ?

— J'ai compris, grâce au code qui nous a révélé l'endroit où se trouvait Kudo, que la personne qui se cachait derrière ce pseudo cherchait avant tout à protéger les fugitives. En menaçant les internautes qui s'intéressaient de trop près au cas de la Veuve blanche, en permettant à la police de retrouver le détective à sa poursuite et en décourageant toute velléité chez ses associés, sans les tuer… Vu ce que tu me dis du périmètre restreint dont tu disposais pour agir à l'insu de ta famille, tu es la seule à cocher toutes les cases.

Minami hocha la tête.

— Impressionnant. Tu n'as pas usurpé ta réputation. J'étais sûre que tu déchiffrerais le code.

— Tout s'éclaire, ajouta Hayato. Darkshadow n'a pas assassiné l'indic de Kudo, le commerçant d'Osaka, ni l'ancien restaurateur de Kobe. C'est Niko et ses hommes…

— Tout à fait. Si j'avais pu tenir tête à mon frère, ils seraient tous encore en vie.

Hayato se pencha en avant.

— Revenons-en à la Veuve blanche, souffla-t-il. Tu es consciente d'avoir aidé une tueuse en série à s'échapper, il y a quinze ans ?

Minami se prit la tête à deux mains.

— Elles sont ma famille, et tu ne connaissais pas Niko… Pour épargner Mari, j'ai préféré sauver sa mère et les aider à s'évaporer, quitte à ne plus jamais les revoir.

— Tu te doutes de ce que ça va te coûter, pourtant.

Minami ne se déroba pas.

— Toi aussi, tu as laissé filer une potentielle criminelle, tout à l'heure, bluffa-t-elle.

— Il aurait fallu qu'on l'interpelle, oui. Mais je ne sais pas, je n'ai pas réussi à m'y résoudre… Et maintenant, elle s'est volatilisée. Dieu sait où elle se trouve à l'heure qu'il est.

La jeune femme, impassible, feignit l'ignorance. Avant de tourner les talons, Mari lui avait susurré l'endroit où elle se rendait. Un lieu qu'elle garderait secret. Coûte que coûte.

— Qu'est-ce que tu comptes faire, maintenant ? demanda-t-elle.

— Toute cette histoire me prouve que, si on le souhaite, on peut retrouver un être cher. Si Suzuka est là, quelque part, je la retrouverai. Même si ça doit me prendre des années.

Lèvres plissées et gorge nouée, Minami hocha la tête.

— C'était ma meilleure amie. Elle me manque terriblement, à moi aussi. Je suis prête à collaborer, même du fond de ma cellule.

Une semaine plus tard

À Tokyo, Noémie connecta son ordinateur à l'application de visioconférence depuis le bureau du surintendant. Bougon, Hayato attendait à plus de mille kilomètres de là, à Kumamoto.

— J'ai lu ton rapport, commença Kuraki. Tu l'as laissée s'en aller, pas vrai ? lança-t-il sans sourciller.

— La situation était compliquée avec Niko Aragaki qui agonisait, et ça a été un merdier pas possible quand le père a appris que son fils aîné avait passé l'arme à gauche... J'ai préféré me concentrer sur la sœur, Minami.

À travers l'écran, Noémie le regardait, les yeux embués.

— Je sais à quoi tu penses, Hayato, dit-elle. Si Suzuka est vivante, je t'aiderai à la retrouver, du mieux que je peux.

— Tu as bien fait, abonda Kuraki. Dès l'instant où on a appris pour la Bergerie, puis pour Lifeline, le lien avec ta sœur est devenu évident. Que ça t'ait perturbé, c'est normal. Mais tu aurais dû demander des renforts au DPMT.

— Tu sais bien que jamais je ne ferais une telle chose, railla Hayato.

— Quoi qu'il en soit, poursuivit Kuraki, ça n'aurait fait que compliquer la situation. Je ne t'en tiens donc pas rigueur.

Hayato s'approcha de l'écran, les yeux ronds.

— Quelle situation ?

— L'affaire n'a pas été rendue publique. Elle risque même d'être purement et simplement étouffée, et la mort de Niko Aragaki, maquillée pour détourner l'attention. C'est la consigne que j'ai reçue du commissaire général, ce matin. Minami va être relâchée.

Hayato n'en revenait pas. La plus haute autorité du pays ordonnait l'impensable. Toru Aragaki avait décidément le bras extrêmement long !

— J'en suis le premier désolé, conclut Kuraki. Mais nous devons l'accepter.

— Navrée de t'apporter une autre mauvaise nouvelle, enchaîna Noémie. On n'a toujours rien à propos de la Bergerie. Pourtant, on y a passé trois jours non-stop avec les équipes cyber. Akane, qui a croisé Toru dans le monde de la nuit, nous a filé un coup de main.

— C'est un cauchemar, ma parole…

Hayato affichait une mine désabusée.

— Tu rentres quand ? demanda la lieutenante.

— Ce soir.

— Dans ce cas, on se voit demain pour décider de la marche à suivre, rétorqua Kuraki. La cellule Sakura va peut-être devoir faire profil bas quelque temps. Se concentrer sur des sujets, disons… moins politiques. On en profitera pour la développer. Si vous avez des idées…

Hayato et Noémie acquiescèrent de concert.

Et, à leur grande surprise, ils étaient d'accord sur la personne qu'ils aimeraient voir les rejoindre.

Un mois plus tard

Kudo, convalescent, progressait avec précaution le long des allées du cimetière. La lourde opération qu'il avait subie dans la foulée de l'incident du port de Yatsushiro avait laissé des traces. Amaigri et encore affaibli, il était soutenu par Gaku et Akane, silencieux, simplement heureux d'avoir retrouvé leur ami sauf.

Comme il se l'était promis, Kudo venait se recueillir sur la tombe de sa fiancée. Devant la sépulture, il s'affranchit de sa garde et fit quelques pas seul.

— Ça y est, Rei-chan. Je n'oublierai jamais ce qu'il vous est arrivé, à toi et à notre enfant, mais je suis enfin en paix. Quinze ans après, c'est toujours aussi difficile sans toi... mais je ne suis plus seul. Tu sais, j'ai beaucoup hésité entre conserver l'agence ou passer le flambeau, comme on dit. Mais Gaku ne me l'aurait pas permis. Et puis, on croule sous le travail maintenant que Yuta Komano a obtenu gain de cause.

Il se retourna pour gratifier son collègue d'un clin d'œil.

— Tu serais étonnée de voir comme cette tête de mule a changé. Ça reste un voyou, un râleur qui n'en fait qu'à sa tête, mais c'est surtout un super enquêteur. C'est grâce à lui que je me suis accroché pendant toutes ces années. Et puis, je dois former la nouvelle génération. Je te présente Akane. Elle est très jeune, mais déjà tellement douée. Le plus marrant, c'est qu'elle m'apprend autant que je lui enseigne. On a de la chance de l'avoir ! Je ne suis pas sûr qu'elle s'éternise dans le bureau de deux tontons grincheux, mais pour l'instant, tout se passe pour le mieux. Pourvu que ça dure !

Kudo entendit sa collègue étouffer un sanglot dans son dos. Gaku, qui d'ordinaire l'aurait chambrée, se contenta de lui tapoter l'épaule d'un geste maladroit mais sincère. Akane renifla et esquissa un faible sourire.

— Maki voulait venir te voir, continua Jun, mais je lui ai dit de profiter de ses petits-enfants. Elle et Tetsuya, un jeune que j'ai recruté pour le marketing, te transmettent leurs amitiés.

Kudo déposa un petit pot d'iris bleus, symbole d'espoir et de foi, devant la stèle de sa bien-aimée.

— Où que tu sois, Rei-chan, toi et notre bébé : je vous aime, et je ne vous oublie pas. Ne t'inquiète pas pour moi. Je garde le sourire. En attendant le jour de nos retrouvailles dans l'autre monde, je ferai de mon mieux dans celui-ci.

Dans les vastes plaines de Furano, sur l'île d'Hokkaido, le soleil d'août frappait sans merci. Moins étouffant qu'à Tokyo, Osaka ou Hiroshima, mais suffisamment ardent pour que la sueur de Mari coule le long de sa nuque. Une main en visière, elle scrutait l'horizon, captivée par le dégradé arc-en-ciel des champs de fleurs qui s'étendaient à perte de vue. La lavande ondulait sous la brise, une mer mauve infinie qui semblait respirer doucement.

Elle leva son téléphone pour immortaliser la scène, mais ses mains tremblaient. Pas à cause de la chaleur, ni même de l'émotion brute face à cette splendeur naturelle. Ce qui la bouleversait, c'était ce que représentaient ces lieux aux yeux d'Ayumi. Après un long moment immobile, elle descendit la pente, s'agenouilla au milieu des fleurs et, du bout des doigts, caressa les tiges violettes avec tendresse. Ici, elle se sentait proche de sa mère.

Ayumi Inoue était née dans cette région aux hivers rudes et sublimes. Là où Mari avait dispersé dans le vent le reste de ses cendres, un matin aussi lumineux que douloureux.

Revenir ici n'était pas une lubie de sa part. C'était une promesse. Un serment qu'elle s'était fait pour honorer la mémoire de sa mère et retrouver une raison de vivre.

À son arrivée, elle avait décroché un travail dans une ferme, sous une nouvelle identité. Ses journées se déroulaient dans une monotonie laborieuse, loin des rêves qu'elle avait autrefois nourris. Pourtant, cela lui convenait.

Sous ce ciel immense, avec l'odeur entêtante de la lavande et le souvenir d'Ayumi flottant autour d'elle, Mari fut parcourue d'un frisson. Peut-être qu'elle aussi pouvait renaître, comme ces champs qui revenaient à la vie chaque été. Lentement, patiemment. Un pétale à la fois.

C'est ici, au cœur de cette immensité, qu'elle redonnerait enfin un sens au mot liberté.

REMERCIEMENTS

Avec ce sixième roman, le deuxième de la série des Enquêtes de la cellule Sakura (après *La Colère d'Izanagi*), je plonge au cœur d'un phénomène aussi troublant que fascinant : le *jōhatsu*, ces disparitions volontaires qui chaque année concernent près de cent mille personnes au Japon. Un sujet qui me hante depuis longtemps.

Pendant deux ans, j'ai sillonné le terrain, mené des recherches approfondies et recueilli des témoignages inédits. Vivre au Japon et maîtriser la langue m'a ouvert des portes que peu d'étrangers franchissent : celles des professionnels de l'ombre, des détectives privés aux *yonigeya*, ces agences clandestines qui orchestrent des disparitions sur mesure.

Le droit japonais protège avant tout la vie privée. Si un adulte choisit de disparaître et qu'aucun crime passé ou imminent ne lui est lié, les autorités ne lèveront pas le petit doigt. Ouvrir une enquête relève alors du parcours du combattant, entre confidentialité extrême et obstacles administratifs. Un véritable cauchemar pour les familles en quête de réponses, et un boulevard pour ceux qui cherchent à fuir sans laisser de traces.

Pire encore, cette rigidité bureaucratique entrave aussi les affaires criminelles. Le cas de Tiphaine Véron, touriste française disparue à Nikkō en 2018, en est une illustration glaçante. Face aux lenteurs de l'enquête et au silence des autorités, sa famille lutte depuis des années pour faire bouger les lignes. Il a fallu une pression médiatique et diplomatique pour que la police japonaise sorte de son immobilisme et prenne la mesure de cette affaire. Aujourd'hui encore, le mystère demeure.

Vous pouvez apporter votre soutien à la famille de Tiphaine ici : unispourtiphaine.org

Contexte, causes, enjeux : il y a tant à dire sur ce sujet. Je serai ravi d'en discuter avec vous, lecteurs, lors de futurs salons et rencontres.

Je tiens à remercier celles et ceux qui ont accompagné ce projet.

À mon éditrice, Talya Chaumont, qui a cru en cette série dès ses prémices et lui a donné cette envergure.

À l'équipe de Denoël, qui porte mes histoires depuis trois ans déjà.

À ma famille, au Japon comme en France, qui compose avec mes incessants projets d'écriture.

À Farah et Sophie, toujours là. À Laeti pour le magnifique écrin donné à ce roman.

À Lilas, pour son soutien sans faille et son professionnalisme.

À Jack Jakoli pour m'avoir soufflé l'idée du surnom d'Ayumi.

À Bernard Minier, pour nos échanges sur le Japon, pour sa bienveillance et sa lecture de ce texte.

À Arno Will (aniki) pour son soutien de tous les instants.

À Benjamin Fogel, grâce à qui (ou à cause de qui) je suis tombé sur la bande originale du jeu *Stellar Blade* : l'un des titres, *Arisa's theme (version instrumentale)*, m'a accompagné tout au long de l'aventure d'Ayumi et de sa fille.

À la sphère tokyoïte : l'Itabashi Club, les amis du lycée français, la librairie Maison Petit Renard et le Bureau des copyrights français.

À Wakaume-san, directeur de l'agence de détectives privés MJR, pour ses anecdotes fascinantes, ses vérités effrayantes, et pour avoir prêté certains de ses traits à Junichi Kudo.

À la directrice d'une *yonigeya* que je ne nommerai pas, à sa demande, mais dont l'aide a été précieuse.

À toutes celles et ceux rencontrés au fil de mes escapades à travers le Japon, et qui ont donné corps au périple d'Alice et Sora.

Aux blogueurs, vidéastes, journalistes, libraires et organisateurs de salons qui font vivre mes romans.

Et enfin, à vous, lecteurs et lectrices. Vous qui, le temps de quelques heures, avez embarqué dans mon univers. J'espère vous retrouver lors de mes prochains voyages littéraires.

Cyril
Tokyo, le 5 février 2025

Retrouvez toute mon actualité ainsi que l'univers de mes romans sur :
— Instagram (cyril.carrere) ;
— les blogs
– cyril-carrere.blogspot.com (site auteur),
– la-colere-d-izanagi.blogspot.com,
– le-crepuscule-de-la-veuve-blanche.blogspot.com.

Composition : Utibi.
Achevé d'imprimer par Grafica Veneta S.p.A.
à Trebaseleghe (Pd), en septembre 2025.
Dépôt légal : septembre 2025.

magasin@gallimard.fr

ISBN 978-2-207-18655-8 / Imprimé en Italie.

669763